suhrkamp taschenbuch 3675

AF634986

Berlin, wenige Jahre nach der Wende, eine Großküche in Kreuzberg, die ihre Kunden in West und Ost mit abgepackter Kost versorgt. Hier, zwischen riesigen Töpfen und Pfannen, begegnen wir dem Hilfskoch Simon DeLoo, einem ehemaligen Kameramann, den der Tod seiner Lebensgefährtin aus allen Zusammenhängen gerissen hat und der nun Essen ausfährt im »gewendeten Berlin«.
Auf seinen Touren trifft er Lucilla, eine junge Stadtstreicherin aus Polen, und glaubt, die Silhouette seiner früheren Frau wiederzusehen. Er versorgt sie mit deren Kleidung, überläßt ihr die leerstehende Wohnung – doch sie zerreißt sein Illusionsgespinst, entzieht sich ihm, und erst in ihrer Heimat, in der vor Hitze flirrenden Landschaft der Pommerschen Seenplatte, sieht er sie wirklich: ihr Gesicht, in dem es »etwas Helleres gibt als Intelligenz«, ihren Körper, der ihn verwirrt.
Mit *Hitze* ist Ralf Rothmann ein Großstadtroman aus unseren Tagen geglückt, in dem er nicht nur die unterschiedlichsten sozialen Existenzen und Milieus zu beschreiben versteht; gleichzeitig – und über allem – erzählt er eine wunderbar melancholische Liebesgeschichte.
»Es gibt wohl zur Zeit keinen deutschen Autor, der so unprätentiös den Einbruch des Heiligen in unsere säkularisierte Welt gestalten kann ... ein leuchtender Roman.« *Die Welt*
Ralf Rothmann, geboren 1953 in Schleswig, lebt in Berlin. Im Suhrkamp Verlag sind zuletzt von ihm erschienen: *Im Frühling sterben.* Roman (st 4680), *Der Gott jenes Sommers.* Roman (st 4959), *Hotel der Schlaflosen.* Erzählungen (st 5185) und *Die Nacht unterm Schnee.* Roman (2022).

Ralf Rothmann
Hitze
Roman

Suhrkamp

Klimaneutral
Druckprodukt
ClimatePartner.com/14438-2110-1001

5. Auflage 2022

Erste Auflage 2005
suhrkamp taschenbuch 3675
© Suhrkamp Verlag Frankfurt am Main 2003
Suhrkamp Taschenbuch Verlag
Alle Rechte vorbehalten, insbesondere das
der Übersetzung, des öffentlichen Vortrags sowie der Übertragung
durch Rundfunk und Fernsehen, auch einzelner Teile.
Kein Teil des Werkes darf in irgendeiner Form
(durch Fotografie, Mikrofilm oder andere Verfahren)
ohne schriftliche Genehmigung des Verlages reproduziert
oder unter Verwendung elektronischer Systeme
verarbeitet, vervielfältigt oder verbreitet werden.
Umschlag: Göllner, Michels, Zegarzewski
Druck: CPI books GmbH, Leck
Printed in Germany
ISBN 978-3-518-45675-0

www.suhrkamp.de

Kann auch jemand ein Feuer unterm Gewand tragen,
ohne daß seine Kleider brennen?

Salomo

»Halte durch, guter Baum«, sang sie oft, ein altes polnisches Lied. Das Gras war lang, wurde schon fahl, und die Wälder am anderen Ufer sahen staubig aus. Erlenwälder. Sie wuchsen bis an den Schilfrand heran, in dem hier und da Libellenflügel blitzten, und der schmale, doch langgestreckte See mit dem klargrünen Wasser schien zu schweben im Sonnendunst. Hinter den Weiden, auf dem Schornstein der alten Ziegelei, landete ein Storch, und irgendwo im Ort, von dem man nur den geteerten Holzturm der Kirche sah, wurde eine Kreissäge angeschaltet und lief einen Moment lang leer, ein silbernes Sirren. Dann war es wieder still, Falter kapriolten über dem Haferfeld, und der Himmel, sein etwas stumpfes, sommersattes Blau, war ohne eine Wolke. Kaum je bewegten sich Baumblätter oder die langen, sonst unaufhörlich wippenden Gräser, nur langsam trocknete der Schweiß, und mehr und mehr Insekten fanden sich ein. Doch sie wehrte die Decke, das bestickte Tischtuch, ab, eine knappe Kopfbewegung, lächelnd. Hell waren die Augen in dem Licht, aquamarin, träge hob sie den Arm, so daß die Narbe unter der rechten Brust zu sehen war. Auch der Text schien verblichen zu sein in der Mittagshitze, die meisten Verse summte sie nur und fingerte dabei zwischen den Gräsern hinter ihrem Kopf herum, zärtlich. Eigentlich kannte sie bloß noch den Refrain; sie wickelte sich einen Halm um den Finger, und der Ruck, mit dem sie an ihm zog, tat in der Kehle weh. »Halte durch, lieber Baum! Es sind nur noch hundert Jahre.«

Erstes Kapitel

Keine Seife

Blickt man die rußige Fassade hinauf, sind die Tauben nur mit Mühe vom Stuck zu unterscheiden, von dem Lorbeer und den Lilien aus Stein, an die sie sich geschmiegt haben. Gelegentlich fällt Kot aus großer Höhe auf das Pflaster, doch erst in einer Stunde beginnt es, ihr zänkisches Lärmen, das Kollern der geblähten, kreiselartig sich drehenden Männchen auf den Simsen, Trippeln der Weibchen, und manches wütende, in den Toreinfahrten widerhallende Gurren wird wie Geheul verstoßener Seelen klingen, bevor sie Schwarm um Schwarm mit hellem Flügelklatschen in den Himmel steigen, dem Morgengrauen entgegen.
Das aber scheint noch fern, und nichts regt sich über den Portalen links und rechts der Straße, hinter den leeren Blumenkästen oder Engelköpfen ohne Nasen. Kalter, nach Braunkohle riechender Wind treibt Graupel über den Asphalt und erzeugt ein Rascheln in den Bäumen, alten Eichen, riesigen Kastanien, die Höhlungen und Löcher mit Beton ausgefüllt. Wo eine Laterne in die Zweige ragt, ist das Laub hängengeblieben und hier und da sogar noch grün.
Dunkel auch der Zeitungskiosk an der Ecke, doch der Pächter hatte bereits aufgeschlossen, langte in die Lieferkiste und stapelte die Neuigkeiten in den Verschlag. Auf dem Brett vor der Luke stand eine Thermoskanne, und neben der Kassette mit dem Wechselgeld lag sein Frühstückspaket, eine goldverpackte Praline obenauf. Hinter dem Gestrüpp der kleinen Parkanlage schlug

eine Wagentür. Ein Ambulanzfahrzeug kreuzte die Urbanstraße. Im Innern kein Licht.

»Heiliger Bimbam«, sagte der Mann und rieb sich die Hände. Er trug eine Mütze mit Ohrenklappen. »Da friert einem ja der Schniepel ab. Dabei ist milderes Klima vorausgesagt. Ich glaube, jetzt kommt der ganze sibirische Eiswind hier rüber. Was war denn da los? Lag da 'n Toter?«

DeLoo stieß etwas Luft durch die Nase. Er warf seine Telefonkarte in den Abfallkorb, kramte nach Kleingeld und verlangte eine Zeitung.

»Zu Befehl, Herr Dokter. Welche solls denn sein? Tagesspiegel?«

»BZ.«

»Donnerwetter, so kann man sich irren. Kleiner Ausflug in die Hochkultur. Bittesehr. Die Mädels stehn auf Seite zwölf. – Also, was jetzt? War der hinüber?«

Der andere zuckte mit den Achseln, legte die Münzen neben das Stullenpaket, überflog die Schlagzeilen und ging davon. Auf dem Gehweg eine Scherbenspur, der Henkel einer Tasse, und der Himmel über dem ehemaligen Gasometer, dem stählernen, hoch sich wölbenden Kuppelgerüst, war sternlos schwarz.

»Jedenfalls hatte der vorhin, wie ich mit dem Hund ums Karree, also vor 'ner Stunde etwa, schon ganz verdrehte Augen«, rief der Händler ihm nach. »Und leichenblaß. Wär doch eh nichts mehr geworden, oder?«

DeLoo überquerte die Straße an dem stillgelegten, winters mit Brettern verschalten Springbrunnen und drückte die Tür der Imbißstube auf. Jähe Hitze, Zigarettenqualm und der Gestank des Ölofens nahmen ihm momentlang den Atem. Hinter der halbhohen Trennwand, den Töpfen voller Kies und Seidenblumen, leise Stimmen, ein Gemurmel mit schweren Zungen. Doch vorn, an den Stehtischen oder Spielautomaten, niemand mehr. Das Buffet war fast ausgeräumt; nur zwei Teller mit einem Klecks Nudelsalat und einem hautlosen Hühnerbein standen hinter der Scheibe. Neben dem Döner-Spieß dampfte Kaffee in einer bauchigen Kanne, und ein paar türkische Blätterteigröllchen schienen Honig zu schwitzen.

Hannelore warf das Sieb der Friteuse ins Abwaschbekken und drehte sich um. Mitte vierzig und nicht sehr groß, besaß sie den teigig-blassen Teint der geborenen Berlinerin, strohstumpfes Haar und umschattete, leicht hervorquellende Augen, in denen man noch schieres Entsetzen zu lesen meinte, wenn sie sich über einen Witz amüsierte. Sie grüßte nie, sprach überhaupt nur das Nötigste – »Mayo? Ketchup? Brot?« –, und auch jetzt, zwei senkrechte Falten über der Nasenwurzel, reckte sie nur das Kinn vor. »Und?«

Er zeigte auf den Kaffee. Sie blickte zur Wanduhr, langte ins Regal und pustete etwas aus dem Becher mit dem friesischen Muster, ehe sie ihn vollgoß. Randvoll. Mit dem Geschirrtuch wischte sie Tropfen von der Unterseite und stellte ihn auf das Geldstück, das DeLoo ihr hingelegt hatte. Widmete sich wieder der Spüle.

Er ging um die Hecke aus Stoffblumen herum, setzte sich neben die Jukebox und schlug den Anzeigenteil der Zeitung auf. Vor dem Ölofen, im hintersten Winkel des dreieckigen Raums, hockte Hannelores Chef und versuchte gerade, seinen Zigarettenstummel in eine der

Schultheiss-Flaschen auf dem Tisch zu stecken. Keine leichte Sache.

»Der Stuhl«, murmelte er. »Stuhl ist betrunken. Ich sitze ganz still.«

Sein kahler Kopf glänzte. Er kniff die geröteten Augen zusammen, fuhr mit der Zunge über die Schnauzbartfransen und probierte es nochmal. Zischend erlosch die Kippe im Bierrest; ein Fragezeichen aus Rauch entstieg dem Flaschenhals. »Na bitte!« sagte er und stieß einen der Männer an, die mit ihm am Tisch saßen. Sie trugen blaue Monturen und Arbeitsschuhe. »Von wegen: Osman ist dof!«

»Was?! Hab *ich* doch nicht gesagt!« bellte der Handwerker, ein bulliger Mann mit grauem, von Pomade in Form gehaltenem Haar. »Der Wilhelm wars, kapier das doch endlich!«

»Der Willi? Aber wieso macht er das? Sind wir keine Freund? Kenn ich länger wie du. Warum schreibt er auf mein Auto, *Osman ist dof*? Ich komm raus in Herrgottsfrüh, will auf Großmarkt, und alles ist voll Eis, die ganze Karre. Mußt du auch noch kratzen, denk ich, hol dem Ding raus, geh nach vorn und seh: Ist schon gekratzt. Auf Windschutzscheibe. *Osman ist dof.* Warum? He?«

»War doch nur Spaß, Mann! Weil du auf sei'm Parkplatz standst.«

»Weil ich was? Wieso? Straße gehört jedem, oder? Auch Ausländer, stimmts?«

»Klaro! Keine Frage, ob du oder nicht. Aber der denkt, er hat da Gewohnheitsrecht, verstehste. Neben der Litfaßsäule war immer *sein* Platz.«

»Nein. Hab ich auch Gewohnheit. Seit dreißig Jahr ich bin in diese Kiez. Aber ich wollte noch nie schreiben, *Willi ist dof.* Ich nicht!«

»Jetzt hör schon auf, verdammte Zitrone!« sagte der andere Monteur. Jünger als sein Kollege, trug er eine Wollmütze ohne Bommel und langte nach der Kerze auf dem Nebentisch, um sich eine Zigarette anzuzünden. »Er hat ja recht, oder? Du *bist* doch blöd!«

»Natürlich«, sagte Osman. »Selbstverständlich, meine Lieber. Aber das ist Privatsache, muß man nicht kritzeln auf Scheibe, wo jeder kann sehen, kennt meine Opel, zeigt mit Finger und lacht sich aus!«

»Lacht *mich* aus«, verbesserte der Graue.

Der Türke runzelte die Brauen. »Wieso dich? Was hast du zu tun damit? Ist doch mein Wagen. Stand: *Osman* ist dof.«

»Ich krieg gleich 'n Anfall, verdammte Zitrone.« Der mit der Mütze stellte die Kerze zurück. »Ihr seid ja total besoffen, ihr kranken Hunde!«

»Schön wärs«, sagte der Graue. »Ich jedenfalls nicht. Ich war noch nie richtig breit. Frag meine Olle. Dachte früher immer, Mensch, das muß toll sein, sich einen auf die Lampe gießen und alle Sorgen vergessen und so. Doch ich blieb nüchtern. Hab mir das Zeug reingekippt noch und nöcher – keine Reaktion. Jetzt bin ich Alkoholiker, klarer Fall. Steh ich auch zu. Aber besoffen war ich noch nie.«

»Das wer'n wir gleich haben«, sagte sein Kollege und drehte sich um. Müde Lider, verschwitztes Gesicht, zu feist für sein Alter. »Hanne, meine Lore, bring uns mal drei Perversikos. Drei doppelte. Aber heute noch, wenns geht!« – Die Frau zeigte keine Reaktion, und er blickte zu DeLoo hinüber. »Nanu, was'n das? Da sitzt ja mein Nachbar!«

»Wer? Der dorten? Weiß ich doch«, sagte Osman.

»Hallo, Simon!«

DeLoo hob eine Hand, blätterte mit der anderen um. »Moin, Pidder. Lange nicht gesehn. Habt ihr durchgemacht?«

»Versteht sich. Und du? Kein Zuhause? Was liest 'n da? Die Mädchenspalte?« Er stieß den Grauen an. »He, das ist mein Nachbar!«

Der andere sah sich über die Schulter um, schnalzte leise. »Das sagtest du schon.« Er musterte DeLoo aus verengten Augen.

»Wohnt über mir. Hat mich sogar schon mal gefilmt ...«

»Na, weiß ich doch«, wiederholte Osman. »Kommt hier öfter wie ihr.«

»*Wo* hast du mitgemacht, Simon? Wie hieß der Streifen? Hatte der nicht sogar 'ne Auszeichnung, Goldene Palme oder Silberner Bär, oder was?«

Der Graue klopfte sich eine Zigarette aus der Schachtel. »Doktor Schiwago wahrscheinlich.«

Osman machte große Augen. »Echt? Hab ich gesehn! Gibts jetzt auf Kassette. Mit Oma Sheriff, stimmts? Berühmte Titelmelodie! Was hat er denn gespielt?«

Der Graue trank einen Schluck. »Das linke Schlittenpferd«, sagte er in die Flaschenöffnung hinein, und DeLoo ließ die Zeitung sinken, lehnte sich zurück und blickte ihn so lange freundlich an, bis es niemand mehr freundlich fand.

Hannelore brachte die Schnäpse.
»Frieden hier!« rief ihr Chef. »Keiner verscheißert keinen! Osman ist dof, und ihr seid ruhig, verstanden. Prost, zum Wohle! Vielleicht will Nachbar auch ein Glas?«
DeLoo winkte ab, riß ein Stück aus der Zeitung und steckte es ein. Dann stand er auf.
»Der trinkt nicht«, sagte Pidder. »Nichtmal Bier. Wie stehts eigentlich mit Weibern, Simon? Hab ich dich schon mal mit 'ner Braut gesehn?«
DeLoo hängte sich die Jacke um, stellte seinen Kaffeepott zwischen das Geschirr vor der Spüle und nickte Hannelore zu. Pidder grinste. »Hat man wenigstens keinen Ärger, was? No woman, no cry, verdammte Zitrone. Komm demnächst doch mal runter, ich krieg 'n paar scharfe Streifen. Stell dir auch 'ne Selters kalt.«
»Danke«, sagte DeLoo. »Mach ich vielleicht sogar. Wollte eh was mit dir besprechen. Meine Dusche …« Er drückte die Tür mit der Schulter auf. »Tschüs denn. Klempnert noch schön.«
Der andere verzog das Gesicht. »Wie bitte? Was sollen wir tun? Wir sind doch keine Klempner, Mann. Wir sind Rohrkünstler!«
»Aber *dof*«, sagte Osman und starrte prüfend durch seinen Schnaps, das erhobene Pinnchen, »*dof* wird normal mit zwei O geschrieben, stimmts?«
»Nee, nee!« rief der Graue. »Da muß ich den Willi in Schutz nehmen. Eigentlich nicht!«

Dünner Schnee auf den Bürgersteigen am Kanal, zwischen den Speichen der Marktkarren, und keine Reifenspur, kein Fußabdruck irgendwo. DeLoo blieb auf der Brücke stehen, an dem alten Geländer, Laub aus Stahl, wo die Flocken an ihm vorbei in die Tiefe fielen, ohne das leiseste Zittern auf dem glattschwarzen Wasser zu erzeugen; doch zwischen den Mietblöcken heulte der Wind und trieb sie fast waagerecht über die Straße.

Obst unter der zerschabten Plane, zog ein Händler seinen Karren Richtung Kottbusser Tor. Zwei Polizisten, bis übers Kinn in ihre Wattejacken versunken, dösten vor sich hin und sahen nicht auf, als DeLoo an ihrem VW-Bus vorüberging. Leise Stimmen aus dem Funkgerät, Geknister. Jeder eine Maschinenpistole auf dem Schoß, bewachten sie die alte Synagoge, ihren Rest, und das Flämmchen hinter dem Fenster der Apsis projizierte eine blaßrosa Raute in den Schnee. Der Gedenkstein stand schief, Kaugummis klebten an der Schrift, und als er sich noch einmal umdrehte, sah er es doch im Seitenspiegel, das Auge des Gesetzes.

Vorbei an dem teuer sanierten Biedermeierhaus mit dem vergitterten Garten. Keine Namen, nur Initialen neben den Klingelknöpfen, hohe Fenster mit Kanalblick, eine Videokamera über der Tür. – Und Feuer, hoch aufschießende Flammen unter dem Bogen der nächsten Brücke. Krumme Gestalten, rauhes Johlen, gichtiger Tanz zwischen Pappe und Matratzen. Und ein Gestank, als würden Schwäne verbrannt.

Vor dem weiß und blau gekachelten Kiosk mit Zwiebeldach und Minarett bog DeLoo in eine Gasse voll verbeulter, an die Laternen geketteter Container. Viele quollen über von den Resten der Kleider- und Polsterstoffe, die in den Fabriken links und rechts verarbeitet wurden, und vor einer Laderampe lagen hohe Haufen Reißverschlüsse. Erstarrtes Wimmeln; winzige Messingzähne unter dünnem Schnee. Er sah nach der Hausnummer auf dem Zeitungsfetzen.

Das Schiebetor war verschlossen. Doch gab es einen schmalen, in Wadenhöhe angesetzten Durchstieg neben den beleuchteten Firmenschildern, und im Näherkommen hörte er eine Stimme. Unwirsches Flüstern.

»Nu mach endlich, idiotischer Kerl! Soll ich dir vielleicht untern Bauch, oder was? Kannst ja auch festfrieren da, wenns dir lieber ist. Na los, den Allerwertesten hoch, ich hab schließlich noch was anderes zu tun! Herrgott, wie kann man so dämlich sein. Und das jeden Morgen.«

Die greise Frau, die versuchte, ihren mittelgroßen, doch prallen Pudel über die Schwelle zu zerren – sie hatte beide Hände unter das Halsband gekrallt –, blickte erschrocken auf. Schmales, wächsernes Gesicht, lippenloser Mund. Der Mantel war fleckig und an den Ärmeln ausgefranst, ihre Strickmütze, unterm Kinn zusammengeknöpft, sah filzig aus. Wasserhelle Augen.

»Nanu! Wolln Sie auch schon hier rein?«

DeLoo nickte, und sie starrte auf ihren Hund. »Siehste, du blöder Blödmann, da haben wir den Salat. Versperrst allen Leuten den Weg. Die möchten zur Arbeit, kapierst du das nicht? Also komm gefälligst, aber flott!«

Sie versuchte erneut, den Pudel über die Stahlkante

zu zerren, aber das Tier, die Zähne fletschend, ließ ein Knurren aus der zugeschnürten Kehle hören und rührte sich nicht vom Fleck. »Schaun Sie mal, wie frech der ist. Der reinste Pascha. Xanthos! Rüber jetzt, los!«

»Xanthos?« fragte DeLoo. »Ein seltener Name für einen Hund, oder?«

»Nee, nee, nix seltsam!« keuchte die Frau, die nun ihrerseits von dem zurückweichenden Tier gezogen wurde. »Das ist so bei den Reinrassigen. Der ist zwar fett, aber reinrassig. Mit Stammbaum. Da geht alles nach Alphabet. Sein Vater hieß Wotan, also muß er Xanthos heißen.«

Erschöpft ließ sie ihn los, stemmte die Fäuste in die Taille und blies sich eine graue, unter dem Mützenrand hervorgerutschte Strähne aus den Augen. »Naja, ich hätt auch lieber Susi gehabt, oder Fiffi ... Bei dem Namen mußte er schließlich so fett werden, was?«

Sie schüttelte den Kopf. Wieder fiel ihr die Strähne ins Gesicht, und sie drückte sie mit leicht zitternden Fingern außen an die Mütze. »Sagen Sie mal ... Ich muß das Büro bohnern heute. Bin eh schon zu spät. Ob Sie mir wohl helfen könnten? Nur unter den Bauch fassen und bißchen anheben. Der tut nichts.«

»Aber klar«, sagte DeLoo und bückte sich, hielt dem Pudel die Hände hin. Das Hecheln verstummte. Mit dem kurzen Schwanz wedelnd, beschnupperte er Finger und Jackenärmel und sah wieder zu seiner Herrin hoch. »Na denn ...«

Das Tier war verblüffend schwer, jaulte auf und strampelte mit den Hinterbeinen. Praller Wanst voller Knötchen, von schlaffer, dünn behaarter Haut überzogen. Männerzitzen. »Der riecht aber gut«, sagte DeLoo. »Was ist denn das?«

»Raumspray«, ächzte die Frau, die das Tier am Fell über die Schwelle zog. »Fichtennadel ... Mein Gott, so ein Brocken. Vielen Dank!«

Auch DeLoo trat durch die Tür, und die Frau wickelte sich das Ende der Hundeleine um die Hand und sagte: »Der braucht ja bloß am Schaufenster vom Schlachter vorbeizulaufen, schon hat er 'n Pfund druff.« Sie kicherte. »Aber wenn ich ihn auf Diät setze, jault er die ganze Nacht, und ich krieg kein Auge zu. Sind Sie neu hier?«

Er nickte.

»Wollt ich doch sagen. Hab Sie noch nie gesehn. Und nach vierzig Jahren kennt man jedes Gesicht im Kiez. Ich jedenfalls. Aber Sie haben eine angenehme Stimme, nicht so 'ne Berliner Gießkanne, wenn Sie verstehen, was ich meine. Eher samtig, würd ich sagen. Naja, nochmal danke. Muß was tun.« Sie ruckte an der Leine. »Los jetzt, du oller Mops!«

Der Hund, dessen Bauch fast den Boden berührte, setzte sich in Bewegung; ein rascher Hoppelgang, als höbe er zunächst die Vorder-, dann die Hinterpfoten gleichzeitig an, was ihn bereits nach wenigen Schritten heiser keuchen ließ. Zudem schien es ihn an die linke Wand des Gewölbes zu ziehen, was die Frau mit einer Neigung des Körpers nach rechts korrigierte, wobei ihre Plastikstiefel knarrten. Als DeLoo aus der Einfahrt in den ersten Hinterhof kam, war dort niemand mehr.

Krumme Scherengitter, rostige Rollos, neue Schlösser. Schafswolle auf den Laderampen, zerfranste Ballen, und hier und da schienen die roten Lichtknöpfe der Aufzüge durch die Fasern. Es schneite kaum noch, und er schritt die Türen und Tore ab und versuchte, die Namen an den Klingeln zu lesen.

Leises Fiepen aus einem Kellerschacht. Galanteriewaren Kagel, zwei Treppen links. Im Parterre ein Trödler, und unter einem Vordach aus verdrahtetem Glas stand in großen Lettern »For free!« Kunststoffhüllen für Urkunden, gefaltete Fahnen, ein Stapel Portraits; der Staatsrats-Vorsitzende. Die Wolken verzogen sich, der Halbmond wurde vervielfacht von den oberen Fabrikfenstern, und in dem blassen Licht, das auf einen Gitter-Container fiel, funkelten die Gläser unzähliger Brillen, Schubkarren voll.

Auf dem nächsten Hof, einem verschneiten Platz, der bis an die Brandmauer reichte, standen ein paar kleinere Transporter. Rotbrauner Lack, hier und da mit Mennige ausgebessert. Eine Laterne beleuchtete den rechten Seitenflügel, die zweigeschossige Ruine eines Wohnhauses, und irgendwo zwischen den verkohlten Dachbalken ließen Tauben ein erschrecktes Gurren hören, als DeLoo aus der Durchfahrt trat.

Er folgte den Spuren der Frau und des Pudels auf ein barackenartiges Gebäude zu. Sah man von ein paar Glasbausteinen unter der Traufe ab, war es fensterlos und hatte ein breites, von einem Rollo verschlossenes Tor. Leises Brummen von Generatoren, Scheppern verbeulter Lüftungs-Lamellen, und vergeblich suchte er nach einem Firmenschild. Doch in dem halbrunden An-

bau, einer Pförtnerloge ähnlich, brannte Licht hinter grünen Vorhängen, und er klopfte an die Tür.
Der Hund bellte, und irgend etwas Hölzernes, ein Besenstiel wohl, schlug auf den Boden. »Geschlossen!« rief die Frau. »Niemand da!«
DeLoo klopfte erneut, das Tier kläffte lauter, und kurz darauf hörte er das Schlurchen der Moonboots und trat einen Schritt zurück, in den Schnee. Mürrisches Gemurmel, Klimpern von Schlüsseln, und die Frau öffnete die Tür einen Spalt breit und blinzelte ihn an. »Erst ab sieben, zum Kuckuck!« Sie trug immer noch ihre Mütze und außerdem eine Brille und steckte ein angebissenes Brötchen in die Tasche ihres blauen Nylonkittels. »Ach, Sie schon wieder. Was wolln Sie denn *nun*?«
Er blickte auf die Annonce. »Ich suche die Großküche ... Pohl. Hier steht etwas von ...«
Xanthos zwängte sich an den Beinen seiner Herrin vorbei, lief auf DeLoo zu und umhoppelte ihn, als wären sie alte, seit langem nicht mehr aufeinandergetroffene Bekannte. »Nanu!« sagte sie und nahm die Brille ab. »Was ist denn mit dem los? Wird der mir am Ende noch andersrum? Macht er sonst nie ... Die Großküche Pohl? Ja, das sind wir.«

Ein kleines Büro; ein Handwaschbecken unter ovalem Spiegel, Kakteen und welkender Efeu im Pflanzenständer. Neben einem Wandkreuz der Kalender einer Mayonnaise-Firma.
»Sie können sich auf den Sessel setzen«, sagte die Frau und zeigte in die Ecke. »Da sind sie mir beim Wischen

nicht im Weg. Und um kurz vor sieben müssen Sie wieder vor die Tür, damit das klar ist. Ich darf ja niemanden reinlassen, bin doch nur die Putze. Aber bei der Kälte ... Oder suchen Sie vielleicht gar keine Arbeit?« Sie griff sich an die Mütze, klappte ein Ohr unter dem Wollstoff hervor. »Wie? Also, hier gibts nichts zu holen, sag ich Ihnen gleich. Bloß Rechnungen. Hab grad mal zwei Schrippen in der Tasche. Und glauben Sie etwa, der Xanthos ist nur lieb? Der kann auch zupacken, wenns sein muß!«

DeLoo kraulte dem Tier, daß sich vor ihm auf den Rükken gelegt hatte, den Bauch. »Schon gut«, sagte er. »Ich komme nur wegen der Stelle.«

Die Frau nickte beruhigt, griff nach einer Plastikflasche und spritzte milchige Flüssigkeit auf das grüne Linoleum. »Dies Bohnern jeden Mittwoch ist vielleicht 'ne Schose, sag ich Ihnen. Nie zufrieden, die Frau. Überall sieht sie Striemen und Streifen. Dort ist die Ecke nicht richtig ausgewischt, hier glänzt es weniger als da, pi, pa, po ... Mit der werden Sie Ihre Freude haben. Luise, näselt sie immer ... Also, sie ist der einzige Mensch hier, der mich Luise nennt. Ich heiße nämlich Luise Boer, aber alle sagen Möhrchen. Oder Oma. Können Sie auch. – Luise, ich glaube, Sie brauchen eine neue Brille. – So ein Quatsch! Wo das jetzt die dritte ist, die ich in diesem Monat ausprobiere. Von unserem Hauswart, Herrn Kaspar. Sitzt doch gut, oder? Und der untere Teil hier ist fast meine Stärke ... Also, wenn Sie mich fragen: Reine Gehässigkeit. Die hätte mich schon längst gefeuert, wenn unser Chef nicht wäre. Der mag mich nämlich. Der steht auf meiner

Seite, weil ich länger hier bin als er. Raten Sie mal, wie lange.«
»Vierzig Jahre?« fragte DeLoo.
»Donnerwetter! Wie sind Sie denn darauf gekommen? Genau! Und deswegen hält mir der Chef die Treue. Schwer in Ordnung, werden Sie sehen. Natürlich auch streng, muß er ja sein als Chef. Aber in Ordnung. Nur sie ... Die hat 'n Hau, seit da drüben der Seitenflügel abgebrannt ist. War mal unser, wissen Sie. Im Parterre Küche, Lager und Garagen, und oben Wohnungen, auch meine. Kurzschluß, zack, und weg.«
Während ihrer Rede hatte die Frau den Fußboden bis zur Rückwand des Büros gewischt, wo sich eine Tür mit der Aufschrift »Leise schließen!« befand. Daneben ein gut drei Meter breites Fenster, durch das man einen Teil der dunklen Küche sehen konnte, Abzugshauben, weiße Kacheln, eine Magnetleiste voller Messer. Die Frau lehnte den Schrubber gegen das Waschbecken, bückte sich, stützte beide Hände auf die Knie. Sie trug eine Trainingshose unter dem Kittel. »Jetzt schauen Sie mal, was der blöde Fußboden wieder macht. Wo kommen denn die grauen Striemen und Kringel her? Diese neumodischen Mittel immer. Meinen Sie, das Zeug wird noch mal glänzen?«
DeLoo langte auf den Schreibtisch und las das Etikett der gelben Flasche. »Wohl kaum«, sagte er. »Das war Scheuermilch für Edelstahl. Zitrusfrisch.«
Die Frau griff sich ans Kinn. »Wirklich? Oh mein Gott, verflixte Brille, was mach ich denn jetzt? Was soll ich tun? Kriegt man das wieder ab? Ist doch gleich sieben, und der Chefkoch, ich meine ...«

Sie zog einen Schlüssel aus der Kitteltasche, öffnete einen schmalen Schrank und kramte derart unwirsch darin herum, daß Bürsten, Tuben und ein Kehrblech auf den Boden fielen. Verschiedene Flaschen hielt sie sich mit beiden Händen so nah vor die Augen, daß die Nasenspitze fast die Aufschrift berührte. Was sie in den Schrank zurückwarf, fiel wieder heraus, und schließlich sank sie in die Hocke und versuchte, die kalkigen Streifen mit einem Topfschwamm wegzuscheuern. DeLoo zog sich die Jacke aus.

»Warten Sie, so wird das nichts ...«

Er nahm den Eimer, der unter dem Waschbecken stand, füllte ihn mit warmem Wasser, zog einen sauberen Aufnehmer aus dem Spind, wickelte ihn um den Schrubber und begann, das Zeug vom Boden zu wischen.

»Donnerwetter!« Die Frau zog sich an einem Bürostuhl hoch. »Das geht ja fix bei Ihnen. Sind Sie Junggeselle? Seh ich doch gleich. Junggeselle, oder? Da hat man den Schwung raus. Picobello. Ich steh hier im Weg, ich weiß. Wo soll ich denn hin? Auf den Schreibtisch? Ich setz mich auf den Schreibtisch.«

Schon hatte DeLoo den kleinen Raum gereinigt. Er kippte das Wasser weg, wrang den Feudel aus und goß ein Bohnermittel in Schlangenlinien über den Boden, verteilte es rasch. Spitzbeinig wuchs die Spiegelung des Cocktailsessels in die dunkelgrüne Tiefe, der Bambusbogen des Pflanzenständers beschrieb einen Kreis, und der Pudel auf dem Fußabtreter stutzte, beschnupperte sein Bild.

Die Frau blickte auf ihre Armbanduhr und ließ vergnügt die Beine baumeln. »Mensch, prima! Dann schaff ichs ja

noch ...« Sie zog das Brötchen aus der Kitteltasche und biß hinein. »Die Ecken sind wichtig. Zwischen den Aktenschränken guckt sie immer ganz genau.«
Ein Auto bog auf den Hof, hinter den dünnen Vorhängen erlosch das Licht. Ein Quader Kälte schien sich in den Raum zu schieben, als die Tür aufgerissen wurde. Der Mann auf der Schwelle trug einen kurzen Wildledermantel mit Lammfellkragen und hatte dunkelblondes, ordentlich zurückgekämmtes Haar. Starke Schultern, gerötete Hände, Ehering. Der Mund schien hart zusammengepreßt, doch die schräg über den Augen stehenden Brauen gaben dem Gesicht einen empfindsamen und sorgenvollen Ausdruck. »Was'n hier los?«
Er blickte an DeLoo vorbei auf die hintere Raumwand. »Warum ist die Küche dunkel.«
»Wieso sollte sie hell sein?« fragte die Frau.
»Ist Klappu denn nicht da?«
»Niemand ist da. Ich bin da.«
»Saukerl! Na warte, dem zieh ich eins über.« Er verengte die Augen, hob das Kinn. »Und wer ist das?«
»Na, der neue Fahrer, denk ich.«
»Aha, der neue Fahrer. Fährt hier auf dem Schrubber durch die Gegend, oder was? Wußte gar nicht, daß *du* jetzt die Leute einstellst.«
»Tu ich auch nicht! Aber der hat doch 'n nettes Gesicht, oder. Kannst ihn wenigstens mal zur Probe ...«
Der Mann, bereits draußen, schlug die Tür so fest zu, daß sie wieder aufflog. Er stapfte durch den Schnee davon. Die Frau schnitt ihm eine Grimasse.
»Der Boß?« fragte DeLoo.
»Gott bewahre! Dann würd ich aber meine Papiere

holen. Das ist der Koch, unser Emil. Ohne den läuft hier nichts, muß man leider zugeben. 'n Wühler. Eigentlich Bauarbeiter, aus Neukölln. Eine Schippe Salz, eine Schippe Pfeffer, und Manieren wie ein Prolet. Wissen Sie, wie der meinen Xanthos nennt?«

»Keine Ahnung.«

»Olle Tretmine. Das stellen Sie sich vor! Hau ab, olle Tretmine! Und manchmal sagt er noch Schlimmeres. Aber kocht nicht schlecht, der Kerl. Kocht wirklich gut.«

Das Rasseln der blechernen Rollos ließ die Baracke erbeben, und kurz darauf flackerte Neonlicht über die Kacheln, erlosch, flackerte von neuem auf und schob die Gegenstände mit einem Ruck in ihre Konturen: An einer Längswand standen zehn oder zwölf bauchhohe Kessel, ähnlich denen, die sich früher in Waschkellern befunden hatten, gasbefeuert; ihnen gegenüber mehrere Elektropfannen, groß wie Tische, mit emaillierten Deckeln und Rädern für die Kippvorrichtung. Außerdem ein schartiger Hackklotz, eine Schneidemaschine, Arbeitsflächen aus poliertem Stahl, und die Mitte des Raums wurde von einem Fließband eingenommen, an dessen Ende ein hoher, bis unter die Decke aufgetürmter, gefährlich schräger Kistenstapel stand, grünes Styropor. Sein Schatten fiel über eine Tür aus beschlagenem Glas, über Schemen von Schinken, Würsten, Schweinehälften.

Eine kurze Treppe führte in den Abwaschbereich hinauf, steinerne Becken waren zu sehen, eine Papptrommel Pril, und der Koch, immer noch in seinem Mantel, kam eilig durch die Küche und riß die Bürotür auf.

»Zehn nach sieben, und kein Schwanz da! Nicht einer. Und nichts vorbereitet. Wenn dein geliebter Klappu heute kommt, hast du morgen einen Sack Frischfutter für deine Töle.«

Die Frau rutschte von der Schreibtischkante, hob das Brötchen wie einen Stein. »*Ist* keine Töle! Laß endlich den Hund in Ruhe, du Blubberkopp! Muß doch auch leben.«

Der Koch musterte DeLoo; seine Züge waren etwas gelöster jetzt, der Blick fast ängstlich. »Paß auf, ich weiß zwar nicht, ob der Alte dich einstellt, aber du kannst ja schon mal 'ne gute Figur machen. Ich muß unbedingt zum Markt. Da hinten liegen Bohnen, vierundzwanzig Sack. Je zwei davon kippst du in jeden Topf und gießt Wasser drauf, hier ist der Schlauchanschluß. Halbe Stunde müssen sie weichen. Sollte ich dann noch nicht zurück sein, läßt du das Wasser wieder ab, tust frisches drauf und gibst pro Topf eine Schaufel Suppengemüse dazu, der Kübel steht dort. Im Kühlhaus findest du auch zwölf Eimer gehackte Zwiebeln. Anschließend drehst du das Gas an, automatische Zündung, und stellst es auf Stufe drei. Und dann rühren, rühren, rühren; wir haben da vorn solche Ruder. Der Schlamm darf auf keinen Fall anbacken, hörst du? Auf keinen Fall! Oma, du hilfst ihm.«

»Wer, ich? Aber natürlich, Emil, klar.« Erfreut folgte sie den Männern in die Küche. »Hab früher oft gekocht, da warst du noch gar nicht da. Senfeier, sehr pikant. Oder Quark mit Leinöl. Fahr nur zum Markt, wir werden das Süppchen schon schaukeln.«

DeLoo riß einen Sack auf, und der Koch, der bereits

durch den Windfang aus transparentem Plastik in den Schnee getreten war, steckte noch einmal den Kopf herein. »Und der Köter bleibt im Büro!«

Es wurde wärmer in der Küche. Die schmalen Oberlichter beschlugen, Kondenswasser tränte von den Wänden. Die Rührhölzer waren an den Blättern rauh, fast faserig, an den Griffen wie poliert, und der Mann, der eine Latzhose aus Jeans-Stoff und einen dicken Pullover trug, steckte eins in die Suppe. »Also, er am Boden, auf allen vieren, verstehst du. Besiegt. Keucht wie 'n Tier, und ich seh zum ersten Mal, daß er mein Hemd anhat, akurat dasselbe, himmelblau. Mensch, denk ich, hoffentlich lassen die's jetzt gut sein. Hoffentlich muß ich den nicht auch noch ... Ich meine, war doch 'n gesunder Mann in den besten Jahren, Ende Fünfzig, wie ich. Und die Hose hatte 'ne Bügelfalte. Verlieren kann schließlich jeder mal. Also schau ich in die Runde, das ganze Stadion voll. Aber kein Daumen zu sehen, nicht einer, der nicht abwärts zeigt. – Na gut, Befehl ist Befehl. Ich zieh die Klinge aus dem Gürtel, so ein Oschi, und geh auf ihn zu ...«
Er bückte sich vor einem Kessel, und regulierte das Gas, den blauen Flammenkranz.
»Da war nichts zu machen, Ehrenwort. Entweder er oder ich. Und er schaute nicht hoch. Völlig ergeben. Keuchte nur, der arme Kerl, vielleicht Familienvater, kleine Tochter, und ich mußte es tun, sonst würden sie *mich* ... Verdammter Schlamassel. Ich wäre doch gar nicht zu dem Kampf gegangen, hätte man mir vorher die Regeln ... Die wollten seinen Kopf, dunkelblond

mit so'ner Lichtung hier, und ich stelle mir vor, daß seine Mutter im Publikum sitzt, oder die Frau, die ihm die Hose gebügelt hat, und denke: Mensch, wie krieg ich das hin?« Er zog den Reißverschluß an seinem Pullover auf, ging zum nächsten Kessel. »Wie mach ich den tot, ohne ihm weh zu tun?«

Kraftvoll rührte er die Suppe um. Das Holz erzeugte ein knarzendes Geräusch auf dem Grund. »Und dann, mein Lieber ... Das kann man keinem erzählen. Das war so grausam – ich stand fast im Bett. Ich glaub, ich hab sogar geschrien.«

Er nahm seine Brille ab, Kassengestell, wischte die Gläser am Ärmel klar und starrte in die Suppe. »Ich bin bestimmt keine Mimose. War bei der Volksarmee und alles. Aber seit wir im Westen sind ... Ich meine, ich wohne immer noch in Marzahn. Aber seit wir diesen Westen haben, krieg ich so brutale Träume. Hatte ich vorher nie.« Er drehte sich um. »Wie heißt'n eigentlich?«

»Simon.«

»Na, Kikeriki. Ich bin der Emil. Emil Klaputzsek. Aber alle nennen mich Klappu, weil der Koch schon Emil heißt. Hat der übrigens getobt? Natürlich hat er. Der wird mich mit der Pfanne küssen. Doch was soll ich machen? Träum ich so, schlaf ich schlecht. Und dreh mich natürlich nochmal um, wenn der Wecker klingelt ... Du mußt fester rudern, Simon. Immer übern Boden schaben. Hülsenfrüchte sind tückisch. Wenn das Zeug anpappt, ist hier die Hölle los. Ich hasse diese Eintopftage. Zwei Stunden rühren wie die Blöden. Da sind wir erledigt, eh die Arbeit anfängt.«

»Aber ich mach es richtig, Klappu, nicht wahr? Guck mal, mach ichs richtig?«

»Du machst es wunderbar, Oma. Wo ist denn unser Lockenköpfchen heut?«

»Ach, der muß im Büro bleiben. Weißt du, wie Emil ihn wieder genannt hat? So ein Gemeiner ...«

Ohne zu grüßen, trat ein Mann zwischen sie, steckte ein Ruder in den Topf, verstellte die Gaszufuhr mit der Schuhspitze und begann zu rühren. Er trug einen grauen Kittel, Goldarmbänder und mehrere Ringe und hatte sich die Haare zu einer Rock'n'Roll-Frisur mit Entenschwanz geformt. Schmal und verschlafen, starrte er aus geröteten Augen vor sich hin, und seine feuchten Lippen, die kurze Stupsnase und die leicht gerunzelten Brauen gaben ihm etwas Schmollendes, jenes dauernd beleidigte »Ihr könnt mich alle«-Gesicht, das man sich von diversen Jugendhelden abschaut. Er zog etwas Rotz hoch, trat einen Eimer in die Ecke.

»Wer hat denn das Wasser aufgefüllt! Ist doch viel zu dick, der Schlamm!« sagte er mit einer leicht krächzenden, vom Restalkohol verdunkelten Stimme. »Krieg ich hier 'ne Zulage, oder was? Ich rühr mir den Scheiß-Arm lahm, Mensch!«

»Na schau, unser Casanova ist wach!« sagte Klaputzsek, und die Oma kicherte. »Guten Morgen, Mister Presley! Wieso kommst'n so spät? Gesoffen? Oder haste dich wieder in Marlenes Schlüpfer verheddert? Wilder Bock! Deine Potenz möcht ich haben, aber echt!«

Sichtlich geschmeichelt, unterdrückte der Mann sein Grinsen, indem er eine Suada aus Flüchen und Verwünschungen losließ, wobei er das Wort Scheiße ungefähr so oft aussprach, wie andere Menschen es verschweigen. Seine Mundform, die etwas vorgestülpten Lippen schienen sich allein dem kleinen braunen, mit einem herben Genuß ausgestoßenen Laut zu verdanken. Speicheltröpfchen fielen in die Suppe.

»Jetzt hör aber auf, Harry!« sagte die Oma. »Reiß dich bitte am Riemen, ja. Immer dieses schmutzige Gerede. Wir haben hier einen neuen Mitarbeiter, da könntest du ruhig mal Kinderstube zeigen. Was soll der von uns denken?«

Harry starrte DeLoo an und machte eine Kaubewegung, obwohl er sicher keinen Gummi im Mund hatte. Unter seiner Nase eine glitzernde Schliere. »Interessiert mich doch 'n Scheiß!« sagte er und schleuderte sein Rührholz wie einen Speer in den nächsten Topf.

Die Küche verschwamm im Dampf, man konnte kaum bis zum Windfang sehen. Wasser tropfte von der Decke, dem Kabelgewirr darunter, und die gasblau erleuchteten Fensterchen unter den Kesseln umstrahlten nur mehr Schemen, die Beine der hin und her Gehenden. Müde Morgengrüße, Husten, Zigarettenglut. Clogs klapperten auf den Kacheln, jemand rülpste, und der Mann, der an den benachbarten Kessel trat, legte beide Hände auf das Stielende des Ruders und schmiegte die Wange daran. Verträumtes Lächeln. »Wer bist'n du?«

DeLoo stellte sich vor. Der andere, dem ein schlaffer Genießerbauch über den Bund der Cordhose quoll, schloß die Augen und seufzte: »Ich *hab* vielleicht schön geschlafen.« Er trug ein kariertes Flanellhemd und eine braune Lederweste und hatte nur noch wenige, dafür aber lange, quer über den Kopf gelegte Haare. Der

Wasserdampf verjüngte sein teigiges Gesicht. »Und du? Wie hast du geschlafen?«

»Es geht so«, sagte DeLoo.

»Ausgeruhte Körperhaltung«, konstatierte der andere. »Und kein Fett. Dabei bist du auch schon vierzig, oder? Na, egal. Den Wettlauf mit der Zeit verlieren wir alle. Warum rührst du denn so heftig, Simon? Willst du gleich am ersten Tag 'ne Prämie?«

»Man sagte mir, die Bohnen würden festbacken ...«

»Na und? Sollen sie. Laß sie doch. Ob sie nun anbrennen oder nicht, der Fraß ist eh ungenießbar. Eintopf, das klingt fast so widerlich wie Unterhose, stimmts? Warst du schon mal im Apricot, Hasenheide?«

»Nicht, daß ich wüßte.«

»Ich aber, gestern. Mit meinem Freund. Aperitif auf Kosten des Hauses, Gaumenschmeichler, Vorspeisenplatte, und dann: Pochierter Seehecht an Wildreis, mit rotem Pfeffer und einer Orangencreme-Sauce – da hätt ich mich reinlegen mögen!«

»Glaub ich gern.«

»*Da* sollten wir mal hingehen. War gar nicht so teuer. Also, ich fands okay, vom Preis-Leistungs-Verhältnis her. Und sehr, sehr aufmerksame Bedienung. Ich heiß übrigens Bernd.«

Er griff hinter sich, zupfte etwas unter dem Cordstoff zurecht, und ein schrilles Lachen hallte durch den Raum, schien Löcher in den Dampf zu reißen. Am Ende der Kesselreihe bemerkte DeLoo zwei Frauen, die miteinander tuschelten und immer wieder zu ihm herüberblickten. Die ältere, dürre, die einen ärmellosen Kittel und eine rote Baseballmütze mit dem Aufdruck »Heidi«

trug, schob sich den Rest einer Salzgurke in den Mund und winkte geziert, ein Kraulen der Finger in der Luft, kaum hatte er ihnen zugenickt. Die jüngere, klein und nahezu kugelig drall, wendete sich langsam ab und betastete den Nackenansatz ihrer ondulierten Haare. Offenbar war sie erst am Vorabend beim Friseur gewesen. Eine dritte, sichtlich schwangere, dem tief in die Stirn gerückten Kopftuch nach Türkin, stand abseits allein vor einem Topf. Das Ruder in der Ellenbeuge, knibbelte sie an ihren lackierten Nägeln herum, und plötzlich flappte der Windfang nach innen, Schnee wehte über die Kacheln, das Getuschel verstummte.

»Hoffentlich rührt ihr bald, ihr Hühner!« rief Emil und öffnete den Schaltkasten neben dem Eingang, drehte an einem Knopf. Die Ventilatoren in den Abzugshauben rauschten lauter. »Du auch, Dicker, sonst kratzt du die Töpfe heute abend mit deinem Stiftzahn aus.«

»Oh, là, là, le maître du cuisine! Wie immer höflich und bester Laune«, sagte Bernd. »Guten Morgen, mein Gebieter! Was fehlt uns denn? Brauchen wir mal wieder 'ne Massage?«

Der andere wuchtete einen Kanister Fondor und einen Bund Knoblauchzöpfe auf den Tisch. »Wo ist Klappu?«

Harry grinste; die Oma nahm die Brille ab. »Ich weiß nicht. Wo isser denn? Grad war er noch hier.«

Alle sahen sich um, und Bernd rührte und stocherte und rief in den Topf: »Klaputzsek, Süßer, komm raus! Er tut dir nichts.« Und nach einem Seufzer bei geschlossenen Augen: »Wir haben so schön gekuschelt heute morgen. Und ich sagte dauernd: Liebling, du solltest gehen. Du

mußt die Bohnen einweichen. Aber er wollte immer noch weiter kuscheln, der Unersättliche. Jetzt haben wir den Salat!«
»Was? Du spinnst wohl!« Die Kühlraumtür wurde aufgedrückt, und der Gesuchte, zwei Eimer voller Knacker tragend, löschte das Innenlicht mit dem Ellbogen. »Erzähl bloß nicht solche Sachen, du! Nachher denken die wirklich ... Also, ich hab doch nichts mit *dir*!«
Emil zog den Mantel aus, warf ihn auf den Hackklotz. »Wieso warst du nicht da!«
Im Büro jaulte der Pudel. Klaputzsek stellte seine Last ab, verzog das Gesicht und rieb sich die Handflächen, als hätte er Zentner getragen. »Da könnte man auch mal was drumtun, um diese Griffe ...« Er spürte wohl den Blick des anderen, der sich die Ärmel seiner weißen Jacke hochkrempelte; doch sah er nicht auf. »Verschlafen«, murmelte er. »Ich hatte so einen furchtbaren Traum, weißt du. Und da bin ich hoch, klatschnaß, total erledigt, und hab mich noch mal umgedreht.«
Der Koch nahm das Schweißtuch ab und steckte es in die Tasche seiner Pepita-Hose. »Moment jetzt! Du hattest *was*?« Er brüllte so laut, daß die Adern an seinem Hals hervortraten. »Willst du mich verscheißern?! Deinetwegen liefern wir das Essen zu spät aus. Deinetwegen müssen wir alle länger arbeiten heut. Deinetwegen werden zig Kunden zur Konkurrenz gehen – und du hast schlecht *geträumt*?! Ich sag dir mal was, Alter: Dein Schlaf interessiert mich einen Dreck! Fürs Träumen wirst du nicht bezahlt, und im VEB Feierabend bist du auch nicht mehr. Kommt das noch ein einziges Mal vor, trete ich dir in den Arsch, bis du Lumpen

kotzt. Und deine Papiere kannst du dann auch holen, klar?!«
Die Türkin, in seinem Rücken, verzog das Gesicht, tippte sich an die Stirn. Doch Klaputzsek nickte kaum merklich, grinste verlegen. Seine Brille beschlug, und nervös fingerte er an den langen, aus den Eimern ragenden Knackerbündeln herum, richtete sie, als wären es Gewächse in Vasen. »Okay. Ist ja gut. Tut mir leid. Es gibt doch weiße Bohnen, oder?«
Momentlang schien Emil zu überlegen, ob er weiterpoltern sollte. Sein Kopf war rot, die Augen funkelten vor Wut. Doch dann blickte er auf die Uhr, drehte sich um und nahm einen Papiersack aus dem Regal.
»Gibt es weiße Bohnen?« wiederholte Klaputzsek, und der andere runzelte die Brauen.
»Natürlich gibt es die. Was soll die blöde Frage.«
»Gar nicht wahr!« rief die Frau mit der Baseballmütze. Seltsam schrill die Stimme, Alter und Essig. Sie hielt schon wieder eine angebissene Gurke in der Hand. »Auf'm Zettel steht was anderes.«
Der Koch ging von Feuerstelle zu Feuerstelle, streute mit einer Krämerschaufel Salz in die Suppe und knurrte: »So? Was steht denn da.«
»Mexikanisches Bohneneintopf«, rief die kleine Dralle. »La Signora hat neu geschrieben. Vorgestern schon.«
Verdutzt blieb Emil stehen. Er blickte zu den Eimern auf dem Tisch, schüttelte den Kopf, starrte in die dampfenden Kessel. »La Signora ist doch vor'n Schrank gelaufen. Mexikanischer Eintopf mit *Knackern*?! Ihr könnt mich bald alle mal, ihr Idioten ...«

Mit der Axt zerschlug Harry einen Balken Fett und warf die Teile in die Pfannen. Lautlos glitten die Blöcke über das heiße Metall, durch die abgerundeten Ecken, brachen auseinander, verformten sich und waren nach wenigen Minuten zerschmolzen, drei klare Lachen, in denen hier und da ein Tropfen Wasser aus den Abzugshauben explodierte. Bernd kippte Wannen voller Bratwürste da hinein und rückte sie mit einer Holzzange zurecht, während Klaputzsek ein paar Säcke aus dem Kühlhaus schleifte, Leipziger Allerlei. Er schüttete es in die übrigen Pfannen, und die Türkin warf Butterstücke dazu, leckte sich die Finger.
»Heidi, Soßenbraun!«
Obwohl das Gas unter den Suppentöpfen ausgestellt war, bildeten sich hier und da noch Blasen auf der leicht wallenden Oberfläche, und die Frau nahm eine Henkelflasche aus dem Regal und spritzte lange Strahlen Zukkercouleur in die gelbliche Flüssigkeit. Die färbte sich rotbraun, und der Koch streute zerstoßene Chili-Schoten und etwas Paprika dazu und sagte: »Mexikanisches Bohneneintopf. Umrühren. Einfüllen.«
Die kleine Dralle rückte eine Schubkarre aus rostfreiem Stahl unter einen der Abflußhähne, drehte ihn auf, und gluckernd und schmatzend floß die sämige Suppe heraus. Sie wurde vor das Transportband gerückt, wo Emil bereits mit der Kelle in der Hand neben einem hohen Stapel Portionsschüsseln wartete, Aluminium. Er drückte auf den Startknopf, stellte mit der Linken eine um die andere auf das ratternde Band und gab fast gleichzeitig mit der Rechten einen Klacks Eintopf hinein. Das ging so rasch, daß die Dralle Mühe hatte, die

Knacker, die sie paarweise dazugeben sollte und die oft in langen Reihen zusammenhingen, aus dem Eimer zu fummeln. Immer wieder fielen ihr Würste auf den Boden, und manchmal mußte sie den Tellern nachlaufen, um die Einlage unterzubringen. »Mensch Emil, verdammte Kerl, mach langsam das Ding, ich krieg die blöde Wurst nicht rein!«

Der Koch, ein herbes Vergnügen in den Augen, langte unter das Band. »Wieso denn? Willst du etwa Siesta machen?« Er drehte an dem Knopf, das Fließband lief noch etwas schneller. »Du kriegst sie schon rein, die Wurst. Hast sie immer noch reingekriegt!«

Er bückte sich. Das Knackerpaar, das die schmunzelnde Frau in seine Richtung geworfen hatte, klatschte gegen die Kacheln und fiel ins Leipziger Allerlei, wo Klaputzsek ein paar Gewürze verrührte. »Danke, Laura!« Er biß ein Stück davon ab.

Am Ende des Bandes durchliefen die Teller einen kurzen Tunnel, in dem ihnen Deckel aufgefalzt wurden, und dahinter nahm Harry die Portionen in Empfang, prüfte, ob sie dicht waren, und ritzte mit dem Daumennagel ein B in die Folie. Dann reichte er sie an DeLoo weiter, der sie in beheizbare Schränke stapelte.

Draußen wurde es hell. Hunde, ihre Schemen hinter dem Windfang, wichen zurück vor einem Mann in weißem Kittel. Er klatschte in die Hände, scheuchte sie fuchtelnd vom Hof, und bemerkte wohl nicht, daß eine kleine graue Katze zwischen seinen Schuhen in die Küche huschte. Stirnrunzelnd blickte er sich um, tunkte eine Fingerspitze in die Suppe, roch daran und sprach mit dem Koch. Der nickte, unterbrach seine Arbeit aber

nicht; er wies mit der Kelle auf DeLoo, und der Mann, nach einem raschen Blick aus den Lidwinkeln, ging weiter. Er mußte den Kopf einziehen, um durch die Bürotür zu kommen.
Die junge Katze saß zitternd zwischen den Thermoschränken und öffnete das Maul mit den spitzen, fast noch transparenten Zähnchen. Doch ihr Schreien war nicht zu hören in dem Lärm der Falzmaschine, und DeLoo bückte sich und hielt ihr ein Stück Knacker hin, als die Türkin ihn anstieß. Sie nahm die Suppen-Barren aus der Rutsche und rief: »Du kommen, Chef!«
Der Mann saß am Schreibtisch, rauchte eine kurze Zigarre und notierte sich etwas auf einem Block. Sein kräftiges Grauhaar war akkurat gescheitelt und glatt an den Kopf gebürstet. Vielleicht trug er ein Netz in der Nacht. Dickes Gesicht, stumpfrote Haut, an den Nasenflügeln fast violett. Die Schreibhand zitterte. Wach die Augen, groß und klar. »Und was haben Sie vorher gemacht?«
Unter dem offenen Kittel trug er ein cremefarbenes Hemd und eine Anzugsweste mit Uhrkette; doch befand sich daran – die Zigarre brannte schlecht – ein goldenes Feuerzeug. Er hob die Brauen. »Ausland? Welches Ausland? Tegel oder Moabit?«
»Nein«, sagte DeLoo grinsend. »Nicht im Gefängnis. Ich war ...«
Der Mann hob eine Hand und ließ sie, als wäre sie ihm zu schwer, gleich wieder auf die Tischplatte sinken. »Schon gut. Genauer will ich es gar nicht wissen.«
Dunkel die Stimme, leicht angerauht im Grund, und jene Art, langsam und zögerlich zu sprechen, mit der

man rasches Denken verbirgt. »Eigentlich sind wir komplett, wissen Sie. Aber ich schaffe meine Tour nicht mehr. Nicht schnell genug. Die Treppen, der Kreislauf ... Und wenn unsere Kunden etwas hassen, dann Unpünktlichkeit. Sind Sie verheiratet?«
Die alte Frau kam ins Büro, tätschelte ihren Hund, der unter dem Waschbecken hockte, öffnete den Kleiderschrank und nahm einen Schal heraus. Der Mann stieß etwas Rauch zur Decke, blickte sich auf dem Fußboden um. »Na bitte, Oma, da scheinst du ja endlich mal die richtige Brille zu haben. Glanz bis in die letzte Ecke. Unsere Chefin wird sich freuen.«
Das Atmen machte ihm hörbar Mühe. Tief in den Bronchien klang ein Brodeln mit. »Was meinst du?« Er zeigte auf DeLoo. »Die neuen Fahrer sollten sich zwar erst Montag vorstellen, aber nun ist der schon mal da ... Können wir ihn nehmen?«
»Den?« Die Frau schlüpfte in ihren Mantel, schloß die Wollmütze unterm Kinn. »Natürlich nehmen wir den. Ist doch 'n Netter. Und Xanthos mag ihn auch. Um ihn herumgehoppelt wie 'n Blöder. Macht er sonst nur bei Ihnen.«
»Aha«, sagte der Chef und zog die Schutzhülle vom Computer. Darauf ein Sticker gegen die Fünfunddreißig-Stunden-Woche. Er nickte DeLoo zu. »Der Pudel hat Sie also schon eingestellt. Dann will ich mich nicht einmischen. Helfen Sie mal beim Abfüllen. Um elf fahren wir los.«

Heidi, den Schirm ihrer Mütze in den Nacken gedreht, hatte drei der mittlerweile leeren Suppenkessel gereinigt und zur Hälfte mit Wasser gefüllt. Als es dampfte, goß sie je eine Zweiliterdose Kondensmilch und einen Sack Kartoffelflocken dazu, und Harry schob einen Elektromotor mit einem galgenartigen Quirl heran und trat gegen den Schalter: Die Neonröhren erloschen, Falzmaschine und Ventilatoren verstummten, und DeLoo, in der jähen Stille, machte einen Stolperschritt.

Fluchend ging Emil zum Sicherungskasten. Das Licht flackerte wieder auf, die letzten Portionen Suppe wurden abgefüllt, und der Rührer ließ ein Heulen hören, das irgendwie durchgedreht klang, als wollte es sich im nächsten Moment materialisieren, in eine Art Gelee verwandeln. Das Kätzchen kroch durch den Spalt im Windfang hinaus.

Die Türkin hielt sich beide Hände auf den Bauch. Die Backen aufgeblasen, löste Klaputzsek die Arretierung der Pfanne, kippte das Leipziger Allerlei in einen Plastikkübel und schob ihn neben die Würste ans Band. Das Geheul ebbte ab, hinterließ ein feines Sirren in den Ohren, und Harry klappte den Quirl hoch und rief: »Verdammte Kacke, das guck sich einer an! Da sollst du nicht die Krätze kriegen. Ich seh aus wie, wie ...«

Wie ein Gipser sah er aus. Sein grauer Kittel war über und über mit kleinen Tropfen bespritzt, und er schabte den Kartoffelbrei mit der Handkante ab und schleuderte ihn angewidert in den Topf zurück. »Versaut man sich die ganze Kluft mit dem Dreck! Die olle Maschine gehört doch längst auf den Schrott, Mensch.

Müßte man echt dem Ordnungsamt melden, oder welche Scheiß-Behörde da zuständig ist.«
»Quatsch keine Arien«, sagte Emil und probierte eine Fingerspitze voll Püree. »Hast schon wieder Muskat vergessen.« Er stieß einen Pfiff aus. »Bernd, Imre! Abfüllen hier!«
Flüche murmelnd, schaufelte Harry die Masse in Wärmebehälter, hob sie in ein Wasserbad und rückte neue Stapel Aluminiumteller daneben. Anders als die vorigen waren sie dreigeteilt, und Emil, eine Art Spachtel in der Hand, stellte das Fließband an und füllte Püree, Klacks um Klacks, in die erste Sektion. Ein paar Schritte weiter gab die Türkin Gemüse dazu, und Heidi, mit rosa Gummihandschuhen, legte die Bratwürste ein. Aus einer Kanne goß Bernd etwas Soße darüber, wobei er flötend die Lippen spitzte, und DeLoo nahm die zugefalzten Menüs aus der Rutsche und reichte sie an Klaputzsek weiter, der sie in Styroporboxen packte; er ging dabei nach einer langen, fettfleckigen Liste vor.
Die Bürotür wurde geöffnet, Oma schlurchte in die Küche. Sie verbarg die kurze Leine mit beiden Händen auf dem Rücken, so daß Xanthos, dem die Zunge aus dem Maul hing, sich dicht hinter ihr halten mußte. Trotzdem sah ihn der Koch.
»He, was gibt das! Dein Stinkvieh bleibt draußen!«
Die Frau, winzig zwischen den gewaltigen Pfannen, ihren hochgestellten Deckeln, schreckte zusammen. »Ja, ja, ist gut! Wir gehn doch schon. Will mich nur von euch verabschieden. Sei bloß nicht immer so unfreundlich, Mensch.«
Rhythmisch kratzte der Spachtel über den Rand der

glänzenden Teller. »Wer ist hier unfreundlich!« bellte Emil. »Verabschiedet hast du dich, also schwirr endlich weiter!«

Die Mütze in den Augen, den alten Mantel schief geknöpft, wackelte die Frau in ihren Moonboots am Fließband vorbei. »Bin ja schon weg. Meinste, hier hält mich was? Muß nur noch mal kurz da hoch ... Hallo, Imre!« Sie nickte der Türkin zu, hielt sich einen Finger vor die Lippen und band ihren Hund an die Kühlhaustür. Dann stieg sie das Treppchen zum Waschraum hinauf.

Klaputzsek schwitzte. Er hatte bereits zwei Stapel der grünen Boxen neben den Ausgang gestellt. Kleine, unter die Deckel geklemmte Zettel flatterten in der Zugluft, und er schob DeLoo die Liste hin und sagte: »Jetzt kommt meine Tour, die längste. Lies mal vor, geht schneller.«

Links auf dem Blatt standen die Namen der Kunden, meistens Firmen, Ämter, Institutionen, rechts die Anzahl der bestellten Essen und der Pausenbeginn, und während DeLoo die Portionen aus der Rutsche nahm, las er: »Büro Sawade, drei Mal Bohnen, sieben Mal Bratwurst. Repro-Blitz, zwei Mal Bohnen, zwei Mal Bratwurst. Frau Paulus, ein Mal Bratwurst. Immobilien Brenner, vier Mal Bratwurst. O-Ton-Synchron, vierzehn Mal Bohnen.« Und so weiter. Dabei bemerkte er, daß Klaputzsek sich kaum je an die Zahlen hielt; meistens schichtete er ein oder zwei Essen mehr in die Kisten.

Vorsichtig kam die alte Frau die Treppe herunter, nestelte an der Hundeleine. »Also Kinder, ich geh dann mal. Machts gut.«

Emil sah auf die Uhr und stellte das Band etwas schneller. »Ich dachte, du bist längst weg.«
»Tschüß, Möhrchen!« rief die kleine Dralle, die einen Kessel mit dem Drahtschwamm auswischte. »Grüß deine goldene Hamster!«
»Danke, Laura, mach ich. Der hat sich gefreut über die Mandeln, das kannst du mir glauben.« Sie kicherte.
Bernd winkte mit der Soßenkanne. »Tschau, Oma! Schon Feierabend?«
»Zum Glück. Wiedersehn mein Dicker. Ich bin weg.« Sie zog den Hund hinter sich her, schlurchte zum Büro. »Doch vorher tu ich dem Chef noch sagen, wie hier eine langjährige Mitarbeiterin vom Koch behandelt wird. Das hats noch nicht gegeben. Wirklich nicht.«
Emil hob das Kinn. »Na, wie denn?« rief er. »Wie behandle ich dich? Soll ich dir vielleicht die Füße lekken?«
»Nee, nee«, sagte die Frau und drehte sich um. »Ich halt mich schon selbst sauber. Aber Spiegeleier könntste mir mal wieder machen.«

Der Schnee in den Rinnsteinen war nur mehr Matsch, glasige Haufen voll Hundekot. DeLoo lenkte den alten Bulli zur Kottbusser Brücke, hielt vor der Ampel. Vermummte Menschen auf den Gehwegen, Einkaufende, Hauch vor dem Mund. Zwei Bettler legten die Hände auf die Motorhaube eines soeben geparkten Autos. Am Ufer Markt.
Vor der betonierten Schräge stand eine dicke Frau in einem alten, hier und da zerfetzten Regenmantel. Sie trug eine flammend rote Perücke und streute Reiskör-

ner zwischen die Tauben, die im Schutz des Geländers vor sich hindämmerten. Sofort entstand ein gurrender Tumult, der Boden schien zu sieden unter dem grauen Gefieder, aus allen Himmelsrichtungen stürzten immer noch mehr Tauben herbei, und die eine oder andere setzte sich auf die Schulter oder die Perücke der Frau, die sich schmunzelnd nach Zuschauern umblickte. Als sie ihre Arme, die gehöhlten Hände voller Reiskörner, von sich streckte, flogen fast alle Tiere auf und krallten sich an jede freie Stelle der Wohltäterin, krochen ihr sogar in den Mantel, die Taschen, und langsam, Schritt für Schritt und kaum noch zu erkennen vor flatternden Vögeln, kam sie über die Brücke: Ein riesiges Federwesen, flaumumstaubt, vor dem die Passanten vom Bürgersteig traten.

»Verrückt, die Alte«, murmelte der Chef, und DeLoo gab Gas. »Hat mal bei uns gearbeitet. Da vorne rechts ... Übrigens, würden Sie als Kameramann nicht mehr verdienen als bei mir?«

»Schon möglich.«

»Ja, und? Keine Stelle gefunden?«

Der andere schüttelte den Kopf. »Ich hab nicht danach gesucht.«

Der erste Kunde, ein Änderungsschneider mit vier Angestellten, sah auf die Uhr und beklagte sich über die frühe Lieferung des Essens. Pohl gab ihm recht und entschuldigte sich; doch kaum waren sie aus dem Laden, winkte er ab. »Hauptsache, die letzten beschweren sich nicht über die späte ...«

»Ja, wo ist denn der Nachtisch?« fragte die Sekretärin einer Sprachenschule, als sie die Mahlzeiten für das

Kollegium entgegennahm, und der Chef langte in seine Kitteltaschen und legte die Kiwis, die es zum Eintopf gab, auf ihren Tisch.
»Ooch«, maulte sie und zupfte mit spitzen Fingern Flusen von den Schalen. »Bloß Obst?«
Pohl schüttelte den Kopf, hob eine Braue. »Verzauberte Kartoffeln«, sagte er, und DeLoo klemmte sich die Kiste vom Vortag unter den Arm.
Großraumbüros, kleine Büros, Ladenlokale, Werkstätten, Verkaufsbüros und einmal eine Sakristei, Bratwurst für die Orgelbauer. Pohl, der immerzu auf die Uhr blickte, dirigierte ihn durch Kreuzberg und Neukölln bis nach Britz, und von dort hinüber nach dem Osten: Treptow, Adlergestell, Plänterwald. »Hier müssen Sie fünfundsiebzig fahren«, sagte er, »dann kriegen wir an der nächsten Ampel noch Gelb mit ... Dort kann man abkürzen, aber lassen Sie sich nicht erwischen ... Achtung, hinter der dritten Plakatwand stehen oft Blitzer ... Wenn Sie rückwärts in diese Einbahnstraße stoßen, sparen sie fünf Minuten ... Da vorn die Biegung im dritten Gang ... Runterschalten. Und Stoff.«
Eilig gingen sie durch die Betriebe, durch Maschinenhallen, Baustoff- oder Ersatzteillager, durch Schreibtischlabyrinthe, Wagenparks oder Käfigreihen voller Labormäuse. Pohl grüßte Arbeiter und Schichtleiter, stellte DeLoo als neuen Fahrer vor, und meistens war es, als brächten sie die Kisten in den immer gleichen Pausenraum: Blechschränke, Aufkleber der Gewerkschaft, Kaffeemaschinen, Tische mit verchromten Stahlrohrbeinen und eine Stechuhr samt Kartenhalter neben der Tür.

»Na bitte, fast pünktlich«, sagte er, als sie um Viertel nach zwei den letzten Kunden ansteuerten, einen Schrottplatzbesitzer im Osten. Kurt Ackermann, Stralau, stand in stählernen, ungelenk zusammengeschweißten Buchstaben über dem Maschenzaun. Drei Ketten am Tor, riesige Schlösser. »Sie müssen den Seiteneingang nehmen, dort zwischen den Büschen. Nicht vollquatschen lassen. Ich warte hier …« Er stieg aus und verschwand in dem Rest eines Hinterhauses, einer Ruine im Brachland. Gras auf dem Dach. Ein fast verblichenes Plastikschild. »Bei Willi und Renate«.
Kaum hatte DeLoo das quietschende, aus Draht und Latten bestehende Tor aufgedrückt und die ersten Schritte zwischen den Schrotthaufen gemacht, wurde Hundegebell laut, und er blieb stehen und sah sich vergeblich nach einem Büro oder einer Werkstatt um. Hinter Stapeln sorgfältig geschichteter Stoßstangen, Bergen grauschwarzer Motorblöcke und zusammengestauchten Karosserien konnte er die Spitze eines Kran- oder Baggerarms erkennen, den leeren Haken, und ging darauf zu.
Das Gekläff wurde lauter. Öllachen auf dem Boden, zerstoßenes Glas, und eine Elster hüpfte von einem Haufen Außenspiegel, flog in eine Akazie. Dahinter ein Waggon der Deutschen Reichsbahn, die Fenster mit Brettern vernagelt, und der Hund zwischen den Rädern verstummte jäh und hockte sich auf den Boden. Das grau-weiße Fell hing ihm über den Augen, und seine Nase glänzte feucht in dem filzigen Gewusel.
»Bleiben Sie stehen!« sagte der Mann, der in diesem Moment auf die überdachte Plattform trat. Er stemmte

die Fäuste an die Hüften, machte ein Kopfbewegung. »Sieht kuschelig aus, ist aber 'n Bluthund, klar?! Was wollen Sie hier?«

DeLoo hob die Styroporbox an. »Ihr Mittagessen. Zwei Portionen Bohnensuppe.«

Der Mann, ein schmächtiger Alter mit ganz weißem, fast perlmuttfarbenem Haar, trat nah ans Geländer, kniff ein Auge zu und rieb sich das Kinn. Er trug einen Schlosseranzug, dessen fleckige, bis zum Hals zugeknöpfte Jacke er sich wie ein Hemd in die Hose gesteckt hatte. Die wurde von schwarz-rot-gelben Trägern gehalten, auf Hochwasser; man konnte Streifen bleicher Haut unter den Säumen sehen. Die Stahlkappen seiner Schuhe waren verrostet.

»Das Mittagessen? Bringt immer 'n anderer. Sie haben sich hier eingeschlichen, stimmts? Abteilung Kupferklau, seh ich doch sofort. Woher soll ich wissen, daß da nicht 'ne Uzi drin ist, in der Kiste. Von wegen Suppe. Wir vertrauen Ihnen, und Sie ziehen blank und nieten uns eiskalt um für so'n paar Scheißhausrohre? Das ist doch nicht Ihr Ernst, Mann! Oder?«

Während er sprach, bewegten sich die Sehnen wie Stricke unter seiner Halshaut. Der Hund schnaufte, legte die Schnauze zwischen die Vorderpfoten, und DeLoo trat näher. »Hier bitte, überzeugen Sie sich selbst. Mexikanischer Bohneneintopf.«

Der andere, ein Funkeln in den Augen, verzog den Mund zu einem erstaunlich breiten Grinsen. »Ha! Auf *den* Trick fall ich nicht rein, Kollege. Alten Mann in'n Bart spucken und sagen, 's hätt geschneit, was? Du kommst schön hier hoch und stellst mir das Zeug auf den Tisch, wie immer. Und die Hände brav an der Kiste lassen.«

Das Podest war mit Kunstrasen belegt, und neben der Tür hing ein altes Ausgußbecken voller Blumenerde, gespickt mit Zigarettenkippen. Übelriechende Hitze schlug ihm entgegen, als DeLoo den neonhellen Raum betrat, und der Alte, einen Löffel im Knopfloch seiner Montur, setzte sich auf eine Bank und legte ein Geschirrtuch auf den Tisch. »Hier hin, das Zeug!«

Ein Ofen mit Sichtfenster, in dem die Briketts mehr schmorten als brannten, stand in der Mitte des Wagens. Dahinter gab es eine Art Wohnzimmer mit Schrankwand, Schlafcouch und einem halben Dutzend Fernsehern. Überall lagen Werkzeuge herum, Kabelstücke, Radioröhren, und neben einer Kuckucksuhr hing ein Samtteppich mit dem eingewebten Portrait John F. Kennedys. »Ist der Hund drin?«

Er trottete gerade an DeLoo vorbei und hockte sich neben die Eckbank. »Dann mal die Tür zu. Oder soll ich hier die Schwindsucht kriegen?«

»Geben Sie mir nur rasch die Kiste von gestern, und schon bin ich weg.«

Der Alte schüttelte den Kopf, riß die Folien von den Tellern. »So siehst du aus, mein Freund. Setz dich mal hin und warte, bis wir das Zeug probiert haben. Von wegen Mexikanischer Bohneneintopf. Kann jeder behaupten, was Olli?« Er bückte sich, stellte eine Portion auf den Boden, und der Hund beschnupperte sie, schleckte zaghaft daran und ließ ein Winseln hören. Sein Schwanz wedelte Staubflocken unter der Bank hervor, Kronkorken, ein Papiertaschentuch.

»Na was? Was hast du denn, blöde Tröte?« Der Alte probierte die andere Portion. »Ist doch nur lauwarm, der Brei!«
Sein Hund winselte lauter, bellte, hob eine Pfote, tapste mehrmals auf den Aluminiumrand, und erst als der Teller umgekippt und die Suppe breit auf das Stragula geflossen war, begann er zu fressen.
Der Alte grinste. »Nicht dumm, unser Kleiner, was? Muß er von mir haben. Und schmecken tuts ihm auch. Neu in der Firma?«
Schon hatte Olli einen Großteil der Bohnen hinuntergeschlungen, biß knurrend in die Knacker, und DeLoo bejahte die Frage und bat erneut um die Kiste vom Vortag.
»Mann, sind Sie ungemütlich. Wohin denn so eilig?«
»Der Chef wartet draußen ...«
»Bei Willi und Renate, meinen Sie. Da holen Sie ihn mal nicht zu früh weg ... Haben Sie meinen Bagger gesehn? 'n echter Liebherr. Raten Sie mal, wie lange ich den schon fahre.«
»Keine Ahnung.«
»Na, raten Sie!«
»Weiß nicht. Paar Jahre?«
»Meine Fresse, ist das scharf ... Hörst du, Olli? Paar Jahre. Den hab ich seit 1960!« Er rührte in seinem Essen, sah DeLoo aus den Augenwinkeln an.
»Donnerwetter«, sagte der.
»Ganz genau.« Suppe lief ihm übers Kinn, tropfte auf die Montur. »Und jetzt möchten Sie wissen, wie 'n alter Ostler zu diesem Westbagger Marke Liebherr kommt, stimmts?«

»Später vielleicht. Ich muß ...«
Der andere schniefte, schmatzte. »Natürlich wollen Sie das wissen! Passen Sie auf.« Er beugte sich zur Seite, öffnete den Kühlschrank, stellte eine Dose Bier auf den Tisch. Dann schaufelte er sich rasch zwei Löffel Bohnen in den Mund und schnitt mit einem stumpfen Taschenmesser an der Knackwurst herum.
»Ob Sie's glauben oder nicht: Hab das Ding geschenkt gekriegt. Und wissen Sie von wem? Das glauben Sie nicht. Von meiner Frau. Zu unserer Trauung. Ja-ha, da staunt er, der Küchenjunge. Schon mal was von Liebe gehört? War natürlich gebraucht, ihr Cousin hatte 'n Baugeschäft in Westberlin. Aber immerhin ... 'n echtes Hochzeitsgeschenk.«
»Gratuliere«, sagte DeLoo, der die Box entdeckt hatte. Er zog sie aus dem Gepäcknetz über dem Küchenschrank und griff in die Tasche, legte das Obst auf den Tisch. »Hier ist übrigens Ihr Dessert.«
Der Mann hörte auf zu kauen. Er schluckte hart, seine Augen wurden groß, quollen hervor, und die Gesichtshaut lief so rot an, daß die gewölbten Brauen silbern erschienen. Dann schloß er die Lider, begann zu würgen, und die Zunge glitt wie eine kleine Rinne aus dem Mundloch, ehe er halb zerkaute Hülsenfrüchte auf den Tisch hustete, ein Stückchen Wurst, etwas Knorpel. Der Hund blickte auf, legte den Kopf schräg.
»Verdammte Scheiße«, japste der Mann und wischte sich die tränenden Augen mit dem Ärmel. »Wollen Sie mich umbringen?«
Er schob sein Essen weg, und DeLoo ging zur Tür. »Wieso? Was erschreckt Sie denn an Kiwis?«

»Haun Sie bloß ab!« krächzte der Alte, hustete wieder und griff nach dem Bier. »Von wegen Nachtisch. Ich werd mich nie an diesen elenden Westen gewöhnen. Sogar die Früchte sehen aus wie Handgranaten!«

Löschfahrzeuge, Brandgeruch, gelblicher Qualm. Passanten drückten sich Taschentücher oder hochgeschlagene Kragen vor Nase und Mund, und eine Frau breitete ihren Mantel über einen Kinderwagen. Polizisten stoppten den Verkehr mit blinkenden Kellen. Männer in Schutzanzügen und schweren Stiefeln mühten sich über Haufen bläulicher, von Moniereisen starrender Betonbrocken, zogen Schläuche durch schäumende Pfützen und verschwanden immer wieder im Rauch. Manchmal war kaum mehr zu sehen als die matten Reflexe auf den Augengläsern ihrer Masken.

Zwei Sanitäter kümmerten sich um eine ältere, auf dem Trottoir sitzende Frau. Sie lehnte mit dem Rücken an der Hauswand, der Reklameschrift eines Öko-Ladens im Souterrain, und versuchte kraftlos, das Atemgerät abzuwehren, das einer der Männer ihr vor den Mund halten wollte. Während der andere nach ihrer Einkaufstasche griff und die herausgefallenen Dinge aus dem Schneematsch klaubte: Schnittbrot, zwei Orangen, eine Packung Trill-Vogelfutter.

Über den Dächern stritten sich Elstern, ein wildes Geschäcker, das widerhallte in den Höfen. Aschefläckchen schwebten durch die Luft. Eine Tüte Kohlen in der einen, Brennholz in der anderen Hand, bog DeLoo in die schmale Straße, die zur Hasenheide führte. Der Himmel war schwarzblau, und die bunten Glasmurmeln der Kinder schienen aufzuglühen, wenn sie durch die Lichtfelder rollten, die aus den Fenstern des neuen Lokals an der Ecke fielen.

Ehemals eine verrauchte, von einem zotteligen Kollektiv betriebene Kaschemme voll Trödel und spinnwebverhangener Lampen, eine oft bis in den Morgen geöffnete Zuflucht romantischer Trinker im Kiez, war es nach der Wende zu einem Restaurant der besseren Klasse geworden, und noch standen die plötzlich gekämmten und mit steifen weißen Jacken und Schürzen versehenen Inhaber und Angestellten wie eingeschüchtert von ihrem eigenen Anspruch zwischen den leeren Tischen herum und ließen sich von dem distinguierten, aus einem Berliner Top-Restaurant abgeworbenen Oberkellner zeigen, wie Servietten auf eine ganz bestimmte, raffinierte Art zu falten sind. Dabei blickte der Mann, Frackweste und gepflegter Schnauzbart, einmal kurz und geringschätzig auf DeLoo und seine Eierkohlen.

Der dicke Buchhändler von gegenüber trug die Kiste mit den Sonderangeboten in den Laden, der so winzig war, daß man besser vor der Tür wartete, wenn sich schon zwei Kunden darin befanden. Auch schien er mehr mit Schreibzeug als mit Romanen zu handeln. Und doch: Als DeLoo einmal ein Reclam-Heft mit Schriften Jakob Böhmes bestellen wollte, hatte der Mann nur den Kopf geschüttelt und das Bändchen, vor fünfundzwanzig Jahren eingekauft, aus dem Regal gezogen.

Vor dem Haus, in dem er wohnte, ein ziegelumfaßtes Beet, in dem ein fast kahler Rosenbusch wuchs; zwei Blüten, schmutzigweiß, hatten sich bis in den Winter hinein gehalten. In dem Raum dahinter, einem ehemaligen Milchgeschäft, arbeitete Frau Andersen an einem ihrer großen Bilder. Es lehnte an der Wand und reichte bis unter die Neonröhre am Stuck: Eine fast monochrome Arbeit auf einem schlecht bespannten Rahmen; violettes, hier und da schwärzlich scheinendes Gewölk. Nur in der rechten oberen Ecke gab es einen orangefarbenen Fleck, den die über Achtzigjährige wohl gerade vergrößern wollte. Dazu hatte sie einen langen Pinsel mit Bast an einen Stock gebunden und stieg nun in ihren alten, wegen der geschwollenen Füße hier und da eingeschnittenen Schuhen auf ein Holztreppchen, vier Stufen hoch. Das machte ihr Mühe, und sie hielt sich dabei an dem Besenstiel fest, den sie mehr schlecht als recht an die Seite genagelt hatte. Doch als sie auf dem Podest stand und den Arm ausstreckte, mußte die gebeugte, aber durchaus stattliche Frau feststellen, daß die Pinselspitze immer noch nicht an den leuchtenden Fleck heranreichte.

Kopfschüttelnd stieg sie die Stufen rückwärts hinunter und legte das Malwerkzeug auf den Tisch voller Tuben, Spachtel und Paletten. Dann schlurchte sie durch den Raum, bückte sich und zog einen schweren Mauerstein am Griffloch unter dem Ofen hervor. Mit beiden Händen trug sie ihn vor das Bild, legte ihn aufs Treppchen und drückte, leicht zitternd, einen frischen Tropfen Orange aus der Tube.

Nachdem sie den Pinsel eingetaucht hatte, begann sie wieder mit dem Aufstieg, wobei der Besenstiel, ihr Halt, sich wie ein Hebel vor und zurück bewegte. Nach jedem Schritt blieb die Frau eine Weile stehen, um Atem zu holen, wobei sich der Grat ihrer Wirbel unter der Kittelschürze abzeichnete. Der aufgelegte Mauerstein machte die letzte Stufe doppelt hoch und nahm fast die ganze Fläche des Podestes ein; nur links neben ihm eine schmale Trittmöglichkeit, und als die Malerin den Fuß dort hinstellte und ihr Gewicht auf den stützenden Stiel verlagerte, splitterte dessen unteres, von mehreren Nägeln durchbohrtes Ende; DeLoo glaubte es knacken zu hören durchs Schaufensterglas.

Doch hielt die Vorrichtung, und nun zog Frau Andersen den anderen Fuß nach, hob ihn über die letzte Stufe, die Steinkante hinaus und hatte ihn fast schon darauf gestellt – da rutschte ihr der alte Schuh, kaum mehr als ein Gelappe aus Leder, vom dick verquollenen Fuß und fiel zu Boden.

Sie drehte den Kopf und bewegte die Lippen, als stieße sie Flüche aus. Mit knotigen Fingern strich sie eine Strähne ihrer weißen Haare hinters Ohr, stieg wieder vom Treppchen und legte den Pinsel beiseite. Dann setzte sie sich auf einen alten, vor langer Zeit grün gestrichenen Korbsessel, schlüpfte in den Schuh, bückte sich langsam und kramte in ihrer Werkzeugkiste; dabei hielt sie einmal inne und starrte grimmig grübelnd ins Dunkle hinaus. DeLoo machte einen Schritt in den Schatten der Hecke.

Mit einem Stück Rahmendraht umwickelte sie den ganzen Fuß. Als der Schuh nicht mehr abfallen konnte, mühte sie sich aus dem Sessel und schlurchte erneut zum Gemälde, nahm den Pinsel vom Tisch und stieg die erste Stufe hinauf. Die zweite und dritte. Vorsichtig hob sie den verdrahteten Fuß auf den Mauerstein; die

Schuhspitzen ragten über die Kante hinaus, das Treppchen wackelte, und langsam, sehr langsam richtete sie sich auf, die Frau.

Der Besenstiel brach vollends aus der Halterung, sie stieß ihn fort und stützte sich mit den gespreizten Fingern der Linken am Gemälde ab, das sich, da nur an die Wand gelehnt, beträchtlich durchbog. Die leicht schwingende, hier und da Licht reflektierende Leinwand ließ die Wolken bewegt erscheinen, und auch als die Frau gerade stand, sah das noch gebeugt aus; ihre Wirbelsäule war im oberen Teil verkrümmt, was eine schräge Kopfhaltung und einen seltsam demütigen Blick ergab.

Sie streckte den Arm, den verlängerten Pinsel vor, und die orangefarbene Spitze zitterte ein wenig. Noch immer reichte sie nicht an die Stelle heran, verzog das Gesicht, hob sich auf die Zehen, und mit vermehrter Anstrengung nahm auch ihr Zittern zu. Um plötzlich – das Pinselhaar war keine Lidlänge mehr von der Leinwand entfernt – aufzuhören.

DeLoo stellte seine Kohlen ab, trat näher ans Fenster, und leicht, fast beiläufig nun, brachte die Künstlerin einen Farbtupfer auf, nicht größer als ihr kleinster Fingernagel. Dann machte sie sich an den Abstieg.

Sie reinigte den Pinsel mit einem Lappen, löschte das Licht und ging aus dem Raum, und als er sich umdrehte, bemerkte DeLoo, daß er nicht der einzige Beobachter der Frau gewesen war. Halb verdeckt und wie schraffiert von dem kahlen Ginster neben der Haustür, stand ein Mann in einem dunklen Mantel. Er hatte knapp schulterlange, hinter die Ohren gelegte Haare, trug ein weißes Hemd und eine Krawatte, und auch in dem Glanz seiner Schuhe spiegelte sich ein anderer Bezirk. Doch lächelte er seltsam verträumt, aufs schönste verwundert von dem, was er gerade gesehen hatte, und nickte DeLoo zu. Der bückte sich nach seinem Brennholz, den Kohlen. Feiner Grieß, ein schwarzes Rieseln aus der Tütennaht, und als er aufblickte, war der Mann verschwunden.

Die Treppe neben der Kühlhaustür führte ins Hochparterre, in eine fensterlose Waschküche, wo schmutzige Rührhölzer, Kellen, Töpfe und Plastikeimer in großen Steinbecken lagen. Es gab zwei Toiletten, und auch auf den Türen der beiden Pausenräume stand »Männer« und »Frauen«.

Eine Flasche Wasser in der einen, das Essen in der anderen Hand, drückte DeLoo die Klinke mit dem Ellbogen hinunter. Ein schmaler Raum, kreisrunde Neonröhren über dem Tisch, verrauchte Luft. Die Hände locker im Schoß, das Kinn auf die Brust gedrückt, schien Harry zu schlafen. Auf seinem Gulasch, kaum zur Hälfte gegessen, lag ein Kaugummi. Emil las Zeitung, Bernd blätterte in einem Möbelprospekt, und nur Klaputzsek aß noch. Er schob sich eine Gabel voll Bratkartoffeln in den Mund, ließ ein wattiertes »Mahlzeit!« hören, und DeLoo stellte sein Essen auf den Tisch.

»Gibt es keine Seife draußen?«

Der andere schüttelte den Kopf. »Die Chefin legt keine mehr hin. Denkt, wir klauen sie, oder was. Nimm Pril.«

Er ging noch einmal hinaus, wusch sich die Hände mit

dem Geschirrspülmittel. Hinter der Scheibe am anderen Ende der Halle stand eine Frau und musterte ihn über den Rand ihrer Lesebrille. Enge Kostümjacke, Perlen, groß wie sein Daumennagel, faltiger Hals und junges Make-up. Er zog ein Papiertuch aus dem Halter und schneuzte sich. Dann ging er wieder in den Pausenraum, setzte sich auf die Bank und zog die Folie von seiner Portion.

»Bist ja gut in der Zeit«, mampfte Klaputzsek. »Als ich meine erste Runde ohne Begleitung fuhr, war ich so fikkerig, daß ich in 'ne Zementgrube fiel. Die Leute finden es nämlich nicht witzig, wenn der Hackbraten erst zum Tee kommt. Aber nach und nach kriegst du den Bogen raus.« Mit einer Kopfbewegung wies er auf Harry. »Unser Elvis hier, ich glaube, der springt zwischendurch sogar zu seiner Mathilda, oder wie sie heißt, 'n Kleinen verstecken. Deswegen isser auch immer so kaputt.«

»Willst du meine Wiener haben?« fragte DeLoo.

»Warum? Hast sie ja noch gar nicht probiert.«

»Nimm nur.«

»Besten Dank. Süffel-Leber? Wenig Fett und so?«

»Nein, nein.« Er rührte durch den Spitzkohl. »Ich esse selten Fleisch.«

Emil blickte auf, schmunzelte. Ohne die Augen von DeLoo zu lassen, blätterte er um. Dann beugte er sich über den Sportteil.

»Das find ich vernünftig«, sagte Bernd. »Da hat man wahrscheinlich nicht immer Verstopfung, und die Haut bleibt auch länger glatt. Ich wäre gern Vegetarier, aber ich halt das nicht durch. All die Pasteten im Ka-De-We ...«

Er schmatzte genießerisch, widmete sich wieder den Betten und Schränken in seinem Heft, und Klaputzsek, die unverhoffte Wurst in Stücke schneidend, sagte: »Naja, mein Lieber, so einfach ist das nicht. Stell dir vor, jeder wär Vegetarier. Möcht mal sagen: Gesamtgesellschaftlich gäbs da 'ne Menge Probleme. Wohin zum Beispiel mit den Viechern? Die vermehren sich doch wie blöde und brauchen alles Grünzeug für sich. Und am Ende scheißen die uns zu, Mensch.«

Harry ließ einen Schnarchlaut hören; Klaputzsek schüttelte den Kopf. »Nee, nee, Fleischesser muß es auch geben, schon wegen der Kraft und so. Wenn du hart ackerst, kannst du nicht nur Möhrchen essen. Da knickt man wie 'n Halm im Wind ... Trinkst du denn ab und zu mal einen?«

»Ab und zu«, sagte DeLoo, um Ruhe zu haben, und der andere grinste, faltete seinen Teller zusammen.

»Na, Gott sei Dank, wir nämlich auch. Also, ich zum Beispiel trinke Pils, Harry dito. Bernd kippt alles, was prickelt, Emil alles, was schäumt ... Kapiert? Kannst dir ja 'n Vorschuß holen«, fügte er mit einem Augenzwinkern hinzu, und DeLoo nickte.

Fahle Wintersonne schien durch die Glasbausteine in der Stirnwand des Raums, eine Ahnung von Abend am frühen Nachmittag; die Schatten der Schränke und Kleiderhaken waren blaß wie Wasserzeichen, und in einer großen, mit Zigarrenreklame bedruckten Schale lag ein zerknülltes Stück Zellophanpapier, zuckte und wand sich in seine Form zurück; winzige Aschenpartikel fielen auf den Tisch.

DeLoo trank einen Schluck Selters, lehnte sich zurück

und schloß kurz die Augen. Weiße Stille. Als er sie wieder öffnete, hockte eine Maus zwischen den Gummistiefeln in der Ecke. Sie hielt einen kleinen Karottenwürfel zwischen den Vorderpfoten und verspeiste ihn mit zwei, drei schnellen Bissen. Dann wagte sie sich tiefer in den Raum, beschnüffelte ein zerknülltes Taschentuch, eine Kippe und blickte hoch zu ihm, so daß er das rosige Innere der Ohren sehen konnte.

Der Koch stand auf, klatschte in die Hände. Die Maus verschwand. »Also los jetzt, raus mit euch. Bouletten machen.« Er steckte seine Zigaretten ein. Dann hämmerte er mit der Faust gegen die Wand, und aus dem Raum der Frauen klang erbostes Johlen herüber. Auch Harry, die Augen gerötet, schnaubte trotzig und schob die Schale mit dem Gulasch von sich – so unwirsch, daß sie gegen DeLoos Wasserflasche stieß.

»Was'n das schon wieder für 'n Scheiß hier! Kann man nicht mal in Ruhe Pause machen, oder was? Wir haben uns doch grad erst hingesetzt, Mann!«

»Du sitzt lange genug«, sagte Emil und verstaute seine Zeitung im Spind. »In der Brachvogelstraße hast du sogar gelegen.«

Er verzog das Gesicht, tippte sich mit dem Daumen an die Brust. »Wer? Ich? Wie kommst 'n auf *den* Kack? Ist doch gar nicht meine Tour, die Ecke!«

»Na, dann möchte ich mal wissen, was dein Wagen da gemacht hat«, sagte Emil und ging hinaus. Auch Bernd stand auf, drückte sich langsam hinter DeLoo vorbei, legte ihm eine Hand auf die Schulter.

»Danke, es geht schon ...«

Draußen Poltern, Scheppern, das Pläddern von Wasser

auf Blech, und Heidi kreischte: »Hör auf, Emil! Du gottverdammtes Ferkel! Das sag ich deiner Frau …« Die Tür schlug zu, und Klaputzsek öffnete seinen Spind, griff unter einen Stapel Illustrierter und legte zwei Mozartkugeln auf den Tisch. »Die gute Oma«, sagte er und nickte, als DeLoo ihn fragte, ob er auch einen Schrank benutzen könne. »Den da vorn, neben der Tür. Übrigens mußt du dir ein Schloß mitbringen; die Chefin will, daß wir die Dinger immer verriegeln, auch wenn nur Siff drin ist. Damit keiner was behaupten kann oder so. Frag mich nicht …«
Er knibbelte an dem Goldpapier, und DeLoo räumte Zeitungen und leere Bierflaschen aus dem Spind und hängte seine Daunenjacke hinein. Als er ein paar alte, steif verschwitzte Socken vom Boden nahm, entdeckte er dort ebenfalls Mozartkugeln, drei Stück. »Donnerwetter!« sagte Klaputzsek. »Da hast du mir schon den Rang abgelaufen.«

In der Küche lief ein Radio, »Dich zu lieben …«. Die Frauen spülten. Bernd und Harry zogen Plastikwannen durch den Windfang, wuchteten sie hoch und kippten das Gehackte in ein halbes Dutzend kalter Kessel. Mit einem Messer schlitzte Emil Papiersäcke voll Brotmehl auf, schüttete es darüber und gab anschließend Salz, Pfeffer, Majoran und Fondor dazu; den jeweiligen Behälter in der Armbeuge, schritt er zügig aus und streute die Gewürze wie ein Sämann übers Fleisch. DeLoo und Klaputzsek setzten sich auf Gemüsekisten, schälten Zwiebeln, größer als Katzenköpfe, und warfen sie in den Blechtrichter einer Häckselmaschine, wo sie

noch einen Moment lang hüpften und polterten auf den rotierenden Messern, ehe sie wie Schnee aus der Rutsche fielen.
Bernd schaufelte sie zu dem Fleisch, und Harry karrte Eier heran, einen Rollwagen voller Paletten, verteilte sie vor den Kesseln. In der Zwischenzeit hatte Emil mehrere Knoblauchknollen vom Zopf geschnitten, die Zehen geschält und in eine große Presse gestopft. Den hervorquellenden Brei verrührte er mit Cayennepfeffer und Olivenöl und gab die Melange löffelweise an das Fleisch. Anschließend sollten die Eier dazu; jeder Mann stellte sich ein paar Paletten auf die zurückgeklappten Deckel und schlug Stück für Stück am Kesselrand auf. Klaputzsek fuhr sogar noch mit dem Daumen durch das Schalenrund, um alles herauszuholen. Doch Bernd, die Hände weit weggestreckt, schlackerte den Glibber angewidert von sich; kein Zug in dem teigigen Gesicht, der nicht abwärts wies. Harry wiederum sah aus, als machte er die Arbeit im Traum, schloß jedenfalls dauernd die Augen und kümmerte sich weder um Schalenstücke im Fleisch noch um den einen oder anderen blutigen Dotter.
Nur Emil arbeitete mit einer Schnelligkeit, in der etwas Wütendes und vielleicht auch Stolzes lag, als wollte er sich nicht beherrschen lassen von dem Trott und fertig sein, ehe die Langeweile eintrat. Mit beiden Händen schlug er stets zwei Eier gleichzeitig am Kesselrand auf, drückte die Mittelfinger in die Risse und ließ Dotter und Klar hinausgleiten mit dem gleichen Schwung der Handgelenke, mit dem er die Schalen auch schon wieder wegwarf.

Als DeLoo es ihm nachmachen wollte, behielt er nur Splitter in den gelbverschmierten Fingern. Wieder schob Harry den Motor heran, tauschte den Schaumbesen gegen eine Spirale aus, klappte sie in den ersten Kessel und drückte auf den Knopf.

Das Radio verstummte. Licht kam nur noch durch den Windfang und die schmalen Oberlichter in den Raum, und Harry rief: »Verdammt, jetzt guck dir *das* wieder an! Eines Tages kriegen wir alle einen gedonnert hier, und der Schuppen steht in Flammen. Also, ich bedien die Mühle nicht mehr, da könnt ihr euch einen anderen Blödmann suchen. Nachher lieg ich im Krankenhaus und hab ausgeschissen, oder was!«

»Hör auf zu heulen«, rief Emil und öffnete den Sicherungskasten. »Probiers nochmal.«

»... stellenweise Frost, Temperaturen gegen Abend ...«

Die Neonröhren flackerten, und erneut drückte Harry auf den Knopf. Nun lief die Maschine und vermengte Brotmehl, Fleisch und Eier, wobei der Motor erstaunlich ruhig blieb, ein rhythmisches Brummen, das mit zunehmender Geschmeidigkeit der Masse zum Schnurren wurde. Bernd legte Bleche auf die Arbeitstische, Klaputzsek riß Fettpapier von der Rolle, und Emil formte eine Boulette. Wog sie in der Hand und warf sie wieder in den Topf.

Er gab noch eine Schaufel Paniermehl dazu, und plötzlich roch es nach verschmortem Kabel. Die Rührspirale drehte sich langsamer, steckte fest, und aus dem Motorgehäuse war leises Knistern und Knacken zu hören, ehe eine blaue Flamme aus den Fugen der Abdeckung schoß. Alles Licht erlosch.

»Heiliges Kanonenrohr!« schrie Harry, der an die Wand zurückgewichen war. »Jetzt könnt ihr mich aber mal! Hier bist du ja deines Lebens nicht sicher.« Der Mund war ein feuchtglänzendes O, und er stierte entsetzt in die Runde; eine pomadige Strähne baumelte vor seinem Gesicht. »Habt ihr das gesehn? Habt ihrs *gesehn*?!«

»Du gehst mir auf den Sack«, knurrte Emil. »Zieh den Stecker raus!« Er sank in die Hocke und inspizierte den Motor, klopfte aufs Gehäuse, stocherte mit dem Messer darin herum.

»Werkzeugkasten?« fragte Bernd, und er schüttelte den Kopf.

»Zappenduster. Reif fürn Schrott. Krempelt euch die Ärmel hoch, wird 'n langer Tag.«

Er rief die Frauen aus der Waschküche herunter, und Heidi blickte auf die Uhr, zog sich Gummihandschuhe an. »Und wer soll hier die Arbeit machen? So seid ihr Kerle. Zu blöd, um auf 'n Knopf zu drücken!«

Imre, die Türkin, stellte sich neben DeLoo an den Kessel, streckte die Hand aus und strich behutsam über die Dotter, die dicht an dicht auf der Fleischmasse oder dem Brotmehl lagen, hundert oder mehr, und nur wo ein Pflaster an ihrem Daumen die Klarhaut streifte, zerlief das Gelb. Emil trieb zur Eile an. Je zwei an jedem Topf, tauchten alle die Arme bis zu den Ellbogen in das kalte Gehackte und vermengten es mit den anderen Zutaten, was ein Schnalzen, Schmatzen, Schlürfen und, wenn Luft aus den Handlöchern wich, auch obszönere Geräusche ergab. »He, du!« sagte Imre heiter entrüstet, als sich ihre Finger einmal im Fleisch berührten. Ein Hund schob die feuchte Nase durch den Spalt im Windfang, zog sie aber gleich wieder zurück.

Gut eine Stunde dauerte es, bis der Koch halbwegs zufrieden war mit der Konsistenz der Masse. Heidi stöhnte, Laura fluchte auf spanisch, und dem erhitzten Klaputzsek lief Schweiß über die Brille. Zigarette im Mundwinkel, formte Emil wieder eine Fleischkugel, legte sie auf das Fettpapier und gab ihr mit dem Handrücken einen Klaps. Die anderen machten es ebenso, rasch füllten sich die Bleche mit Bouletten, und Bernd deckte Frischhaltefolie darüber und schob sie in ein rollbares Regal.

Draußen wurde es dunkel. »Weißt du eigentlich, daß wir längst Feierabend haben?« rief Heidi am anderen Ende der Kesselreihe. Sie trank einen Schluck aus einer Milchtüte. Ihre Gummihandschuhe steckten in der Masse. »Dafür will ich Kohle sehen, mein Bester. Oder morgen früher abhauen. Komm mir bloß nicht mit deinem dämlichen *Firmeninteresse*!«

Doch Emil antwortete nicht, betrachtete seine geröteten Hände, drehte sie im Gelenk. Er griff in den Kessel, kraulte mit den Fingern durchs Gehackte und zerkrallte Lage um Lage des faserigen Gemenges, behutsam erst, dann immer nachdrücklicher, bis die Emaille sichtbar wurde. Danach drückte er das Fleisch vom Rand zurück in die Mitte, nahm ein langes Messer und ließ es wieder und wieder hindurchgleiten. Schließlich zog er die Bleche aus dem Regal und betastete jede einzelne Boulette, die er gemacht hatte, zerpflückte die akkuraten Reihen. Schmal der Mund, die Zigarette erloschen.

Über den großen, haselnußfarbenen Augen stießen die Brauen fast zusammen.
»Que passa?« fragte Laura.
Er spuckte die Kippe aus, schüttelte den Kopf. Leckte sich etwas Fleisch vom Daumen. Irgendwo in der zähen Masse steckte sein Ehering.

Draußen roch es wie in einem kalten Ofen. Imre wurde von ihrem Mann abgeholt, einem schmalen, nervös wirkenden Brillenträger, der um den verbeulten Opel herumkam und ihr die Tür aufhielt. »Oh, là, là!« rief Heidi, bevor sie in einen Apfel biß, und die andere lächelte, geniert und stolz zugleich. »Bis morgen!« Bernd, einen Stoffbeutel aus der Tasche ziehend, lief auf den erleuchteten Supermarkt zu. Harry verschwand grußlos in der nächsten Eckkneipe.
»Wo wohnst du eigentlich?« fragte Klaputzsek und wich den Bettlern aus, die ihnen vor der Brücke entgegentraten. Auf dem Toilettenhaus, vor Jahren schon zugemauert, hockten Tauben, eine lange Reihe vorgewölbter Kröpfe und spitzer Schnäbel am Rand des Flachdachs, bewegungslos. Nur hier und da sträubte sich Flaum. Brote trieben im Wasser, mondhelle Fladen. Auf einem hockte eine Möwe, und DeLoo nannte ihm die Straße.
»Guter Kiez, oder? Ich bin dieses Marzahn langsam leid. Und zu lärmig ist es auch. Was haben wir denn hier ...«
Die Hände in den Taschen, blieb er vor einer Fischhandlung stehen, leckte sich die Lippen. Sprotten, Aale, Schillerlocken. Petersilie aus Plastik. In einem großen

Aquarium, dessen Boden mit Muscheln, Seesternen und einer Schatztruhe dekoriert war, schwammen Forellen, ein schwarz-grünes Gewimmel, das sich in seinen Brillengläsern spiegelte, und eine Verkäuferin langte mit dem Käscher da hinein. Ihre Haare, vor längerem blondiert, waren an den Wurzeln grau, der Kittel saß eng, und man sah ihre Hüften hinter dem bewegten Wasser, den Boden voll Blut.

»Mann, hat die Tüten!« murmelte er, und als hätte sie ihn verstanden, blickte sie stirnrunzelnd durch die Scheibe, die beschlagene Stelle, und schnitt ihm ein Gesicht. Grinsend hob er das Kinn, kratzte sich in der Tasche, und sie biß sich auf die Lippe, fing einen großen, wild zappelnden Fisch und schleuderte ihn im Netz aufs Brett. Schlug ihn mit dem Holzhammer tot.

Die Lampe unter dem Bogen flackerte auf, erlosch, flackerte wieder. Das schwere Hoftor bewegte sich nur langsam, schien zu widerstreben und fiel dann krachend ins Schloß. Putzbröckchen rieselten auf die Fahrräder.

Die Gehwegplatten, sonst gefährlich locker, waren festzementiert vom Bodenfrost, und die Tür zum Gartenhaus, einer alten Hinterhoffabrik, stand offen. Geruch nach Asche und feuchtem Gemäuer; übertünchte Blechschilder neben der Treppe: Juventa, Garne aller Art. Tadeusz Blumenschein, Orthopädische Schuhe. Einen Aufnehmer wringend, drehte sich der Hauswart um. »Na schau ma einer guck. Der Simon.«

Das Flurlicht, dessen Schalter mit einem angespitzten

Zündholz festgeklemmt war, schien durch seine Irokesenfrisur.

»Hallo Mäxchen. Alles im Lack?«

»Sowieso.« Er trug einen zerschlissenen Pullover, und seine Lederhose war an den Seiten mit Wäscheleine geschnürt. »Hamwer dich gestern geweckt?«

»Du meinst heute. Keine Spur. Ich war schon wach. Was gabs denn? Wieso das Gebrüll?«

»Na, die Sau hat mich gelinkt, was sonst. Der beschummelt mit Hund, verstehste. Der sagt, mach dies, mach das, und die Töle spielt Zirkus. Alle gucken hin, klar, und der tauscht die Karten aus. Und am Ende beklaut er mich noch. In meiner eigenen Wohnung sackt der die Hälfte von der Stütze ein ... Dem mach ich zwei Augen in'n Hinterkopp.«

DeLoo zog seinen Postkasten auf, die rostige Tür ohne Schloß. »Scheiß Spiel. Brauchst du was?«

Er nahm die Reklame heraus, und Max, der das Geländer abwischte, die gedrechselten Pfeiler, grinste ihn an. »Klar doch, Alter. Immer. Aber det kannste mir nich geben.«

Als DeLoo an ihm vorüberging, hielt er ihn an der Jacke fest und wies mit einem Augenrollen nach oben. Dann bewegte er die Hand wie einen Wischer vorm Gesicht, und der andere verdrehte den Hals, blickte durch die Treppenkehre. Konnte aber nichts sehen oder hören. Max putzte weiter. »Wie det Leben so spielt, wa. Und ich Arsch wollte den Hund noch fotografieren. 'n süßer Fratz. Konntste aber vergessen. Der war so quirlig, den hättste festnageln müssen.«

Der andere stieg langsam hinauf. Die Eckbeschläge der

Stufen klapperten bei jedem Schritt, ein fremder Duft nahm zu, ein Eau de Toilette oder Rasierwasser mit einem Hauch von Pinie, und auf dem alten Feuerlöscher in der Ecke qualmte eine schlecht ausgedrückte Zigarette, weißer Filter. Der senkrecht aufsteigende Rauchfaden schwankte zur Seite, als er daran vorbeiging.
Knapp unterhalb seiner Tür saß ein Mann auf der Treppe und blickte aus dem großen Fenster in den Hof. Seine Schuhe sahen neu und teuer aus, Handarbeit, die Flanellhose hatte eine scharfe Bügelfalte, und er trug kein Sakko unter dem offenen Mantel, bloß ein weißes, für die Jahreszeit viel zu weit aufgeknöpftes Hemd. Herber Mund, schmale Nase, elegant zerfurchte Stirn.
Als DeLoo ihn grüßte, nickte er und wies, ein Dreh aus dem Gelenk, auf das hohe Rundbogenfenster. »Ist das nicht wunderbar?« sagte er leise, fast ohne die Lippen zu bewegen. Seine Lidränder waren gerötet, und er schniefte etwas; draußen ging ein schneidender Wind. »Ist das nicht ganz und gar herrlich?«
Ein Hauch von Akzent in der Stimme, norddeutsch vielleicht, und DeLoo blieb auf seiner Stufe stehen. Wie alle Fenster im Haus hatte auch dieses einen Saum aus verbleitem Buntglas, Efeu, Trauben, Rosen, und er kramte nach seinem Schlüssel und sagte: »Nun ja, ganz hübsch. Jedenfalls im Sommer, wenn die Sonne durchscheint. Suchen Sie jemanden?«
Doch der andere schüttelte den Kopf, strich sich eine Strähne hinters Ohr. Die Haare, vereinzelt grau, waren etwas kürzer als vor Tagen. »Nein, nein, nicht diese Bildchen, mein Lieber. Ich meine das dazwischen!«

Ordinäres Glas, frisch geputzt, und dahinter sah man nichts als die alte Kastanie im zweiten Hof sowie eine Mauer, ihren blätternden Putz. DeLoo schwieg, und der Fremde hob den Kopf, was ihn gleich jünger aussehen ließ; auch in seiner grauen, leicht aufgerauhten Stimme glättete sich etwas. »Wissen Sie, daß ich das noch nie gemacht habe? Im ganzen Leben nicht.« Er schluckte, rieb sich das Kinn, und momentlang hatte DeLoo den Verdacht, daß seine feuchten Augen nicht nur von dem Wind herrührten.

»Früher«, fuhr er fort, »als junger Mann hatte ich mal eine Wohnung hier in der Nähe. Ein finsteres, aber billiges Loch im Parterre, Außenklo, und schon als ich einzog, waren die Fenster so verstaubt, daß man kaum die Reklame auf der gegenüberliegenden Mauer erkennen konnte. Doch das war mir egal. Ich kaufte mir eine Flasche Wein und ein Päckchen Tabak, legte mich auf die Matratze und las – atemlos, wie man nur in der Jugend liest. Schon nachmittags mußte man das Licht einschalten, und manchmal sah ich auf von den Seiten und dachte: Eigentlich könntest du mal die Fenster putzen. Doch dann las ich weiter, Buch für Buch, alles, was ich kriegen konnte, den ganzen Hesse, Dostojewski, Pavese. Und abends erschienen die Silhouetten von Freunden hinter den Scheiben, wir gingen essen und trinken, und ich kam mit einer Frau zurück, wie das in den Jahren halt ist, alle paar Tage mit einer anderen Frau ...«

Er beklopfte seinen Mantel, die Brusttasche des Hemds. Dann schlug er ein Bein übers andere und verschränkte die Hände vor dem Knie. »Wenn es Frühling

wurde, blieb es in meinen Räumen noch lange Winter. Im Sommer war es immer schon Herbst, manche der Geliebten malten Blumen und Vögel in den Staub, und ich dachte: Junge, putz doch mal die Fenster.«
Er stieß etwas Luft durch die Nase. »Doch neben dem Bett lag schon wieder ein ganzer Stapel Freude aus der Leihbücherei, ich schrieb meine ersten Verse, und eines Abends kam meine erste richtige Liebe mit Lachs und Sekt und zeigte mir das Innerste der Poesie. Naja ... Und am Morgen stand sie auf, stellte mir einen Mokka ans Bett, küßte mich und sagte: Soll ich dir rasch die Fenster putzen? Doch ich schüttelte den Kopf, griff nach einem Buch und murmelte: Laß nur, Liebe. Ich mach das schon. Lese nur noch diese Geschichte zu Ende. Dann ging sie und brachte mir am nächsten Abend wieder Lachs und Sekt und Rosen mit, am übernächsten ein Fläschchen Sidolin ...«
Er knöpfte sich das Hemd zu, schüttelte den Kopf. »Und dann schmiß ich sie raus. Doch natürlich kamen andere. Kamen und gingen, und ihre Silhouetten wurden von Mal zu Mal undeutlicher und verwechselbarer hinter den Scheiben ... Und plötzlich waren zehn Jahre um, nein zwölf, ich mußte ausziehen und hatte immer noch nicht die Fenster geputzt ... Ist das nicht unglaublich?«
DeLoo grinste, steckte seinen Schlüssel ins Schloß, und der andere stand auf, klopfte sich den Mantel ab. »Naja, forget it, wie der Sachse sagt. Die Zeiten sind vorbei. Haben Sie vielleicht 'ne Zigarette?«
Groß der Mann, größer als DeLoo. Konzentrierte Züge, eine seltsame Mischung aus Güte und Berech-

nung. Er wußte, daß er beeindruckte, und schien der Miene nach traurig amüsiert zu sein darüber, daß die Menschen ihn für etwas Besonderes hielten, nur weil sie zu ihm aufsehen mußten. Aber vielleicht war das eine Täuschung.

»Ich rauche nicht«, sagte DeLoo, der Mühe hatte, den Schlüssel umzudrehen, im Winter verzog sich die Tür, und der Mann nickte, stieg die Treppe hinab. Vor dem Fenster war es vollends dunkel geworden, er spiegelte sich in der Scheibe. Die Kragenlinie. Der Schimmer eines Wangenknochens.

»Hätte ja sein können. Adieu.«

Das Linoleum hinter der Schwelle war zu Bröckchen zerfallen, wie vertrocknete Schuhcreme. Der Windfang im Innern, ein Halbrund aus weinrotem Stoff, hatte Löcher. Weiß gestrichene Mauern, zwei Fabrikfenster zum Hof, und aus dem offenen Ofen in der Mitte, einem kübelartigen Allesbrenner aus rostigem Stahl, ein leicht bewegtes Lohen.

Den Rücken an den Rahmen des Bettes gelehnt, einen Becher Tee in beiden Händen, war DeLoo eingenickt. Im Traum, einem lichtlosen Raum, lag er im Arbeitszimmer seines Vaters und blickte zur Decke hoch, die aus dickem Glas bestand. Vielleicht auch aus Eis. Er konnte Schränke erkennen, den Chromglanz von Armaturen, einen Teil des Fensters mit der Linde davor und direkt über ihm vier holzfarbene Punkte: Die Beine des Tischs, an dem eine Frau und ein Kind beim Essen saßen. Er hörte sogar Geräusche, das Klappern von Tellern und Besteck, entspannte Stimmen, halblautes Gemurmel. Doch sah er immer nur die Unterseite des Tischs, den Stempel einer Behörde und die Füße der Frau in Badelatschen. Die zarten Wölbungen der Zehen ragten über den Plastikrand.

Auch das Kind, dessen nackte Beine nicht bis auf den Boden reichten, trug Schuhe, gelbe Trecking-Boots, vermutlich zu groß. Sie pendelten hin und her, und während die Mutter eine Episode aus ihrer Kindheit erzählte, stahl sich ein kleiner Finger ins Halbdunkel und schmierte etwas unter die Tischkante ... Es gab einen freien Stuhl, die vier hellen, mit Filz beklebten Punkte leuchteten wie ein Sternbild zu DeLoo herunter, und er machte sich auf den Weg. Doch kam er nicht vom Fleck. Er lief über eine Treppe, die unter seinen Schuhen wegbröckelte, über Stufen aus Briketts, und als er erwachte, fröstelnd, hatte er die Decke vom Bett gestrampelt. Der Ofen war kalt.

Zweites Kapitel

Die Asche des Brautkleids

Die blühenden Kastanien spiegelten sich im Kanal, der schwarzgrün war um diese Stunde; das besonnte Wasser warf Reflexe unter die Brückenbogen, und ein Schwan zupfte Moos von der schrägen Ufermauer. Hyazinthen überall, Osterglocken, Tulpen, und auf dem hellen Weg des Kirchhofs, zwischen dem hier und da aus dem Kies ragenden Gras hockte eine Amsel, ein kräftiges Tier mit glänzendem Gefieder, wie zwischen Anführungsstrichen, und schmetterte ein Lied. DeLoo bog auf den Mehringdamm und stoppte vor der Commerzbank, seiner vorletzten Station.

»Aha«, sagte die Kassiererin und zupfte die Rüschen ihrer Bluse zurecht. Dicke, um die Ringe herum geschwollene Finger. »Da kommt ja mein Leibkoch ...« Eine paar Kollegen drehten sich um, und einer blickte auf die Uhr, als DeLoo das Mittagessen auf den Tresen stellte. Er nahm die leere Box entgegen und schenkte der Frau den Blick, den sie mochte, jedenfalls an Vollmondtagen. Sie verengte die Augen. »Bringt mein'n Leib zum Kochen!« preßte sie durch die Zähne, und ein Lehrmädchen, das den Spruch noch nicht kannte, hielt sich breit lächelnd eine Hand vor den Mund.

In der Bergmannstraße parkte er vor dem Milagro und bestellte sich eine heiße Milch mit Schokolade an der Bar. Auch die anderen Cafés hatten schon Tische und Stühle auf den Gehweg gerückt, und der syrische Gemüsehändler entrollte einen Schlauch und besprühte die Auslagen. Früchte und Salate verschwammen momentlang hinter dem breit gefächerten Wasserstrahl, um dann um so klarer zu leuchten. Die Tomatenhaufen spiegelten sich in den Pfützen. Irgendwo jaulte ein Hund.

Die Kellnerin, Shorts unter der langen Schürze, schob ihm den Becher hin und tippte den Betrag in die Kasse. Er nahm die quadratischen Stückchen Bitterschokolade vom Teller, legte eins nach dem anderen auf den dichten Schaum, und erst als das letzte versunken war, rührte er die Milch um. Die Finger mit den langen Nägeln bereits über dem Schlitz, wartete die Frau auf den Bon, und wieder jaulte der Hund. Es klang dramatisch, als wäre er angefahren worden, und DeLoo drehte den Hocker, lehnte sich mit dem Rücken an die Bar.

Der schräge Bürgersteig vor der Musikalienhandlung an der Ecke war übersät von Partituren, die über das Granit auf die Straße rutschten, wo ein Auto ihnen auswich. Doch schon das nächste fuhr darüber, daß die Noten flogen. Vor der Haustür stand ein Mann in einem weißen Jogging-Dreß und zog eine vierkantige Lederleine so straff, daß der Terrier zwischen seinen Beinen kaum die Vorderpfoten auf den Boden bekam und ein halb ersticktes Hecheln und Knurren von sich gab. Rot unterlaufen die Lider; über die vorstehenden Augen, den dunklen Spiegelglanz, flitzte der Straßenverkehr.

»Nu mach!« schrie er. »Tu se endlich druff! Soll 'ck hier festwachsn, oder wat?!«

Eine Frau in Radlerhosen und einem T-Shirt mit der Aufschrift »Metallica« tippte sich an die Stirn. Dürrer Mund, nasse, offenbar gerade gewaschene Haare, und die Lackreste auf ihren Fingernägeln sahen wie Splitter aus. Sie hielt eine Art Manschette in der Hand, schwarzes Plastik. »Wer jetzt? Icke? Von wegen! 'ck faß den nich an.«

»Du *fäßt* 'n an!«

»Bin ick blöde? Der is total durch 'n Wind, der Arsch. Der rollt doch nich richtig!«

»Quatsch keene Opern. Mach die Tüte druff!«

»Nee! Da! Mach selber.«

»Det is *deiner*! Mach se druff!«

»Der verpaßt ma 'n Ding, und denn? 'ck bin die Scheiße bald leid hier.«

»Du woll'st 'n *ham*, denn tu dir ooch *kümmern*!«

»Mach ick ja! Wer schleppt denn det Fressen, die Flokken? Du etwa? Aber wenn der so durchknallt ...« Sie zog den Klettverschluß des Maulkorbs auf.

»Wie soll ick 'n det machen?«

Der Mann, die Lippen zusammengepreßt, schüttelte den Kopf, als könne er soviel Dummheit nicht fassen. Schweiß tropfte aus seinen Brauen; die Hose war im Schritt gelb gefleckt. Das Tier keuchte, kröchte, und die Frau blickte sich nach den Passanten um. »Kann ma eener helfen hier?«

DeLoo stand auf, bezahlte seine Milch. »Was machen Sie eigentlich?« fragte die Kellnerin mit einem Blick auf seine Schlüssel. »Sind Sie ein Bote?«

Er nickte. »Sowas Ähnliches«, sagte er und nahm das Wechselgeld entgegen, ohne die Kreuzung aus den Augen zu lassen. Zwischen den umgekippten Kisten mit den Sonderangeboten kniete eine Frau, fast noch ein Mädchen, und rief irgendwen oder irgend etwas in einer fremden Sprache; sie trug ein Sweatshirt mit Kapuze, einen speckigen Rucksack, aus dem eine Querflöte ragte, und richtete sich langsam auf. Angst in den jungen Augen, ängstliche Empörung, blickte sie sich nach dem Paar mit dem Terrier um, und bewegte die Lippen, die seltsam verkrustet waren, wie zerkratzt. Ihre dunklen Haare reichten knapp bis auf die Schultern, die Jeans war an den Knien zerrissen, und auch sie hatte einen Hund, einen nicht sehr großen, honigfarbenen Mischling, hielt ihn fest in beiden Ellenbeugen. Tränen tropften ihr vom Kinn, und er winselte, wand sich, fuhr ihr mit einer blutigen Pfote über den Hals. Doch sie ließ ihn nicht los. Sie spuckte aus und lief davon.

Mit der Daumenkuppe strich DeLoo über den Rand des Belegs, die winzigen Papierzähnchen, und die Kellnerin drehte sich um, stellte Gläser ins Regal. Lang die Beine in dem Schürzenschlitz und so braun, als hätte sie den Sommer schon hinter sich. »Bis morgen!« sagte sie aus dem Spiegel heraus, und er hob eine Hand, stieg ins Auto.

Die Kreuzung war leer. Ein Verkäufer zerknüllte die blutigen Noten, und er fuhr die ansteigende Straße zum Chamissoplatz hoch und umkurvte langsam das Pissoir, das gerade restauriert wurde, Gußeisen aus der Weimarer Zeit. Kompressoren liefen, ein Sandstrahl rauschte hinter der Plane, auf der »Beton, was sonst?« stand, und er blickte durch die Büsche der kleinen Parkanlage. Eine Taubenfeder im Schnabel, landete ein Spatz auf dem Rand der Rutschbahn und flog sofort weiter, verschwand zwischen Pappeln. Niemand auf den Bänken oder in dem Blockhaus für Kinder, und er umkurvte den Platz und fuhr an der alten Polizeikaserne vorbei.

Schlagbäume, Stahlzäune, Nato-Draht. Finsteres Gemäuer, kariös die Fugen in Spritzwasser-Höhe; in diesen Fenstern richtete kein noch so blauer Himmel etwas aus. Wind wellte die Pfützen davor, wehte ein paar fast transparente, zartgrün gefleckte Eierschalen über das Wasser, und ein Wachmann sah von seinem Game-Boy auf.

DeLoo bog auf die gewundene Straße hinter den Kirchhöfen und passierte die Rückseiten der Gräber, die ihre spitzgiebeligen Schatten über das Pflaster warfen: pompöse Ruhestätten kaiserlicher Räte, Medizinalräte, Hoflieferanten, riesige Familiengruften irgendwelcher Bankiers, längst ausgeräumt und als Torflager oder Brennholzschuppen genutzt. Rostender Lorbeer, und auf den Ziegelmauern diesseits der Ewigkeit stand »Kulle, ick lieb dir!« oder »Gabi: Einen schönen Tag!« oder einfach nur »Du!«. Mit der Farbrolle hatte das jemand aufgetragen, jeder Buchstabe so groß wie sein Wagen, und er fuhr über die Hasenheide zum Hermannplatz, stoppte an der Kreuzung.

Vor den U-Bahnschächten Markt. Tinnef, Gemüse, Öko-Geflügel. Ein Tisch voller Honig aus dem Umland. Die Ampel wurde gelb, und irgendwo schrillte eine Klingel, ein rasch lauter werdender Ton. Tief über den Lenker seines Rennrads gebeugt, funkelte ein junger Mann mit langen Locken eine Passantin an, eine ältere Frau, die schwarze Kleidung trug und das zarte Tuch in ihrem Kostümausschnitt richtete. Wie viele

andere wartete sie auf einen Bus und wußte offenbar nicht, daß sie auf dem Radweg stand.
»Aus dem Weg, du Fotze!«
Der Mann sauste so nah vorbei, daß ihr Chiffontuch flog, und sie drehte sich einmal um sich selbst und hob vor Schreck beide Hände an die Ohren. Ihre Handtasche rutschte in die Ellenbeuge. »O Gott!« Sie trat zurück, blickte sich kurz nach den anderen um. Dann betrachtete sie die Markierungen vor ihren Füßen. »Er hat ja recht«, sagte sie kopfschüttelnd. »Eigentlich hat er recht ...«
In der Hobrechtstraße parkte DeLoo vor einem Geschäft für Pokale und Trophäen, nahm die Box und ging in das Nachbarhaus, die Pension Polska. Eine Jugendstil-Tür, Tonkacheln auf dem Boden, abgetretene Mäander. Parterre links ein Messingschild, und er drückte mit dem kleinen Finger auf die Klingel. Leiser Dreiklang, Stimmen, Gelächter. Der winzige Spion, blaßgrau wie ein Vogelauge, wurde schwarz, und eine Frau hinter der Eichentür sagte: »Ach Quatsch! Der is arbeitslos, zuckerkrank, drogensüchtig und wohnt bei der Mutter. Und arbeiten tuter ooch nich.«
Sie öffnete weit. Toupierte Haare, hennarot, und ihr einladendes Lächeln mit dem schönen, ein wenig über den Rand hinaus geschminkten Mund verblaßte sofort, als sie die Kiste sah. »Nanu, 'n Neuer?« Sie trat zurück, doch DeLoo blieb auf der Matte stehen, reichte ihr das Essen über die Schwelle, und sie langte hinter sich, zupfte ihren Slip zurecht. »Nu komm schon rin. Wir beißen nich.«
»Na, da bin ich nicht so sicher ...« Es roch nach La-

vendel und Sagrotan in dem halbdunklen Flur, in dem es zwei Reihen schwarz lackierter Türen gab. Unter der Decke hing ein Ventilator mit Plexiglasflügeln, und die weinrote Tapete hatte goldene Streifen. Kleine Lampen mit schiefen, hier und da angekohlten Pergamentschirmen beleuchteten kaum mehr als halbkreisförmige Stücke des Teppichbodens: Farnartiges Blattwerk auf schwarzem Grund. Wandaschenbecher, wie in Autos. Die Frau, die ein paillettenbesetztes Top trug schloß die Tür und rief: »Chantal? Fickst du?«

»Nee!« kam es von irgendwoher. »Ich sitz aufm Klo!«

»Schappi ist da. Bring die leere Kiste mit, wenn du fertig bist.«

»Ja doch. Hat er Vanillecreme?«

Die Frau blickte DeLoo an, hob fragend eine Braue, und er schüttelte den Kopf. »Heute nicht«, rief sie und zeigte in den schmalen Raum neben der Tür, eine Art Küche. Auch hier kein Tageslicht, das Fenster zum Hof war schwarz gestrichen. Hängeschränke, eine Mikrowelle, ein großes Bonbon-Glas voller Kondome, und vor einer Anrichte saßen zwei junge Frauen, die noch weniger anhatten als die in dem Top, und musterten DeLoo. Er grüßte, vermied es aber, sie genauer zu betrachten; aus den Lidwinkeln sah er eine Hand mit lackierten Nägeln auf einem Rätselheft, etwas Gold hinter schwarzer Spitze, einen jungen Mund, der am Druckknopf eines Kugelschreibers nagte. An der Wand gegenüber eine Heizung, glühende Spiralen.

Weiter hinten stand eine Grauhaarige in Trainingshosen und machte sich an einem Stecker zu schaffen. Trotz der Wärme im Raum trug sie einen dicken Pullover und Fellpantoffel, und sie wies mit einer Kopfbewegung auf die Fensterbank. »Da hin, bitte. Leergut kommt gleich. Kaffee?«

DeLoo sah auf die Uhr. »Warum nicht.« Er stellte die Box ab, und eines der Mädchen langte unter die Spüle und zog einen Hocker mit verchromten Stahlrohrbeinen hervor. Er bedankte sich mit einem Nicken, nahm Platz, schlug die Beine übereinander und wußte nicht so recht, wo er hinsehen sollte. Die mit dem Rätselheft, eine Blonde, trug nur einen String und einen BH, der mehr ein Halfter war, zwei Lederschlingen. Er saß so nah neben ihr, daß er die zwei, drei Härchen auf den Warzenhöfen erkennen konnte. Die andere, kaum älter als zwanzig, hatte lange schwarze Haare mit kurzem Pony, und unter dem Hauch von Body, den sie trug, glitzerte ein Kettchen, ein goldenes Kleeblatt. Sie tippte ihn mit der Schuhspitze an.

»Wo is'n unser Harry heut?«

DeLoo nahm den Kaffee entgegen und legte die Hände um die Tasse, als wäre ihm kalt. »Er hat die Tour geändert. Ab jetzt mach ich den Kiez.« Er trank einen Schluck. »Wurde ihm zu teuer.«

Die Rote steckte sich eine Zigarette an, blies den Rauch zur Lampe. »Das glaub ich gern.« Sie kratzte sich unter dem Top, und das Glitzern und Blitzen der Pailletten sah aus, als kicherte das Licht. »Der kleine Stecher …«

Die Frau in dem Pullover warf ihr einen Blick zu, eine freundliche Mahnung, und schob DeLoo den Zuckerstreuer hin. »Immer schön diskret, Baby, ja!«

Sie sprach mit einem leichten Akzent; kantige Wort-

ränder, enge Vokale, stumpf im Ton, und die andere maulte: »Wieso, was hab ich denn gesagt?«
Die Frau antwortete nicht, blickte DeLoo an. Augenfältchen, gütiges Lächeln, erste Altersflecken auf der Hand. »Wir haben uns schon gefragt, ob der so viel verdient in eure Kiche. Ich meine, wir machen freundliche Preise, wenn du mal entspannen willst, Massage und so. Kriegst du Rabatt. Aber was der hier weggevegelt hat ... Meine lieber Mann. Was habter heut?«
»Risotto mit Pilzen. Oder Königsberger Klopse«, sagte DeLoo, und sie schlug die Hände zusammen.
»Is nich wahr! Kinderchen! Bin ich geboren in Nähe von Königsberg, Kaliningrad – wißt ihr, wo liegt das?«
»Tief im Osten«, sagte die mit dem Rätsel, und die andere schüttelte den Kopf.
»So tief nun auch wieder nicht. Wo bist denn du her? Kappeln! Die haben nicht mal Autobahn-Puff. – Aber weißt du, wer kommt aus meinem schenen Kaliningrad? Du glaubst es nicht. Ein Genie! Manuel Kant! Kennt ihr Kant? Der ist wie dein Stammkunde, Rosi, der Kleine vom Mittwoch, weißt schon, bißchen Bukkel, lange Nase. Das war Kant!«
»Na, klein ist meiner nicht«, sagte Rosi und blies die Backen auf. Mit allen Fingern harkte sie sich durch das getönte Haar. Es knisterte leise.
»Und wißt ihr, was Kant erfunden hat?« Herausfordernd blickte die Frau in die Runde und kehrte eine Handfläche vor, als wollte sie etwas einsammeln. Doch alle schwiegen. Die mit dem Rätsel setzte sich eine Brille auf und sah DeLoo kurz einmal von der Seite an.

»Das Kantholz?« fragte sie schließlich, und er hob die Tasse vor den Mund.

»Quatsch! Nadinchen! Warst du auf Uni oder nicht? Wieso bist du dann so blöd, sag mal. Er hat gemacht dieses Dings ...« Sie schnippte mit den Fingern. »Nu sag schon, wie heißt das. Weltberühmt, auch wenn du nichts kennst von Philosophie. Na?« Sie blickte DeLoo an. »Weißt du's?«

»Tja, mal sehen ... Der Kategorische Imperativ ist es nicht, oder?«

»Na bitte! Endlich mal einer mit Kultur hier. Und weißt du, was ist das, Kategorisches Imperativ? Ella?«

Die Frau in dem durchsichtigen Body drückte ihre Zigarette aus, schüttelte den Kopf. »Keine Ahnung. Hört sich schwer nach SM an, oder? Gibts auch Puffs in Königsberg?«

»Und wie, meine Liebe, und wie! Kannst du aber vergessen. Keiner hat Geld da. Was meinst du, warum kommen die Mädchen alle zu mir. Pension Polska, wenn du darfst hier arbeiten, das ist wie Goldpokal.«

»Puffs gibts doch mittlerweile in jeder Stadt«, sagte Rosi. »Sogar bei mir zu Hause machen sie jetzt einen auf, so richtig mit Sperrbezirk und allem. In Hagen, das stellt euch vor. Für die paar People. Ist doch lächerlich. Da stehste dir die Beine in'n Bauch. Aber mein Alter findet das natürlich gut. Muß er nicht mehr nach Dortmund oder Essen fahren. Ruft mich an und sagt: Was willst du in dem Scheiß-Berlin da, wo alle korrupt sind. Komm doch wieder nach Hause, kannst auch hier auf'n Strich gehn.« Sie tippte sich an die Stirn. »Mein Papa ... Laß mir mal mein Leben, hab ich gesagt. Nachher stehst du mir als Freier auf der Matte, was?«

Die Junge hielt sich beide Hände vor den Mund; das goldene Kleeblatt verschwand zwischen ihren Brüsten.

»O mein Gott, das stellt euch vor. Das wäre noch ein Albtraum. Der eigene Vater ...«

Doch die mit der Brille grinste müde, drückte ihre Zigarette aus. »Und? Verhängst du den Spiegel und dimmst das Licht. Kunde ist schließlich Kunde, oder?«

Alle blickten zur Tür, wo eine Frau in einem kurzen Lederrock und einer weißen Bluse erschien. Straßbesetzte Stöckelschuhe, lange, erstaunlich muskulöse Beine, ein Busen wie aus dem Katalog eines plastischen Chirurgen. Sie war kahlgeschoren, hatte sich eine platinblonde Perücke hinter den Gürtel geklemmt und schob die leere Box auf die Anrichte. »Scheiße«, sagte sie. »Ich hab meine Tage.«

Der heitere Ausdruck im Gesicht der Chefin verschwand; sie nickte ernst, stellte ihre Tasse ab und schlug eine abgegriffene Kladde auf.

»Möchte mal wissen, wie das kommt!« schmollte die Frau. »Erst krieg ich sie gar nicht, und dann sind sie 'ne Woche zu früh. Das muß der Streß mit den Zensuren sein. Und weh tuts auch. Was soll ich denn jetzt machen?«

»Na, pfleg dich«, sagte Ella. »Wärmflasche, Piccolo, ab ins Bett ...«

»Du bist gut. Ich hab dem Kleinen das Rad versprochen! Und wovon werd ich das bezahlen?«

Die Chefin schüttelte den Kopf, blätterte um. »Überall rote Woche. Ruf mal Marusha an, ob sie deine Schicht

übernimmt. Jasmin könnte auch wieder da sein. Und wenn sie nicht will, seid ihr eben nur zu dritt.«
Die mit der Brille gähnte. DeLoo stand auf, nahm die Kiste und bedankte sich für den Kaffee. Die Frauen drehten die Knie zur Seite, damit er durch den Raum kam, und ihre Chefin klappte die Kladde zu. »Tschüs, mein Junge.« Sie brachte ihn zur Tür, legte ihm einen Handrücken an die Wange. »Du bist ein ganz eine Netter. Hoff ich, gibt Liebe, die weiß das.«
Wieder am Hermannplatz, rollte DeLoo langsam auf die Kreuzung zu. Immer noch stand die Frau in dem schwarzen Kostüm an der Bushaltestelle vor Karstadt. Sie hielt eine lindgrüne, in Plastikfolie eingeschweißte Gießkanne in der Hand. »Neueröffnung!« stand auf einem Zettel am Ampelmast. »Walterchen, der Seelentröster. Live-Kapelle. Tischtelefone. Jeder dritte Futschi gratis.«
Auf dem Markt wurden bereits Stände geschlossen, Schleuderpreise ausgeschrien, fleckiges Obst in den Rinnstein gekippt, und er schob einen Gang ein, ließ die Kupplung aber nicht los. Der frische Verband leuchtete weiß zwischen den Holzböcken und den Beinen der letzten Einkäufer. Die linke Vorderpfote angewinkelt, lief der Hund halb unter den Ständen, zwischen Kisten, Säcken und Planen herum und beschnupperte zertretenes Gemüse, faule Trauben, blaßrotes Eis. Obwohl er humpelte, schien ihm nichts zu fehlen, er wirkte vollkommen heil und verlor trotz aller Sensationen auf dem Boden niemals die Frau aus den Augen, die in einigem Abstand vor ihm ging, der Menge auswich. Manchmal war nur das Mundstück der Flöte zu sehen,

die aus ihrem Rucksack ragte, und einmal hob sie die schmutzige Hand und ließ einen Apfel in die Kapuze ihres Sweatshirts fallen. Jemand hupte, und DeLoo gab Gas.

Geruch nach Farben, Firnis, Terpentin. An der Wand über der Nachtspeicherheizung ein paar Bügel aus Draht, an denen Socken und Geschirrtücher hingen, und neben dem Tisch voller Tuben und Pinsel verstaubte eine gußeiserne Druckpresse. Mit schubbernden Schritten wich sie in ihren Flur zurück, die Malerin, hielt ihm die Tür auf. Eine weiße Haarsträhne, zart wie Gaze, hing vor den wachsamen Augen und bewegte sich leicht, als DeLoo eintrat. Er stellte die harzig duftenden, in ein Netz gebundenen Holzscheite auf den Schirmständer in der Ecke, und die Frau hob die Hand und wischte eine Fluse von der Schulter seiner alten Armeejacke. »Wird abends noch ganz schön frisch, oder?«

Er nickte. Mit zittrigen Fingern schob sie die Kette vor, wies in den Flur, und er ging über die wurmstichigen, sich hier und da durchbiegenden Dielen in den Wohnraum der Frau, ein dämmeriges Hinterhofzimmer. Etwas Geschirr, ein Elektrokocher und Töpfe mit Primeln standen auf der breiten Bank des vergitterten Fensters, durch das man die Mülltonnen sah. Tee auf einem kleinen Tisch. Das Licht unter der Kanne, für die es keinen Deckel mehr gab, flackerte in der Zugluft.

»Ihr Essen letzte Woche hat gut geschmeckt. Was war denn das?«

Vorsichtig ließ DeLoo sich in einen Rohrsessel sinken.

Das Flechtwerk unter dem Kissen knackte, und zwischen seinen Stiefeln rieselte Häcksel auf den Teppich. »Irgendein Ragout«, sagte er. »Ich glaube, Huhn.«
»Delikat. Mit Curry, oder?«
An der hinteren Wand, unter einer Tagesdecke aus blaßrotem Cord, eine Couch, auf der sie auch schlief. Daneben ein Schrank voller Bildbände; die Tür mit den rautenförmigen Glasscheiben, schon vor langer Zeit aus den Scharnieren gebrochen, war bloß dagegengelehnt. Außerdem gab es einen kleinen Sekretär aus Kirschholz und einen dunkelbraunen Rolladenschrank mit einem Fernseher obenauf. Kein freier Platz mehr an der Wand, überall Bilder, Zeichnungen, Drucke. Verblichene Signaturen, Widmungen längst verstorbener Freunde.
In der Ecke ein alter Ofen mit goldverzierten Kacheln; in dem Loch für das Rohr steckte Zeitungspapier. »Ich kann Ihnen öfter was vorbeibringen«, sagte DeLoo. »Das fällt gar nicht auf. Es bleibt soviel übrig jeden Tag.«
Die Frau schüttelte den Kopf. Der Tee, den sie gleichzeitig einschenkte, schwappte auf die Untertasse. »Das lassen wir mal lieber.« Sie schob ihm ein Körbchen mit Keksen hin. »Wenn ich erst bekocht werde, Simon, brauch ich auch bald 'ne Putzfrau. Und schwupp bin ich ein Pflegefall ...« Sie blickte ihn an. Die Gesichtszüge waren vor Alter fast reglos geworden, doch wenn sie lächelte, schienen die Augen, an sich schon hell, noch lichter zu werden, fast aquamarin. »Ich hab doch noch so viel vor!«
Er nickte, trank einen Schluck und zeigte durch den Flur

ins Atelier. Das riesige Gemälde, an dem sie vor Monaten gemalt hatte, lehnte immer noch an der Wand, war nun aber fast zugestellt von anderen Arbeiten. »Da müssen wir mal wieder Platz schaffen, oder?«

Die Frau antwortete nicht; sie runzelte die Brauen und zog mit spitzen Fingern einen Radiergummi zwischen den Keksen hervor, steckte ihn in die Kitteltasche. »Was?« fragte sie schließlich. »Die Bilder? Nein, nein, die lassen wir noch stehen.« Sie beugte sich über den Tisch, tat ihm ein Stück Zucker in den Tee. »Vielleicht interessiert sich ja mal jemand.« Und leise, fast verschwörerisch: »Gestern war ein Verehrer hier!«

»Ist nicht wahr!« Auch DeLoo dämpfte seine Stimme. »Ein netter, will ich hoffen?«

»Och, das weiß ich nicht. Hab die Kette vorgelassen. Er wollte das ganze Zeug sehen, wissen Sie. Nannte auch seinen Namen und woher er kam. Konnte ich aber nicht behalten. Naja, hab ich gesagt, meine Bilder sind eigentlich nicht zum Anschauen. Da hat er gelacht ...«

Sie lehnte sich zurück, starrte ins Leere, zupfte nachdenklich an der Haut unter ihrem Kinn. »Doch ... Sein Lachen war ganz nett. Aber ich laß keinen mehr rein. Was meinen Sie, wie viele hier anklopfen, die haben ins Grundbuch geguckt, sehen mein Alter und denken ... Na, Gott sei Dank ist mir das Telefon runtergefallen. Diese blöden Anrufe immer!«

Sie blickte auf den Tisch, auf das Geld, das DeLoo zwischen die Tassen gelegt hatte. »Was ist das? Schon wieder ein Monat vorbei?«

Er nickte, schob ihr das grüne Quittungsbuch hin, und sie kramte in ihrem Kittel, zog einen Bleistiftstummel hervor. »Hab ich gar nicht gemerkt ...« Das Zittern der Hand hörte auf, als die Mine das Papier berührte; schwungvoll schrieb sie ihren Namen unter den Betrag. Dann nahm sie das Geld und blickte sich um. »Und wo tu ich das jetzt hin?«

Er zeigte auf den Rolladenschrank, in dem sie Mietverträge, Steuerunterlagen, Rechnungen und Schlüssel verwahrte, doch sie winkte ab. »Den kann ich nicht mehr aufmachen. Da fällt alles raus.« Dann neigte sie sich zur Seite und zog einen Schuhkarton unter ihrem Sessel hervor. Briefe, Quittungen, Zeitungsausschnitte und ein Päckchen Pinsel lagen darin, und sie ließ die Miete dazufallen und kratzte sich den Knöchel. »Sonst alles in Ordnung?«

Neue Pantoffel, übergroß. Mit Lammfell gefüttert. »Naja, wie mans nimmt«, sagte er und blätterte das Quittungsbuch durch; seit fast zehn Jahren der gleiche Betrag. »Bei mir regnets rein.«

Sie setzte die Tasse nochmal ab. »Bei Ihnen auch? Wieso? Sie wohnen doch gar nicht unterm Dach, oder?«

Er schüttelte den Kopf, zeigte mit einem angebissenen Keks auf das Fenster. »Der Rahmen«, sagte er kauend. »Wie nasse Pappe. Fault langsam weg.«

Sie rieb sich das Kinn, an dem ein paar Haare wuchsen. Ihre silbernen Brauen stießen fast zusammen über der Nasenwurzel, und das Gesicht schien vor Kummer schlaffer zu werden. »Wetterseite, oder? Das geht natürlich nicht. Wetterseite geht nicht. Da muß man was machen. Nicht, daß Sie mir krank werden ... Ich meine, was macht man denn da? An wen wende ich mich? An einen Schreiner? Einen Glaser?«

Er zuckte mit den Schultern, nickte, und sie beugte sich vor und zerrte den Kittel über die Knie, wo ihre Wollstrumpfhose fast durchgescheuert war. »Mal dies, mal das. Nie hat man Ruhe. – Aber im Notfall könnten Sie auch nach vorn gehen, oder? In Mariannes Wohnung?«
Er schwieg, kippte den Tee aus seiner Untertasse in die Tasse, und sie schüttelte den Kopf. »Ach nee, nach vorn gehen Sie nicht ... Mensch, dieser olle Kasten. Wissen Sie, was mein Vater immer gesagt hat?«
DeLoo grinste. »Lassen Sie mich raten. Wen Gott strafen will, den macht er zum Hausbesitzer?«
Sie hob den Kopf. »Das wissen Sie? Hatte ich das schon ...« Dann schlug sie sich mit dem Handrücken gegen die Stirn. »Da drin wirds auch immer bröckeliger. Ich glaub, ich brauch mal 'ne Zigarette. Sind Sie so freundlich?«
Er langte hoch, öffnete das Türchen des Backapfel-Fachs und nahm den Aschenbecher, das Feuerzeug und eine Schachtel Camel aus dem kalten Ofen. Dann zeigte er auf den Fußboden neben dem Schrank, wo eine knöchelhohe, mit einer braunen Flüssigkeit gefüllte Plastikwanne stand. Zwei kleine Metallplatten lagen darin. »Machen Sie wieder Radierungen?«
Sie prokelte sich eine Zigarette aus der Packung und sagte: »Ach, ich versuchs. Aber ich glaube, meine Augen werden zu schwach fürs Feine.«
Er gab ihr Feuer. »Und was ist das für eine Lösung?«
»In der Wanne da? Na, Cola doch.«
Er beugte sich vor. »Im Ernst? Sie ätzen Ihre Zinkbleche mit Cola?«
»Aber ja, das geht gut. Dauert nur bißchen länger als

mit Säure. Dafür hat man aber keine zerfressenen Finger oder Löcher im Kittel.«
Sie lehnte sich zurück, blickte auf das Feuerzeug in seiner Hand, auf das Flämmchen, das er immer wieder hervorschnellen ließ. Wie meistens, wenn sie rauchte, wurden ihre Augen feucht. »Seltsam, oder? Der Mensch, dem das gehörte, ist längst fort, und schauen Sie, das Ding brennt immer noch. Brennt und brennt und ist nicht leerzukriegen. Wie viele Jahre jetzt?«
Er antwortete nicht, wog es in der Hand. Es war leicht verbeult und hatte eine durchlöcherte Sturmhaube. Mit dem Daumennagel fuhr er über das Logo einer Bausparkasse, kratzte einen Ziegel aus der Mauer, legte etwas Messing frei. Die Durchsichtigkeit der Dinge. Wo träumst du, mein Herz. Dann stand er auf, ein wenig zu abrupt vielleicht, und erschrocken blickte die Frau zu ihm hoch. Er schob Zigaretten und Feuerzeug in den Ofen zurück und schloß das Fach. Die Scharniere quietschten.
»Manchmal finde ich noch ein Haar«, murmelte er. »Zwischen den Seiten eines Buchs. Oder im Kleiderschrank. Und eins klemmte im Reißverschluß eines alten Kulturbeutels, den ich neulich wegwerfen wollte.«
Er klappte das Quittungsbuch zu und steckte es in die Jacke. Dann schwenkte er den Rest in seiner Tasse herum, trank ihn aus. »Ich glaub, ich hab sie heut gesehn.«
Die Frau, die nur paffte, wedelte den Rauch vor ihrem Gesicht fort. »Wen jetzt?«
Doch sagte er nichts, brachte das Geschirr zum Spülstein, und sie drückte die Hacke gegen den Schuhkarton, schob ihn unter ihren Stuhl. Dann, mit Mühe,

stemmte sie sich hoch. »Das kenn ich übrigens gut, Simon. Meinen Mann hab ich auch noch lange gesehen. Irgendwelche Passanten, die ich anstarrte, ohne zu wissen, warum. Menschen im Bus, auf der Rolltreppe, manche mit Vollbart oder Brille. Und erst wenn sie vorüber waren – oft sogar erst Tage später – fiel mir ein: Mensch, das war ja der Richard!«

Sie folgte ihm zur Tür, und er nahm seinen Packen Holz, trat in den Hausflur. Das große Wandbild im Durchgang zum Hof, eine Ernteszene, stuckgerahmt, war nach einem Jahrhundert dunkel geworden, fast schwarz. Garben, Schnitter und Gespanne, man ahnte sie nur noch. Ein silberner Becherrand hier, die Kruppe eines Pferdes dort, Lachen in der Dämmerung. »Wie siehts mit Nachschub aus?«

»Tja«, sagte sie. Den Zigarettenstummel wie eine kleine Kerze zwischen Daumen und Zeigefinger, blickte sie ins Bad. »Spannrahmen sind noch da. Die ganze Wanne steht voll. Zeichenkohle wäre gut. Eine mittlere Schachtel. Und Bleistifte, die gelben aus der Schweiz. Aber es eilt nicht.«

»In Ordnung«, sagte er. »Ich besorgs. Bis dann.«

»Ja, danke. Adieu.«

Die Sonne stand in einem bräunlichen Nachmittagsdunst hinter ihnen. Die Straßen waren voll. Mit gewaltigem Lärm rollte eine viermotorige Militärmaschine zur Startbahn des Tempelhofer Flughafens und bog so nah vor der Böschung in die Kehre, daß ein Flügel über den Asphalt ragte. Sie fuhren durch seinen Schatten. Eine einzelne Thermosbox rutschte über das Bodenblech, und rot verpackte Mozartkugeln kullerten auf der Kartenablage herum, wenn Klaputzsek die Spur wechselte. »Ist ja mal 'ne Gnade, daß der Emil uns zu zweit losschickt. Ich heb mir sonst immer 'n Bruch an dem Zeug«, sagte er und schob einen Gang mit dem Handballen ein. Der Knauf seiner Schaltung fehlte, das Ende der Stange war mit Isolierband umwickelt.

»Bei uns zu Hause wurde ja noch selbst geschlachtet. Da hattest du als Kind schon einen lahmen Arm vom Blutrühren, für die Wurst. Und dieses endlose Darmstopfen! Aber hinterher gabs fettes Kotelett mit frischem Brot. Lecker. Da lief dir der Saft die Backen runter.«

Er fuhr auf den Mariendorfer Damm und wies DeLoo auf ein verstaubtes Schaufenster hin. Der Laden war leer, die Tür vergittert, und über die Hauswand lief ein schwarzes, mehrfach gesprungenes Glasband. Stumpfgoldene Schrift, blätternde Kapitälchen. »Fachgeschäft für Ehehygiene. Seit 1965 führend in Ber ...«

»Heute macht man die Viecher viel zu mager«, fuhr Klaputzsek fort. »Das sind doch Sportschweine, oder? Nichts mehr dran. Früher bei uns, gleich nach dem Krieg, vor der Bodenreform, da wurde gemästet noch und noch. Je fetter, desto besser. Die Militärs waren dagegen, klar, die kriegten Deputat. Für die konnte nicht oft genug geschlachtet werden. Alles ab dreihundertfünfzig Pfund mußte ans Messer, zack. Doch die Bauern waren gerissener. Die wollten mästen. Also hielt sich das ganze Dorf ein Schwein, das immer knapp darunter blieb. Das war die Olga, dreihundertfünfundvierzig Pfund. Und wenn es hieß: Hof Sowieso, bringen

Sie ihre schwerste Sau zur Kontrolle, dann lieh man sich die Olga aus. Hab sie oft selbst zur Kommandantur getrieben.« Er bremste, bog hinter der Trabrennbahn ab und fuhr über einen Parkplatz voller Fracht-Container. »Die fand nachher den Weg zur Waage allein ...«

Er hielt vor einem Blechtor, hupte, und ein glatzköpfiger Mann in einem weißen Kittel blickte durch das Fenster in der rauh verputzten Mauer, nickte ihnen zu. Langsam glitt das Tor zur Seite, und sie fuhren auf den Hof, vor ein neu erbautes, von Blumenbeeten umsäumtes Bürogebäude, das eine halbrunde Front aus getöntem Glas hatte. Von Segment zu Segment sprang ihnen ihr Spiegelbild voraus, immer ein bißchen weiter entfernt.

Dann war die Fassade jäh zu Ende, und sie bogen auf ein Gelände voller Zäune aus Stahlrohr, ein Labyrinth aus leeren Pferchen und Furten auf bloßer, von unzähligen Hufen zertrampelter Erde, auf der hier und da Kothaufen lagen, stumpfgrün, und überall kurze Strohhalme glänzten. Ein paar Viehtransporter standen vor den Toren, ein Fahrer entwirrte einen langen Schlauch und drehte den Wasserhahn auf.

In einem Pferch, der keilförmig auf eine Art Bunker zuführte, standen Rinder, schwarz-weiß gescheckte Bullen, zwanzig oder mehr. Obwohl es doch Auslauf genug gab hinter ihnen, schienen alle auf die dunkelgrüne Tür des Gebäudes zuzustreben, standen jedenfalls eng gedrängt und brüllten und stampften, als könnte keins der Tiere es erwarten, als nächstes dahinter zu verschwinden. Die Farbe war in Maulhöhe weggeleckt, der Stahl blank.

Der Fahrer, der die Reifen seines Wagens abgespült

hatte, drehte am Schlauchventil und richtete den Strahl in den Innenraum des Transporters. Das Krachen auf dem Blech war so laut – ein Schreck durchzuckte die kleine Herde und drängte sie noch enger zusammen, dünner Kot floß zu Boden. Mehrere Bullen besprangen einander, andere traten aus. Schwere Hoden klatschten gegen verkrustete Hinterbacken, Gebrüll hallte von der Betonwand wider, und einem der aufgerichteten Tiere, das erigierte Glied zur Seite gedrängt von der Flanke eines anderen, entwich ein langer Schwall Samen. Zähe, leicht durchscheinende Flüssigkeit, die sich nur langsam löste von dem Tier.

Klaputzsek stoppte vor einer Rampe, und sie stiegen eine kurze Treppe hinauf und bückten sich unter ein halboffenes Rollo hindurch: Ein hoher Raum mit einem Gewirr aus Kabeln, Ketten und Lüftungsrohren unter der Decke. Palettenstapel, Wannen aus Plastik und Blech, und auf umgekehrten, mit je einem Telefonbuch belegten Eimern hockten zwei Männer in weißen Kitteln und tranken Kaffee aus einer Thermoskanne. Auf einem Sims lagen ihre Helme, ebenfalls weiß, hochgeklappt der Augenschutz aus Plexiglas, und Klaputzsek nickte ihnen zu. »Schon wieder Pause?«

Einer der Männer hob eine Hand; die Innenseite des Ärmels war übersät von winzigen, wie hingesprühten Flecken. Er hatte eine Hasenscharte, sprach mit schief vorgeschobener Unterlippe. »Klappu, mein Schatz! Gerade haben wir von dir gesprochen. Du bist doch vom Land, oder? Die Frau von unserm Dicken hier hat Eisenmangel. Die will neuerdings immer kuscheln. Was kann man denn dagegen machen?«

An der Außenseite seines Gummistiefels steckten mehrere lange, vom Schleifen schmal gewordene Messer und Klaputzsek grinste, blickte sich um. »Eisenmangel? Weiß nicht. Früher haben sie Äpfel mit Nägeln gespickt. Die blieben über Nacht in der Schublade liegen, und dann wurden sie gegessen. Ohne Nägel, versteht sich. Wo ist die Ware?«

Ohne auf eine Antwort zu warten, öffnete er eine graue Tür, halbhoch mit Blech verkleidet, hakte sie fest. Beschlagene Kacheln, Neonlicht. Eisrauch schwebte ihnen entgegen, Geruch nach rohem Fleisch, kaltem Fett. Halsunter an langen Laufschienen hängend, glitten Schweinehälften an ihnen vorbei durch die kalte Stille und verschwanden schwankend im Hintergrund, im Dunst, wo das Klatschen der Stempel zu hören war, die ein Veterinär auf die Schwarten drückte.

Rechts ein Fenster, das Büro. Eine Hand auf dem Kopiergerät vor ihr, die andere am Hals, wo sie mit einem Kettchen spielte, träumte eine junge Frau in den Himmel hinaus. Blitze unter der Abdeckplatte, und der Mann mit der Glatze sah auf seine Armbanduhr und schob einen Rollwagen durch die Tür; sechs halbe, wie Hohlformen ineinandergelegte Schweine, die Pfoten ragten über den Rand. Auf dem obersten ein Klemmbrett, die Quittung, und als Klaputzsek unterschrieb, zerriß der Stift das klamme Papier.

»Und wo sind die Köppe?«

Der andere, den Wagen zur Rampe ziehend, runzelte die Brauen. Er trug polierte Halbschuhe, und sein Kittel hatte Bügelfalten an den Ärmeln. »Wat? Köppe willste ooch?«

»Na logo, mein Schlauer. Hier steht: Drei Schweine. Und die ham nu ma Köppe. Oder gib mir 'n paar Dosen Sülze. Nehm ich auch.«
Der Mann tippte sich an die Stirn. Er ging wieder ins Kühlhaus, blickte in einen bauchhohen Container und nahm einen großen, seltsam elastischen, wie eine Gummimaske sich verziehenden Schweinskopf heraus. Er wog ihn in beiden Händen, ließ ihn wieder hineinfallen, zog einen anderen hervor und schmiß ihn Klaputzsek zu.
»Ups!« machte der, fing ihn auf und warf ihn weiter – womit DeLoo nicht gerechnet hatte. Das kühle Fleisch war glatt, er mußte nachfassen, geriet mit dem Daumen in einen Augenschlitz.
»Gehören die auch wirklich zu den Schweinen da?« fragte Klaputzsek, nachdem ihm der Angestellte den dritten Kopf zugeworfen hatte. »Irgendwie haben die 'ne andere Farbe ...«
Der Mann schloß die Tür. »Jetzt geh mir mal nicht auf die Eier. Soll ich noch die Blutgruppe testen?«
Dann, beide Fäuste an den Hüften, wendete er sich den Arbeitern zu. »Und ihr?« Sie blickten nicht auf. Der Dicke blies sich den Rauch über die hellrot gefleckte Kittelbrust. »Wollt ihr heut noch was tun?« Er riß an dem Hebel, der aus einem Wandschlitz ragte, und im hinteren Teil des Raums, wo es ein weiß gekacheltes, in den Boden gelassenes Becken mit einer Brüstung aus Plexiglas gab, öffnete sich eine Luke. Doch nichts geschah. Die Männer kippten die Reste aus ihren Kaffeebechern hinunter, schraubten die Thermoskannen zu, setzten sich die Helme auf und trotteten in den Neben-

raum. Eine Pendeltür mit Bullaugen-Fenstern flappte hinter ihnen zu.

Auch der Vorgesetzte ging davon, und Klaputzsek stieg von der Rampe, öffnete den Transporter. Die Finger unter die bläulich-weißen Rippen der Schweinehälften gekrallt, ließ DeLoo eine nach der anderen über die Metallkante rutschen, auf die angewinkelte Arme des Kollegen, der sie mit einer Körperdrehung weiterbeförderte. »Schwer wie Sau ...« Sie krachten auf das Bodenblech, und er trat die letzte mit dem Absatz tiefer in den Wagen, als sie ein dunkles Grunzen hörten. Leises Quieken.

DeLoo drehte sich um. Zehn oder zwölf Schweine standen in dem weißen Becken, beschnüffelten die Wände, den Boden, drückten ihre Schnauzen gegen das Plexiglas, blickten zu ihm hoch. Leeres Schmatzen, Speichelfäden. Dem einen oder anderen hing das Ohr mit der Marke über dem Auge, und alle hatten bereits einen Stempel im Nacken. Ihre Spalthufe klackten auf den Kacheln, während sie ohne Eile umhergingen, den Hauch von Moos in den Fugen beleckten oder das Wandloch anstarrten, aus dem sie gekommen waren. Verschlossen.

Die Arbeiter waren nirgends zu sehen. Man hörte das Sirren einer Bandsäge hinter der Pendeltür, ein Radio, vergnügtes Pfeifen, und aus dem Gewölbe über den Lampen, zwischen Laufschienen und Elektromotoren, wurden dicke Ketten herabgelassen; an jeder hing ein Bügel, eine Triangel mit jeweils einem Fleischhaken an der unteren Ecke. Gleichzeitig flutete man das Becken, pilzförmige Fontänen stiegen aus dem Boden, und die

Schweine, nach erschrecktem Grunzen, begannen zu trinken. Dann blickten sie auf.
Klaputzsek hatte sich neben DeLoo gestellt. Er lutschte irgend etwas, die ausgehöhlte Backe hatte das Format einer Mozartkugel, und die Tiere, denen das Wasser noch aus den Mäulern troff, starrten ihn an; zwei traten sogar näher ans Plexiglas und hoben die Rüssel, bis ihnen die Ohren nach hinten klappten.
»Guck mal, Simon, die kennen mich!« Er grinste breit, schmatzte vergnügt. »Hallo, meine Süßen! Jetzt wird noch mal lecker gebadet, was? Mit Shampoo und allen Schikanen.«
DeLoo stieß ihn an. »Hör mal, Klappu ...«
»Die gehen sauberer in den Tod, als sie gelebt haben«, sagte der und wischte sich mit einem Finger ein Brillenglas von innen. »Wenn du mich fragst, die haben richtig menschliche Augen. Als ob die irgendwas von uns wissen.«
»Klappu!«
Der andere nickte, schluckte, fuhr sich mit der Zunge über die Zähne. »Tiere sind heller, als man denkt. Die kriegen alles mit. Stell dir mal vor: Wir glauben doch, die sind auf 'ner niedrigeren Stufe, stimmts? Was aber, wenn sie tatsächlich auf 'ner höheren wären. Dann könnten die hier sowas wie Engel sein, oder? Die Schlacke von Engeln. Ihre Geister sind gerade woanders, retten Leben und so ...«
Wieder stieß DeLoo ihm in die Seite. »Ich glaube, das ist nicht so gut, mein Lieber!«
Der andere sah ihn an. »Wieso? Was meinst du?« Doch im selben Moment begriff er. »Oh Mist! Du hast

recht.« Rasch bückte er sich und ließ den Schweinskopf, den er wie einen Fußball unter dem Arm gehalten hatte, in einen Plastikeimer fallen. Verschränkte die Hände hinterm Rücken.

Die Ventile auf dem Beckenboden schlossen sich. Die Tiere standen bis zum Bauch im Wasser, reglos. Eines schiß, der schwarze Kot wölkte wie Tinte um seine Beine, und Klaputzsek rümpfte die Nase. »He, Würstel! Was ist denn jetzt? Wo bleibt das Badesalz?«

Auf der anderen Seite des Beckens, dem Eingang gegenüber, befand sich ein Vorhang aus Ketten, den einer der Männer zur Seite schob. Er hatte sich den Augenschutz vor das Gesicht geklappt und sagte: »Wo ist denn der Schlaumeier? Schon weg? Na, so ein Arschloch. Macht Dampf und verpißt sich ...« Dann zeigte er auf eine Nische in der Wand. »Geh, Klappu, drück mal den Hebel da runter. Ganz runter.«

»Ich? Aber sicher, mein Gutster. Für dich tu ich alles.«

Ein Griff an einem Kunststoffbügel, und als Klaputzsek daran zog, geschah zunächst nichts. Es gab wohl einen Widerstand, und er preßte die Lippen zusammen, atmete schnaufend; der Kopf wurde rot. »Meine Fresse ...« Schließlich nahm er beide Hände, stellte sich auf die Fußspitzen und drückte den Hebel mit seinem ganzen Gewicht hinunter. »So?«

Kurzes metallisches Knacken, und DeLoo fühlte eine jähe Kraft im Raum, ein Ziehen in den Plomben; die Härchen an seinem Pullover richteten sich auf. Er trat zurück. Kein Schrei, nicht einmal ein Grunzen. Ein massenhaftes Planschen, wie in einem Schwimmbad,

der Hebel federte wieder hoch, glitt lautlos in die Arretierung, und Klaputzsek starrte in das Becken. »Heiliges Kanonenrohr! Was war *das*?!«
Die Schweine, von dem unsichtbaren Blitz zur Seite geworfen, strampelten und zuckten. Ihre Mäuler standen offen, die Augen, wo sie nicht geschlossen waren, wirkten erstarrt, wie aus grauem Glas, und die Stille um sie herum schien immer noch zuzunehmen. Dann wurden die Abflüsse geöffnet, und gurgelnd verschwand das Wasser und ließ Schlieren aus Kot auf den Fliesen zurück, Strohhalme, eine Ohrklammer.
»War ich das jetzt?« fragte Klaputzsek. »Hab ich die Viecher umgebracht?« Er griff sich an den Hals, weitete den Kragen und blickte abwechselnd von DeLoo zu den beiden Schlachtern, die nun zwischen den Schweinen umhergingen. Der mit der Hasenscharte nickte ernst, packte eine Triangel, zog sie herab, und sein Kollege grinste.
»Mach dir nicht in die Hose, Klappu. Die sind nur betäubt.« Er wies auf das Tier vor ihm, ein geschecktes, das tatsächlich schnarchte, und spreizte ihm die Hinterbeine, hielt sie wie die Holme einer Karre. Der andere befestigte die Fleischhaken an der Innenseite der Schenkel, fingerte eine Fernbedienung aus der Tasche und ließ das Tier langsam in die Höhe ziehen. Die Zunge glitt ihm aus dem Maul. Als es eine Handbreit über ihren Köpfen hing, drückte er noch einmal auf den Knopf, irgendwo knackte ein Relais, und schwankend glitt das Tier aus dem Raum. »Abgestochen werden sie da«, sagte er und wies auf den Vorhang aus Ketten, der sich klirrend hinter dem Schlachtvieh schloß.

Die Männer arbeiteten schnell. Ein zweites, dem lange Speichelfäden aus Maul und Rüssel hingen, verschwand dahinter, und auch dem dritten hatten sie bereits die Haken durch die straff gespannte Schwarte zwischen Bauch und Hinterbeinen gestoßen und zogen es nun hoch. Der Kopf schleifte noch ein Stück weit über die Bodenkacheln, die Schnauze wischte wie ein Radierer über die Stiefelabdrücke der Männer, die Ohren klappten vors Gesicht. Es schmatzte im Schlaf.
Doch plötzlich – der Kopf hing etwa hüfthoch über dem Boden – öffneten sich die blaß bewimperten Lider. Die grauen Augen mit den schwarzen Pupillen waren blutunterlaufen, und das Tier, nach einer Sekunde der Orientierung, grunzte erschrocken, zuckte, wand sich. Die Kette klirrte, das Radwerk rappelte in der Laufschiene, und die beiden Schlachter traten zurück. Mit den Vorderbeinen im Leeren trabend, fing das Schwein an zu pendeln, das Getriebe der Zugvorrichtung krachte. Unter der Decke blinkte eine rote Lampe auf, und aus dem zunächst heiseren, wie aus zugeschnürter Kehle hervorgestoßenen Quieken des Tiers wurde lautes, von den Kachelwänden widerhallendes Schreien bei weit aufgerissenem Maul. DeLoo konnte die regelmäßig gerippte Wölbung des Oberkiefers sehen. Klaputzsek hielt sich die Ohren zu.
Die Hakenlöcher an den Läufen wurden größer und länger, Fettgewebe quoll heraus, und der Mann mit der Fernbedienung stellte den Elektromotor ab, während der andere dem Schwein mit zwei Fingern in den Rüssel griff, es ein Stück weit heranzog, so daß die Kehle sich straffte, und ihm mit einem festen Griff die

Schnauze zuhielt. Er achtete sehr darauf, nicht von den Vorderhufen getroffen zu werden, stand mit eingezogenem Bauch und weggestrecktem Hintern vor dem Tier und zog ein Messer aus der Schlaufe an seinem Stiefel.

Es waren zwei, drei sehr schnelle, aus den Schultern kommende Bewegungen, so wie man frisches Brot schneidet. Auch das Geräusch, das die Kehlkopfknorpel machten, war ähnlich, und das Tier, unter Krämpfen, ließ ein stumpfes Würgen aus der Wunde hören; es klang wie bei einem Menschen, der sich übergeben will und es doch nicht kann. Der Mann ließ los, und die Vorderbeine hörten auf zu traben, knickten langsam ein. Und klappten dann schlaff herab.

Doch pumpte das Herz noch eine Weile weiter. Das vom Boden wieder aufspritzende Blut sprenkelte die Kacheln, die Trennscheibe aus Plexiglas, und der Schlachter legte seine verschmierte Hand auf die Brüstung und rieb Daumen und Finger gegeneinander. »Also, Alter ... Das wird teuer.«

Klaputzsek zog das Kinn ein, tippte sich an die Brust. »Meinst du mich?«

Der andere nickte. »Wen sonst. Wenn du sie nicht richtig betäubst, mußt du Konventionalstrafe zahlen, ist doch klar. Fünfzig Peitschen an den Tierschutzverein. Laß rüberwachsen, du Killer.«

Auch auf seinem Augenschutz Blut, und Klaputzsek grinste, doch es sah unsicher aus. »Du spinnst ja. Was hab ich denn verbrochen? Ist das etwa meine Schuld, wenn ihr nicht genug Saft auf der Leitung habt?« Er bückte sich, zog den Schweinskopf am Ohr aus dem

Eimer, klemmte ihn sich unter den Arm. »Ich mach jetzt Feierabend.«

Die Pferche waren leer, die Viehtransporter abgefahren. Pappelsamen flog durch die Luft, trieb in wolligen Wehen über das Pflaster, und Sekretärinnen verließen den Hof, lachten, winkten, hielten sich Hörer aus Fingern ans Ohr. Überall auf dem Parkplatz blinkten Lichter auf.

Klaputzsek fuhr im ersten Gang. Vor ihnen gingen fünf Frauen zur Bushaltestelle, schritten weit aus in ihren leichten Mänteln, ließen die Absätze kratzen. Sie hatten einander untergehakt, sangen ein mehrstimmiges Lied und wichen nicht zur Seite, als er kurz einmal hupte. Eine blickte sich über die Schulter nach ihnen um, lächelnd, dann eine zweite, herbere, die theatralisch eine Braue hob, und alle sangen nur noch lauter.

Klaputzsek grinste. »Nett, oder? Wie freigelassene Ponys. Die Dickmamsell da, die würd mir passen ...« Er umkurvte die Gruppe, bog auf die Straße. »Glaubst du eigentlich, daß man eine Frau braucht? Jetzt nicht nur fürs Bett – ich meine, um glücklich zu sein und so?«

DeLoo kurbelte das Seitenfenster runter. Der Geruch von rohem Fleisch im Wagen vermischte sich mit dem von Make-up und Parfüm. »Man ist vollständiger«, sagte er. »Aber glücklich ... Ich weiß nicht. Wahrscheinlich ist es gar nicht so wichtig, glücklich oder unglücklich zu sein, oder? Man lebt. Und aus.«

Klaputzsek sah ihn kurz aus den Augenwinkeln an; dann gab er Gas, und DeLoo zog eine Zeitung aus dem

Handschuhfach, eine BZ, und schlug sie auf. Hier und da standen Telefonnummern, mit Bleistift an den Rand geschrieben, und er überflog die Artikel, las einen Kommentar. Die Nackte des Tages trug eine Dornenkrone, und auf der Seite für Stellenangebote gab es ein paar Löcher, mit der Schere oder dem Messer hineingeschnitten. Er pfiff durch die Zähne. »Nanu. Suchst du 'n neuen Job?«

Mit hohem Tempo fuhr Klaputzsek über den Columbiadamm und wechselte die Spuren so abrupt, daß die Schweinehälften verrutschten. »Ich? Wieso?«

Die Köpfe rollten durch den Laderaum, und DeLoo blätterte um; nicht Stellenanzeigen fehlten, sondern die von Callgirls auf der anderen Seite. »Nur so«, sagte er. »Wo fährst du eigentlich hin?«

Die Zunge zwischen den Lippen, stoppte der andere vor einem Trümmergrundstück neben der Johanniskirche, stieß rückwärts in die Einfahrt. Pfützenwasser rauschte auf, und er zog die Handbremse an. »Muß noch paar Freunde besuchen ... Bin gleich wieder da.«

Er ging um den Wagen, öffnete die Schiebetür und nahm die grüne Box heraus, die offenbar randvoll war, denn er blies die Backen auf. Ein Teil des Gebäudes, das ehemalige Vorderhaus, war bis zu den Grundmauern geschleift, in manchen Räumen stand Wasser, und der Himmel blitzte in den Gläsern seiner dicken Brille, als Klaputzsek zur Kirchturmuhr blickte. Dann verschwand er zwischen Halden aus Schutt, wo eine Ruine aufragte, ein Gartenhaus hinter Unkraut und Holunder. Mit lautem Flügelklatschen flogen Tauben auf.

Ihre Schatten huschten über die Zeitung. »Pension Polska«, las DeLoo. »Massage mit Küssen. Französisch total. Auch für das kleine Geld!« Er schlug den Sportteil auf, hörte irgendwo eine Stahltür krachen und blickte in den Außenspiegel. Die Sonne stand tief hinter den Birken des Soldatenfriedhofs, durchschien das frische Grün wie Glas und vergoldete das Wasser auf dem Kellerboden, in dem sich Entengrütze gebildet hatte und verkohlte Holzstücke schwammen. Nesseln blühten in einem zertrümmerten Toilettenbecken, und er blickte auf die Uhr, faltete die Zeitung zusammen und stieg aus.

Die Hände in den Taschen, ging er um den Keller herum und näherte sich dem Gartenhaus von der Abendseite. Ziegelrote Rohr- und Kabelschächte, das Rückgrat der Leere; durch die Fensterlöcher konnte man drei Stockwerke hoch in das verkohlte Dachgebälk blicken, zwischen dem ein paar krumm gemauerte Schornsteine in den Himmel ragten. Eine lose Tapetenbahn wehte träge im Wind; in einer Tür, die von einem Abgrund in den anderen führte, steckte noch der Schlüssel. Ein gelber Ölsockel mit einem Abreißkalender, ein grüner in der Küche darüber, verblaßte Pril-Blumen an den Kacheln. Und überall in den Ofenlöchern hockten kleine Vögel, laut tschilpend und die Schnäbel aufreißend, sobald ihre Eltern herbeigeflogen kamen.

Jenseits der Schutthaufen führte ein Weg aus Gerüstbrettern, federnd bei jedem Schritt, ins Souterrain des Hinterhauses. »Fuck off!« und »Schloß Reißmichtüchtig« war in den Anstrich der Stahltür gekratzt, und DeLoo zog sie auf und trat in einen Gang voller Müll

und Mörtelbrocken auf dem Boden. Er mußte den Kopf einziehen unter dem Sturz. Rostige Heizkörper waren bis unter die Decke gestapelt, ein Geruch nach Pisse verschlug ihm den Atem, und er stolperte auf einen matt erleuchteten Durchgang zu.
Klaputzsek grinste ihn an. Die Arme vor der Brust verschränkt, lehnte er in der Tür eines Raums, in dem es offenbar keine Fenster gab. In den zugemauerten Nischen flackerten Teelichter, deren Schein die Wände wie glasiert aussehen ließ. Auch unter den winzigen Stalaktiten aus Kalk unter der Decke glitzerten Tropfen, und Rauch, eine träge Schwade, teilte den Raum horizontal. In der hinteren Ecke verströmte ein Brenner auf einer leeren Bierkiste eine blendende Glut und ließ die Gestalten, die vor ihm auf dem Boden hockten, zunächst nur schemenhaft erkennen. Grob umrissene, vom eigenen Goldgrund versengte Ikonen, und jemand in dem Haufen sagte: »Det Rote vorje Woche, det war keene Nachspeise, Klappu. Det war 'n Dessert auß'm Jenseits. 'ck hab mir alle krätzigen Finger jeleckt.«
Klaputzsek nickte, sah sich um. »Das hört man gern. Werds dem Küchenchef bestellen. Wo ist denn die leere Kiste?«
Der Boden war mit Pappe ausgelegt, Verpackungen von Trocknern und Videogeräten, und die aufgequollenen Ränder sahen wie Baumpilze aus. Keiner der zehn oder zwölf Männer, die zwischen Lumpenhaufen und ausgefransten Schlafsäcken hockten, Plastikflaschen voll Wein in Reichweite, antwortete auf seine Frage. Im Schneidersitz über die Teller auf dem Boden gebeugt, schaufelte man sich Püree in den Mund oder säbelte mit

Löffeln oder Taschenmessern an der Berliner Leber mit Apfelringen herum. Leises Schmatzen, Schniefen. Jemand rülpste.

Klaputzsek ging suchend umher. Wo er auftrat, quietschten die nassen Lagen der Pappe, sämige Blasen traten aus Ritzen und Zwischenräumen hervor, und er rümpfte die Nase. »Heiland Sack! Ihr könntet hier mal lüften, oder?« Mit der Schuhspitze stieß er einen bärtigen Mann an, der halb aufgerichtet in der Ecke lag. Er hatte den Arm schützend um seinen Teller gelegt und schaufelte sich einen Löffel Rotkraut in den Mund. »Kulle? Hast du in die Hose gepißt?«

Mampfend schüttelte der den Kopf. Er trug eine Mütze mit Ohrenklappen und einem silbernen Totenkopf über der Stirn. »Ick doch nich! Bin Kampftrinker, Mann! Hab 'ne Vier-Liter-Blase.«

Mit dem Löffel zeigte er in eine Nische, wo jemand auf dem Rücken lag und schlief. DeLoo hob ein Teelicht: Ein zarter Mann mit eingefallenen Wangen, offenem Mund; bei jedem Atemzug brodelte Schleim in seiner Kehle. Er trug Turnschuhe, Jeans, einen Parka mit Kapuze, und der lange Bart stand wie ein silberweißes Gestrüpp in die Höhe. Eine Hand lag flach auf der Brust, die andere war in die Pappe gekrallt.

»Der hält nüscht mehr«, sagte Kulle. »Is so gut wie hin.« Er grinste. »War ma Bestatter. Irgendwo auf'm Dorf, mit Pferd und Kutsche. Hat er jedenfalls erzählt. Muß gut zu tun gehabt haben, auch im Umland. Und immer wenn er nach Hause fuhr, in sein Dorf, ließ er die Zügel los und sagte sich: Ma gucken, wo der Gaul jetz hin will. Zieht er zu Muttern: Gut. Biegt er auf 'n Hof vom Goldenen Hahn: Schicksal. Dann muß man auch was trinken ... Und weil der Wirt nich blöd war, stand immer 'n Eimer Hafer neben der Pumpe. Dreimal darfste raten, wie dem seine Leber jetzt aussieht. Die würd bestimmt nich in eure Teller passen.«

»Tja«, sagte Klaputzsek. »So kanns gehen ... Wo ist denn jetzt die verdammte Kiste, Mensch!«

Zittrig die Hände, hob einer der Männer den Teller, schlürfte die Soße, ein anderer leckte sein Messer ab, und Kulle, der mit dem Daumennagel zwischen seinen Zähnen herumprokelte, zeigte mit dem kleinen Finger derselben Hand auf DeLoo. »Hör ma, Alter, Platte machen is nich. Wir sind komplettamente, wie der Russe sagt. Da kommen gleich noch vier Leute mit Stammplatz, und dann liegenwer hier Kopf an Backe. Da ist nichtmal mehr Platz fürn Pup. Versuchs mal in der Manteuffelstraße. Die ham sogar Feldbetten da.«

Klaputzsek hob das Teelicht, leuchtete einen Rohrschacht aus. »Manteuffel ist voll«, murmelte er geistesabwesend und drehte sich um. Seine Miene hellte sich auf. »Da liegt sie ja!« Er zeigte in einen dämmerigen Gang, auf eine kurze Treppe, die nirgendwohin führte; der Schacht war mit Bohlen vernagelt, Gras- und Unkrautwurzeln hingen zwischen den Fugen herab. Ein Stück der grünen Styroporkiste ragte unter den Stufen hervor, und DeLoo stelzte über Menschen, Flaschen, Lumpenhaufen und hörte noch: »Dit würd ick lassen, Alter ...« Doch war niemand in dem Gang.

»Luftschutzbereich A« stand in fast verblichener Schrift an der Wand, und er bückte sich unter die Schräge, griff nach der Kiste und fühlte einen jähen Widerstand, ehe

er den Arm sah und zurückwich im Reflex. Hochfahrend krachte er mit dem Kopf gegen die Bohlen, Erde rieselte in seinen Kragen, und das Gelächter hinter ihm klang, als käme es aus einem Keller unter dem Keller, aus rachenroten Gewölben. Die Box wurde vollends in den Unterschlupf gezogen, und er verstand nicht, was man hinter ihm rief. Es sirrte in seinen Ohren.
»Was ist denn da noch?« Man konnte eine Gemüsekiste, ein paar Milchtüten und ein Lager aus Zeitungsstapeln erkennen, und Klaputzsek, das Teelicht zwischen Daumen und Zeigefinger, ging in die Hocke. »Ja, hallo! 'n kleines Séparée?«
Eine Frau; sie kroch tiefer in den spitzwinkeligen Raum und hob ein Springmesser mit blanker Klinge. Das Bild der Flamme zog sich darauf in die Länge, was er aber nicht zu sehen schien. Er rückte sich die Brille zurecht und blickte auf den Hund, der mit eng an den Leib gezogenen Beinen in der Styroporbox lag. Die trockene Zunge hing ihm seitlich aus dem Maul, die halb geschlossenen Augen sahen trüb aus, der Brustkorb hob und senkte sich schnell. Er war magerer als vor Tagen, und der Verband an seiner Vorderpfote, gelbrot verkrustet, stank. Außerdem befanden sich noch ein paar Kringel Trockenfutter und ein kleines, in Plastik eingeschweißtes Votivbild in der Kiste, ein Jesus auf Wolken.
Klaputzsek verzog das Gesicht, zeigte auf den Mull. »Was 'n das für 'n Siff? Der muß aber ab!«
Er hielt der Frau eine Hand hin, machte eine fordernde Fingerbewegung, doch sie schien nicht zu verstehen, schüttelte den Kopf. Grindig die Lippen, wie zerkratzt,

groß die Augen in dem schmutzigen Gesicht, und als sie den Kopf schüttelte, fielen ihr Haare in die Stirn, Locken voller Pappelsamen. »Den Schlitzer!« sagte Klaputzsek. »Kriegst ihn gleich wieder.« Mit spitzen Fingern umfaßte er die Klinge und zog ihr den Griff aus der Faust.

»Danke.« Dann reichte er DeLoo das Teelicht, hob die Pfote an und schob die Messerspitze unter den Verband, der so durchsotten war von Eiter, Schmutz und altem Blut, daß er wie eine Kruste auseinanderklappte. Das Bein war doppelt so dick wie das andere, und Klaputzsek nickte. »Wer hat denn den gebissen?« Er blickte auf, gab der Frau das Messer zurück. »Dein Mann?«

Sie antwortete nicht, ließ die Klinge verschwinden. Doch war ein Hauch von Lächeln hinter ihren Augen, und er kramte ein Päckchen Taschentücher aus seiner Windjacke, faltete eins zu einer Art Tupfer zusammen und drückte damit auf das Bein, behutsam erst. Das Tier, in seiner Ohnmacht, reagierte nicht, schnaufte nur etwas lauter, und er preßte das Papierkissen energischer darauf. Kleine, wie Perlen in einem Halbkreis angeordnete Eitertropfen quollen zwischen dem braunrot verklebten Fell hervor, wurden dicker, liefen ineinander und flossen schließlich in das andere, unter der Wunde bereitgehaltene Tuch.

Das rasch vollgesogen war. Die Frau langte hinter sich, reichte ihm ein Stück Eierpappe, und er ließ die grünlich-gelbe Flüssigkeit da hineintropfen, strich das Bein ganz aus. Das Sekret wurde wäßrig, und endlich floß nur noch Blut aus der Wunde, und er drehte sich um.

»He, Atze! Wir haben hier 'n Notfall. Gibste mir 'n Schluck von deinem Seelenputzer?«
Rascheln, Husten, ein Mann aus dem Haufen rappelte sich hoch. »Naja, jut ... Aber nur, wenn 'ck ma wieder so'n roten Nachtisch krieg!«
»Gebongt«, sagte Klaputzsek, machte eine Kopfbewegung, und DeLoo ging vor den Heizstrahler und nahm die Flasche entgegen, die ihm einer der Männer hinhielt. Er trug Handschuhe ohne Finger und knurrte: »Wiedersehn macht Freude, Alter.«
Klaputzsek nahm sie ihm ab und nickte der Frau zu. »Jetzt halt deinen Geliebten mal besser fest ...« Die Pfote zwischen Daumen und Fingerspitzen, hob er das verletzte Bein und goß ein paar Tropfen von dem Alkohol darüber. Doch das Tier, dem die Frau beide Hände auf den kleinen Körper drückte, reagierte auch jetzt nicht, ließ nur ein Winseln hören. Die Pulsader pochte schnell, fast rasend unter dem weißen Kehlfleck, der Schwanz wedelte einmal hin und her, und Klaputzsek zog erstaunt die Mundwinkel herab. Dann ließ er einen langen Strahl direkt auf die Bißstelle fließen, rieb sie mit einem Taschentuch ab und wiederholte das so lange, bis das Fell um die Wunde herum sauber war. »Muß 'n Osthund sein, oder? Gegen Wodka hat er nix.«
Er sah die Frau an. Sie trug offene Springerstiefel und hatte sich die Jeans bis zu den Knien hochgerollt. Ein Muster aus Flohstraßen, rot zerkratzt, zog sich über Schienbeine und Waden, und er sagte: »Der braucht Penicillin. Vielleicht auch was gegen das Fieber. Ich bring dir morgen früh 'ne Spritze; hab 'n Tierarzt auf der Tour. In der Zwischenzeit die Wunde nicht bedek-

ken, hörst du. Gieß ab und zu was von dem Fusel drauf.«

Die Frau antwortete nicht, starrte auf das Tier, und er beugte sich tiefer in ihr Versteck. »Hast du mich überhaupt verstanden? Woher bist du?«

»Polen«, sagte sie. »Pomorskie.«

»Na dann: Dobry wiecór.«

»Dziekuje«, sagte sie leise, und er stellte ihr das Licht auf die Treppe, richtete sich auf.

»Also, meine Furzer, ich muß los. Laßt mir die Wohnung nicht verkommen, wie meine Mama immer sagte. Morgen gibts Hasenkeule, frisch aus der Uckermark. Und die Kleine hier, lieber Kulle, die hat Schonzeit, klar?«

»Aber hallo!« brummte der. »Meinste, 'ck laß mir die Fresse zerschnippeln.«

Einer der Männer, die vor dem Heizstrahler Karten spielten, blickte auf, winkte mit seinem Blatt. »Komm ma her, Klappu. Komm ma ... Wir ham hier ne Mischung, sag ich dir: Ein Schluck, und du hast 'n ganzen Abend Royal Flash.«

»Danke, heute nicht.« Grinsend drehte er sich um, schob DeLoo in den Gang. »Wir haben noch 'n paar Engel im Auto. Die müssen ins Kühlhaus.«

Die Laternen, die in die Kastanien ragten, verbreiteten einen grünlichen Schein auf den Hauswänden. In einer langen Limousine räkelte sich ein Chauffeur, blätterte in einer Illustrierten. »Zwei Monde«, das neue Restaurant an der Ecke, war voll besetzt; kaum ein Tisch, auf dem nicht der Goldhals einer Champagner-Flasche aus dem Eis ragte. Neben der Tür die Speisenkarte, handgeschrieben, ohne Preise, und auf der Bank des Küchenfensters lag ein neuer, wohl soeben abgestreifter Austernhandschuh. Die Maschen zogen sich langsam zusammen, die Finger zuckten.

»Ja, Mensch, der Simon! Feierabend?«

Max, die Einfahrt fegend, grinste breit. Sein Walkman hing am Gürtel der Lederhose, und er trug ein Unterhemd, das sich straff spannte über der muskulösen Brust. Auf dem Arm eine selbstgemachte Tätowierung, ein großes Kreuz auf einem Hügel. Er streifte die Kopfhörer ab. »Wat hast'n da für'n Hörnchen? Keilerei gehabt?«

»Wie man's nimmt«, sagte er und zeigte stirnrunzelnd auf das helle, von grünen und weißen Kacheln umrahmte Fenster des Ateliers. Eine rasche Folge von Fotoblitzen zuckte durch den Ginster, schraffierte seine Hand.

Max stellte den Besen an die Laterne und kramte ein Päckchen Tabak aus der Tasche. »Frag mich nicht. Der läßt sich halt alles zeigen.« Er zog ein Blättchen aus der Pappe. »Seit Stunden schon. Sogar die alten Schinken aus dem Keller mußte ich raufholen. Guck mal, wie ich ausseh ...«

Doch DeLoo blickte ins Atelier. Eine kleine, offenbar neue Aluminiumleiter mit Geländer stand neben der Staffelei, und der Mann, den er gleich wiedererkannte – er meinte sogar zu bemerken, daß seine Haare grauer geworden waren seit dem Winter –, saß auf einem der Korbstühle und sprach mit der Malerin. Ein rasches Sprechen, wie es schien, bei nahezu regloser Oberlippe.

Ausdrückliche Gesten. Manschettenknöpfe. Die geöffnete Kamera im Schoß, steckte er eine Filmrolle in die Brusttasche seines Hemds und zog mit der anderen Hand eine neue aus der Hose. Dabei blickte er kurz einmal aus dem Fenster. »Wer ist das eigentlich?« fragte DeLoo.

Max zuckte mit den Achseln, leckte an dem Blättchen. »Keine Ahnung. So'n Kunstmensch eben. Will 'ne Ausstellung machen, glaub ich. Die Alte ist jedenfalls wie verschossen. Guck mal ... Die wird uns noch richtig jung.«

Frau Andersen hatte ein Bild aus einem Stapel an der Wand gezogen, eine kleine Arbeit, knapp siebzig Zentimeter im Quadrat, stellte es vor sich auf den Boden, lehnte es gegen ihre Knie. Dann nahm sie ein weiteres, dem Farbton nach dazugehöriges, und hielt es sich, das Kinn erhoben, vor die Brust. Ihre Wangen waren leicht gerötet, und die Schildpatt-Kämme saßen nicht so ordentlich wie sonst. Hauchzarte weiße Haarsträhnen standen in alle Richtungen ab, und die großen Augen – eine hellwache Abwesenheit ließen sie gewöhnlich etwas starr erscheinen – blickten seltsam unruhig in das Gesicht des Betrachters, schienen irgend etwas darin zu suchen. Oder vielleicht schon gefunden zu haben. In ihrer Kitteltasche zeichnete sich ein Apfel ab.

Max rollte die Zigarette. Er zwirbelte sie am oberen Ende zusammen und grinste verlegen. »Sag mal, Simon, du bist doch auch eher von der KF, oder?«

»Ich? Wieso? Was soll denn das sein?«

»Na, Kulturfraktion. Ich meine, du kannst mir ja vielleicht was erklären ...«

»Was willst'n wissen?«
»Diese Bilder, zum Beispiel, da ist doch eigentlich nichts drauf, stimmts? Die sind fast nur monogam, oder wie heißt das?«
»So ähnlich«, sagte DeLoo. »Monochrom.«
»Genau. Immer nur eine Farbe, mal bißchen heller, mal dunkler.«
»Ja, und?«
Er drückte auf sein Feuerzeug, spuckte etwas Tabak aus. »Na, ich hab natürlich kein Kunstverständnis, schon klar. Aber ich frag mich doch: Warum macht die das? Dauernd diese Riesendinger, klein-klein, mit winzigen Pinseln. Bei ihrer Gicht. Ist doch auch schädlich für die Augen, oder? Wieso nimmt die nicht einfach 'ne Rolle?«
DeLoo schlug ihm auf die Schulter und spürte, daß der Mann ihm nur mit Mühe nicht auswich. Rasch zog er die Hand zurück. »Das wäre sicher einfacher, du hast recht. Aber irgendwie nicht mehr dasselbe, glaub ich. Jede Farbe hat eine Seele, sagt sie immer. Und Seelen müssen sich entfalten, müssen wachsen … So ungefähr.«
»Ach ja?« Max stieß den Rauch durch die Nase, griff nach dem Besen; aus den Kopfhörern, die an seinem Hals hingen, alter Punk. »Schon wieder was gelernt fürs Leben. Besten Dank auch.«
Der Mann im Atelier legte den Fotoapparat auf den Boden, schlug die Beine übereinander. Beide Ellbogen auf die Lehnen des Korbsessels gestützt und die Hände in Gesichtshöhe gefaltet, gab er der Malerin durch ein Nicken zu verstehen, daß er bereit war für ein neues

Bild. Max fegte weiter. Zigarette im Mundwinkel, stieß er Blüten, Staub und Scherben vor sich her und murmelte: »Meine Seele is denn doch eher grau. Oder sagenwer ma, blaugrau.«

Am Sonntagmorgen ging DeLoo ins Vorderhaus, nahm die Reklame aus dem Postkasten und stieg langsam die breite Treppe hinauf. Hier und da ungebeizte Leisten und Bretter im Paneel, und auch der glänzende Bodenbelag, wo immer beschädigt, war sorgfältig geflickt. Der alte, unlängst gestorbene Hauswart, Max' Vater, hatte selbst kleinste Schäden mit dem Teppichmesser ausgeschnitten, rechtwinklig, und neues Pegulan dort eingefügt. Manche Flicken waren kaum größer als Briefmarken, und an viel begangenen Stellen hatte er sie nicht nur geklebt; in regelmäßigen Abständen glänzten winzige Nagelköpfe wie die Stichstellen einer Naht.
Die Sonne projizierte Lichtflecken auf DeLoos Kleider, die Khakihose, das leichte Sakko, als er an den bunt verglasten Fenstern vorüberging. Auf jedem Absatz ein Stuhl und ein Aschenbecher, aus einer Wohnung Chormusik, die Messe im Radio, und im vierten Stock standen Schuhe auf der Matte, weinrote Pumps und zwei kleine, wie Bienen gestaltete Latschen. Transparente Flügel auf dem Spann. Daneben ein Stapel alter Zeitungen und eine doppelt zugeknotete Mülltüte.
»Du machst das jetzt!« rief das Kind hinter der Tür. »Und zwar sofort!«
Ein Schrank oder eine Truhe klappte zu. »Nicole, hör auf«, sagte die Mutter; es klang erschöpft. »Du weißt, daß ich diesen Macho-Ton nicht mag.«

Ein Quietschen wie von einem Gummitier. »Magst du *wohl!*« rief das Kind, und DeLoo ging zu der gegenüberliegenden Tür, steckte den Schlüssel ins Schloß und hätte fast schon einen Schritt in die Wohnung gemacht. Blieb aber auf der Schwelle stehen. Das ovale Holzbrett mit der Klingel, einem fein ziselierten Messingbügel mit einem Schlangenkörper als Griff, war verschwunden; nur noch zwei krumme, von Textilfasern umwickelte Drähte ragten aus der Wand, und er starrte eine Weile auf das Loch im Putz. Dann tippte er eines der Kabel an, bis es die Spitze des anderen berührte. Blaues Knistern. Die Klingel schrillte, und er trat ein.

Staubflocken rollten über die Dielen, verschwanden unter dem Schrank, und die Papierlampe an der Decke schwankte in der Zugluft. Er schloß die Tür, blieb aber auf dem Kokosläufer stehen. Trotz des offenen Oberlichts in der Küche roch es ein wenig nach Moder, nach feuchtem Kamin, geräucherter Schwärze, und auch der bräunliche Fleck unter der Decke war größer geworden und hatte einen Kranz aus kalkigen Blasen. Sonne fiel schräg durch das Fenster des winzigen Hinterhofzimmers bis in den Flur, ein breiter Strahl, der den Spiegel streifte, den Staub darauf, und DeLoo fuhr sich mit beiden Händen durch die Haare. Dann nahm er den dunklen Rollkragenpullover vom Garderobenhaken, schüttelte ihn aus und hängte ihn zurück.

Er drehte sich um, öffnete die Badezimmertür. Federn in der Wanne, und lautlos tropfte Wasser aus dem Hahn und rann glitzernd über die lange braune, an den Rändern moosige Spur auf der Emaille. Er stellte sich auf die Zehenspitzen und blickte in den Lichtschacht mit dem kleinen Fenster, das nicht ganz geschlossen war. Tauben hatten versucht, ein Nest in die Nische zu bauen.

Doch dieses war das Jahr der Elstern. Er drückte auf die Klospülung und ging dann durch den kurzen Flur zum Schlafzimmer, blieb unterm Türholz stehen. Der Rahmen der Ikone über dem Bücherregal, die Heilige Maria ohne Kind, war lange schon schwarz angelaufen, und auf dem schmalen Bett, dem Überwurf aus rotem Samt, sah DeLoo, wo er vor Wochen gesessen, die Hand aufgestützt, den Kopf hingelegt hatte. Die Tür des schiefen Kleiderschranks öffnete sich, als er den Raum betrat, und er streckte den Arm aus und drückte sie, ohne hinzusehen, zu. Dann nahm er einen Buchsbaumzweig von der Fensterbank, pustete den Staub von den Blättern und hielt ihn gegen das Licht. Immergrün. Hellgelb und durchscheinend wie Pergament.

Behutsam legte er ihn zurück und ging ins vordere, zur Straße hin gelegene Zimmer. Es war das größte der Wohnung und lag noch im Schatten, doch die Ofenkacheln und die Glasplatte des Schreibtischs reflektierten die Sonne in den gegenüberliegenden Fenstern. Lichtspinnen zitterten auf dem Teppich, an den Wänden, und als er in die Raummitte trat, sah er seine Silhouette in einem kristallweißen Rhomboid unter der Decke. Auch hier roch es muffig, und auf der hölzernen, vor langer Zeit einmal eingefetteten Vorhangstange schimmerte Staub wie ein graues Fell.

DeLoo zog die Balkontür auf, stellte sich an die Brüstung und blickte über die alten Eichen und Kastanien zum Landwehrkanal. Spaziergänger in hellen Kleidern überquerten das Pflaster tief unter ihm, und Kinder blieben vor dem Zaun des alten Gasometers stehen und schoben den beiden Ziegen, die sich irgend jemand dort hielt, ihre roten und grünen Lutscher durch die Maschen. Der Brunnen war leer. Nur Abfall in den Schalen.

Mit einem Taschentuch wischte DeLoo den Klappstuhl ab. Dann ging er in die Küche, drehte den Wasserhahn auf und wartete, bis der braune, faulig stinkende Strahl sich klärte. Kalkbrocken klickerten im Kessel, und er spülte ihn aus, goß Wasser für eine Tasse hinein und stellte ihn auf eine der beiden Elektroplatten, die auf dem alten Kohleherd standen. Dann öffnete er einen Schrank, nahm ein Plastikglas heraus und schraubte es auf. Nur noch ein Rest Pulverkaffee war darin, und er lockerte ihn mit einem Frühstücksmesser und kippte etwas davon in einen Becher aus weißem Porzellan. Der Henkel war abgebrochen und wieder angeklebt, der Goldrand fast verblichen.

Während er darauf wartete, daß das Wasser heiß wurde, blickte er in den Hof. Der ganze Seitenflügel lag jetzt in der Sonne, viele Fenster waren geöffnet, Bettwäsche hing über den Brüstungen, und zwischen den Teppichstangen spielten zwei Mädchen Federball. Auch die gelb verklinkerte Fassade des Hinterhauses, in dem er lebte, war zum Teil übersonnt, und die Einschüsse aus dem letzten Krieg sahen schwärzer aus, als hätten sich alle Schatten bis auf ihr Substrat in die kleinen Löcher zurückgezogen. In Pidders Wohnung stand eine Frau, die er nicht kannte. Ihre blondierten Haare glänzten wie von einem Spray, und sie trug nur Unterwäsche, blau, und schien ihn nicht zu bemerken. Aus einer Flasche goß sie Bier auf einen Lappen und wischte damit die Blattpflanzen ab.

Wasser zischte und knallte unter dem Kessel; er nahm ihn von der Platte und brühte das Pulver auf. Die Tasse umfassend, ohne den Henkel zu berühren, ging er ins große Zimmer und blieb vor dem fast leeren Schreibtisch stehen. Er klappte das Notebook auf, starrte den schieferfarbenen Bildschirm an, klappte es wieder zu. Mit dem Zeigefinger fuhr er über sein Foto, das neben der Lampe stand, über die staubige Augenpartie, und drehte sich um. Er setzte sich auf das Ledersofa und trank den Kaffee, der bitter schmeckte, aber gut. Ein Tropfen lief an der Tasse hinunter, blieb am unteren Rand hängen, und er strich ihn mit dem Handrücken ab. Dann räusperte er sich laut und erschrak über den Hall, der ihm größer vorkam, als es den leeren Räumen entsprach.

Er blickte durch sein Spiegelbild in der Glastür. Hinter der Hasenheide stieg ein Zeppelin auf, warb für Bier, die Propeller schienen den Sonnenglanz zu quirlen, und er ging auf den Balkon hinaus, setzte sich auf den Klappstuhl und stellte die Tasse auf den Tisch, zwischen Flecken aus Vogeldreck. Der Himmel war ohne eine Wolke blau, und erste Sonnenstrahlen stachen durch die löchrige Dachrinne über ihm; in wenigen Minuten würde auch die Fassade des Hauses im Licht liegen. Er schloß die Augen.

»Nein, nein, *nein*! Ich bin nicht deine Putze, das merk dir mal! Den Schmierkram will ich hier nicht sehen. Und raus!«

Blaß vor Empörung kam die kleine Nicole auf den anderen Balkon. Sie warf ein Heft und eine Handvoll Buntstifte auf den Tisch aus Plastik – letztere so heftig, daß sie wieder aufhüpften und mit hellem Klang zu Boden fielen. Dann stieg sie auf einen Sack Blumenerde und beugte sich über die Brüstung. Dunkle Gedanken um die glatte Stirn, starrte sie eine Weile hinunter, bewegte lautlos die Lippen. Schließlich spitzte sie den Mund, ließ einen langen Speicheltropfen fallen und legte den Kopf schräg, um das Klatschen auf dem Pflaster zu hören. – Kein Laut, und sie runzelte die Brauen und blickte noch einmal hinunter, während sie sich das Kinn mit dem Ärmel ihres Sweatshirts abwischte. Es war gelb und braun gestreift, und DeLoo ließ ein gespieltes Husten hören.

Sie fuhr herum. »Simon!« Jähes Lächeln, strahlender Blick. Jetzt war die Sonne überm Haus.

»Hallo Nicole.«

Sie sprang von dem Sack, kam rasch um den Tisch. »Ich hab meinen Papa im Fernsehn gesehen!«

»Ist nicht wahr.«

»Doch, gestern!«

»Und? War er gut?«

Sie trat an die Querseite des Balkons und schob ein paar Begonien zur Seite. »Erst nicht. Er hat auf den Kommissar geschossen!«

»Mein Gott. Aber nicht getroffen, oder?«

»Das spielt doch keine Rolle!«

»Auch wieder wahr. Hatte deine Mutter ihren Tango-Abend?«

Sie kicherte. »Wieso weißt du das?«

»Naja, als du am Kühlschrank warst, hab ich 'n langen Hals gemacht und mich bei euch umgesehen. Es war bestimmt schon elf, eigentlich hättest du schlafen müssen. Und auf dem Teppich lagen wieder lauter zertretene Chips.«

Einen Finger in der Nase, schüttelte sie langsam den Kopf. »Gar nicht wahr. Erdnuß-Flips.«

»Oder so. Gehn wir mal wieder Hähnchen essen?«

»Oh ja!« Die Augen aufgerissen, zeigte sie mit dem Daumen hinter sich und zischte: »Aber ohne die!«

Er hob die Schultern. »Wenn du meinst ...«

Sie nickte ernst, stutzte, wies mit dem Finger in die Luft. »Guck mal!« Ascheflöckchen flogen über die Straße, wie immer in der wärmeren Jahreszeit, wenn die Kamine nicht mehr ziehen und die Öfen dennoch befeuert werden. »Da verbrennt jemand ein Brautkleid.«

»Ein was? Wie kommst du darauf?«

»Weiß nicht. Das sagt man so, wenn im Sommer Asche rumfliegt. Hör mal, in dem Film sah mein Papa aber besser aus als du. Echt wahr. Mit diesen langen Locken, meine ich. Find ich total geil. Die waren auch nicht so, so ...« Sie drehte sich um. »Mama, wie heißt das mit deinen Haaren? Graumelig?«

Ihre Mutter trat in die Balkontür, raffte den Vorhang aus roten Glasperlen zur Seite. »Mußt du so schreien? Grau meliert. Wieso sprecht ihr über meine Haare?«

»Tun wir ja gar nicht«, sagte das Kind und zwinkerte DeLoo zu. »Wir flirten.«

»Tag, Simon ... Na sowas. Dich haben wir ja lange nicht gesehen.«

»Tag, Dora. Hübsche Bluse.«

Sie blickte an sich hinunter. »Im Ernst? Ach Gott, dabei ist sie so alt. Ich trag sie im Haus auf, weißt du.«
Ihre Tochter ließ ein amüsiertes Grunzen hören. Dann strich sie sich eine Haarsträhne hinters Ohr und sagte mit einem abgespreizten kleinen Finger in der Stimme: »Findest du? Ich trag sie nur auf, toller Mann ...«
Die Mutter, schmunzelnd, machte einen Schritt auf den Balkon, schnappte nach ihr, doch die Kleine schlüpfte unter ihren Armen hindurch in die Wohnung und rief: »Er geht aber mit mir aus! Mit mir! Wo ist mein blauer Schleim?«
Die Frau trat hinter die Begonien, zupfte ein paar welke Blüten ab, sammelte sie in der hohlen Hand. »Wird mir langsam frühreif, der wilde Feger.« Sie musterte ihn, sein offenes Hemd, machte eine Kopfbewegung Richtung Tür. »Das mit der Klingel is'n Ding, was?«
DeLoo grinste. »Naja. Ich werd sie demnächst auf dem Flohmarkt finden.«
Sie verzog den Mund, nickte bekümmert. »Und zurückkaufen, was? Ach Mensch ... Man fühlt sich nicht mehr sicher hier oben. Schon gar nicht als alleinstehende Frau mit Kind. Jeder Penner stiefelt einfach so ins Haus. Vorgestern lag Hundedreck auf der Treppe, ein Riesenhaufen. Und ich lauf zu Frau Andersen, läute Sturm, doch sie öffnet mir nicht mal die Tür. Oder nur 'n Spalt. Gehn Sie halt zum Max, sagte sie, Palette in der Hand. Wie die mich angefunkelt hat. Eisig.«
Sie beugte sich etwas vor; der runzelige Brustansatz wurde straffer. »Hast du das mit der Ausstellung gehört? Ich dachte, ich spinne. Friedrichstraße! Nach all den Jahren ... Mein Gott, vielleicht verdient sie ja so-

gar was mit den Bildern. Viel anfangen kann ich zwar nicht damit, aber es wäre ihr zu wünschen, oder? Dann könnte sie mal was in die Bruchbude investieren. Was meinst du, wie lange ich schon einer neuen Badewanne hinterherlaufe. Nie hat sie Geld. Oder tut jedenfalls so. Ich glaube, wir zwei sind die einzigen hier, die regelmäßig Miete zahlen.« Sie zeigte auf seine Tasse. »Willst du noch Kaffee?«

DeLoo stand auf, klappte den Stuhl zusammen, lehnte ihn gegen den Tisch. »Danke, Dora. Ich muß weiter.«

Sie nickte, stieß etwas Luft durch die Nase. Die welken Blüten, die sie von der Handfläche über die Brüstung gleiten ließ, trudelten zwischen den Balkonen auf den Gehweg. »Ja, gib mir nur einen Korb, ich habs nicht anders verdient. Tomorrow never happens, it's all the same fucking day, man – weißt du, von wem das ist?«

DeLoo verneinte, trat in die Tür.

»Ich auch nicht«, sagte sie. »Vergessen. – Wie war das jetzt, hab ich das gerade richtig verstanden? Du gehst mit uns Hähnchen essen?«

Er nickte. »Demnächst. Ich melde mich.«

Sie hob die Hand, winkte ab. »Das sagst du immer.«

Als er die Balkontür von innen zudrückte und ihn die Stille der Wohnung umfing, hörte er irgend jemanden im Haus auf einer Flöte spielen, ein paar Takte nur. In der Küche spülte er die Tasse, trocknete sie mit einem Papiertuch ab und stellte sie in den Hängeschrank, der mit alter Folie ausgelegt war, ein Weihnachtsmuster.

Dann ging er noch einmal ins Schlafzimmer, und wieder, kaum setzte er den Fuß auf die erste Diele, sprang die Schranktür auf. Knarrend klappte sie in den Raum, verdoppelte ihn im Innenspiegel, und DeLoo betrachtete die Mäntel und Kleider unter den Plastikhüllen, die zusammengelegten und Stück für Stück in vergilbtes Zeitungspapier verpackten Pullover, die bunten Kartons voller Wäsche und Strümpfe und die Ketten, Tücher und Gürtel, die an einem Band vor dem Spiegel hingen. Er streckte den Arm aus, nahm eines der Schmuckstücke in die Hand, prüfte es zwischen den Fingern. Es waren runzelig getrocknete, wie Granatsteine dunkle, im Sonnenlicht etwas durchscheinende Hagebutten, auf eine feine Goldkette gezogen, und er drückte die Tür wieder zu.

Eine Weile blieb er noch im Flur stehen, blickte zu Boden, spielte mit den Schlüsseln in der Jackentasche. Hörte auf damit, wartete. Als er die Augen schloß, schien sich die Stille noch einmal zu verdoppeln, und das Ziehen unter dem Brustbein nahm zu. Er wagte kaum zu atmen, hob den Kopf und blickte in den Spiegel, in dem nur wenig zu erkennen war vor Staub. Nur Schatten.

»Bist du da?«

Im Türspalt sah er das Wasser, das lautlos und glitzernd den Wannenrand hinunterlief. Die nasse Feder. Tote Fliegen. Dann drehte er sich um und ging hinaus. Durch die Schulterstellen des Pullovers schimmerte das helle Holz des Bügels.

Nachdem er abgeschlossen hatte, zog er einen Kugelschreiber aus der Tasche und versuchte, den Namen an die Stelle zu schreiben, an der die Klingel mit dem Schild gehangen hatte. Doch der Putz war zu porös.

Drittes Kapitel

Goldene Vorhänge

Sie saßen im »Blauen Affen«, an einem Tisch neben der Jukebox. Über ihnen an der Wand Geweihe, an denen noch Reste von Luftschlangen hingen, ein paar historische Zapfhähne mit Griffen aus Messing und Porzellan und eine violette Heidelandschaft, gipsgerahmt. Senftöpfe voller Blumen aus Stoff über dem dichtbesetzten Tresen, friesische Kacheln, ein gewaltiger Ofensims aus glasiertem Ton, und in der Mitte des Raums, zwischen Stehtischen, die einmal Fässer gewesen waren, eine Straßenlaterne aus der Kaiserzeit.

»Molle? Korn?«

Obwohl beide Schwingtüren offen standen, war der Rauch so dicht, daß man die Trinker am Ende der Theke, wo die Lichter der Spielautomaten wie bunte Blasen auf und ab gluckerten, nur ahnen konnte. Harry, der neben dem Durchgang zum Billardraum saß, machte eine Art Entenschnute und nickte. Die Stirn glänzte, die Augen waren gerötet und blickten ein bißchen stier, und auch die Frisur war nicht mehr ganz in Form; ein paar fettige Strähnen hingen lose über dem Ohr. Außer seiner Arbeitskleidung, dem grauen Kittel, trug er ein Goldarmband und einen Ring, dessen großer Stein wie ein angelutschtes Himbeerbonbon aussah.

Klaputzsek wiederholte seine Frage, doch Emil und Bernd reagierten nicht; sie spielten Karten und hatten ihn wohl nicht verstanden in dem Lärm. Stimmen über Stimmen, die trotz des frühen Abends schon einen Nebenklang von einigen vierzig Prozent hatten und die Lieder aus der Box überschrien. DeLoo winkte ab.

»Na komm«, sagte Klaputzsek. »Ich geb nur einmal im Jahr einen aus. Willst mich doch nicht kränken, oder?«

»Also gut. Dann bring mir noch so'n Wein mit.«

»Okay.« Er stand auf. »Was war 'n das für einer? Herb oder süß?«

»Nein!« brüllte Emil, der noch seine Pfeffer-und-Salz-Hose trug. Er schlug mit der flachen Hand auf den Tisch, daß die Asche in der Schale hüpfte. »Ich laß mich doch nicht verscheißern, Mann! Seit zwanzig Jahren bin ich dabei, seit der ersten Pleite. Ich hab die Klitsche mit aufgebaut!«

Das dünne blonde Haar war zerzaust. Er schwitzte, schwankte leicht im Sitzen und zog eine Zigarette aus der Schachtel. Bernd, in einem Seidenhemd, ließ sein Feuerzeug schnappen, was Emil aber nicht beachtete. Er steckte sie an der Kippe der vorigen an. »Was meinst du, wieviel Zeit ich da gelassen hab in meinem Leben. Extra-Essen hier, Betriebs- und Weihnachtsfeiern da, und Emil hat gekocht. Samstags, sonntags, immer. Und hat mal einer nach *meinen* Wünschen gefragt? Oder nach meiner Familie?«

Bernd hob eine Karte, zögerte, ließ die Hand im Gelenk nach vorn knicken. Dann steckte er sie wieder zurück und warf eine andere auf den Tisch. »Das war mir von Anfang an klar. Ich hab immer gedacht, was soll der Scheiß. Was hat er davon, sich da so reinzuknien Tag für Tag. Wieso macht er nicht einfach mal blau? Tun doch alle. 'n Tritt kriegt man hinterher sowieso.«

Emil schien ihm nicht zugehört zu haben. Er starrte auf sein Blatt, schüttelte den Kopf. »Der kam doch zu *mir*, Mensch! Ich hab mich nicht drum gerissen, war längst schon wieder auf'm Bau und hab dreimal soviel verdient, im Akkord. Und plötzlich steht er in unserer Küche. Meine Frau wickelt die Kleine, ich trink mein Bier, und er sagt: Emil, ich mach wieder auf. Bist du dabei? – Natürlich war ich dabei, konnte ihn doch nicht hängen lassen. Alles per Handschlag, verstehst du. Und dann haben wir die Bude neu aufgebaut, Tag und Nacht. Den ganzen Kundenstamm zurückgeholt, Firma für Firma, Mann für Mann. Ich kann dir sagen...«

»Und?« fragte Bernd gelangweilt. »Was hast du jetzt davon? Die setzen dir jemanden vor die Nase, und das ist der Anfang vom Ende. Für solche Leute sind wir doch bloß Material. Mach lieber mal ordentlich krank, weißt du. Bevor dir wirklich was fehlt.«

Emil stieß Rauch durch die Nase, nickte langsam; es sah abwesend aus. Klaputzsek stellte ein Tablett mit frischen Getränken auf den Tisch. Er drehte es so, daß DeLoo den Wein herunternehmen konnte. Harry beugte sich vor, griff mit beiden Händen gleichzeitig nach einem Bier und einem Schnaps und zog sich wieder in seine Ecke zurück. Er hatte damit begonnen, kleine Löcher in die verrauchte, bis auf den Heizkörper herabhängende Gardine zu brennen.

»Wir kriegen gleich Ärger hier«, sagte Klaputzsek.

»Natürlich bin ich kein gelernter Koch, hat er doch

gewußt. Jägersoße, Rindsroulade oder Nudelauflauf, mein Gott, dafür muß man kein Koch sein. Aber ich kann zupacken und frag nicht nach Feierabend, wenn die Luft brennt. Deswegen hat er mich geholt. Und seit zwanzig Jahren läuft der Laden doch gut, oder? Nicht ein verdorbener Magen, nie Verlust. Aber meinst du, die sind mal von sich aus mit 'ner Lohnerhöhung gekommen? Wie so'n Dackel mußte ich jedesmal ins Büro ...«

»Da würd ich mich überhaupt nicht aufregen«, sagte Bernd und knibbelte die Kippe aus seiner Bernsteinspitze. »Geh doch zum Arzt, Mann. Ich kann dir drei oder vier Praxen zeigen. Du legst deine Karte hin, machst ein schiefes Gesicht und zack, hast du vier Wochen Ruhe. Sollen sie doch sehen, wie sie ohne dich auskommen. Oder willst du bis zur Rente warten?«

Die Wirtin, eine kleine Frau Mitte Fünfzig, die Haare durchscheinend toupiert, ging naserümpfend zwischen den Tischen herum. Sie hatte blau geschminkte Lider und trug einen rosa Angorapullover und eine Lederhose. Auch ihre Stimme hatte etwas Gegerbtes. »Wem qualmen denn hier die Socken, Jungs?«

Klaputzsek grinste, drohte Harry mit dem Finger. Der ließ das Stück Gardine hinter seinem Rücken verschwinden.

»Natürlich haben sich die Bedürfnisse geändert«, sagte Emil. »Seh ich doch selbst, wenn ich auf Tour bin. Diese ganzen neuen Büros voller Plastikfratzen. Umsatz! Karriere! Und die regen sich auf, daß die Nudeln nicht al dente sind und die Steaks nicht mehr blutig genug. In einer Warmhaltepackung, das stell dir vor. Soll ich das

Zeug roh da reintun und während der Fahrt auf dem Motorblock garen? Wir sind für einfache, solide Kantinenkost ausgerichtet, hab ich der Alten gesagt. Es gibt ja nichtmal 'ne Mikrowelle. Wie kann ich mit dem ganzen Schrottmaterial Wildschweinbraten mit geschäumter Hagebuttensoße und Kartoffelplätzchen machen? Oder Filets Mignon mit Paprikacreme? Und weißt du, was die mir antwortet? Mann! Ich wär ihr fast mit dem Arsch ins Gesicht ...«

Bernd wischte sich den Bierschaum von der Oberlippe, raffte die Karten zusammen und mischte neu. »Das hätt ich dir sofort sagen können. Am ersten Tag. Ich hab tausend Jobs gemacht, mein Lieber, es geht überall gleich zu. Die sacken ihre Kohle ein, und dann lassen sie dich im Regen stehen. Wozu also der ganze Krampf. Geh zum Arzt, mach auf Gelenke oder Magen, das können sie nicht nachweisen, und dann läßt du es dir richtig gutgehen. Füße hoch, Fernseher an, und scheiß auf den Job.«

»Wer jetzt? Ich?« Verdutzt blickte Emil ihn an. »Du bist gut. Und wer kloppt die zwölfhundert Essen raus jeden Tag?«

Bernd langte in die Brusttasche seines Hemds und zog eine Plastikgabel hervor. »Das muß doch *deine* Sorge nicht sein!«

Emil schüttelte den Kopf, starrte in sein Glas. »Ich wollte immer was aufbauen. Wozu ist man sonst da. Wenn ich früher auf'm Gerüst stand, hab ich gedacht, hier gehst du am Sonntag mit deinen Knirpsen vorbei und sagst: Die Ecke hab ich gemauert. Oder den Türsturz da verklinkert. Und dann kam der Alte, und wir zogen die Küche hoch. Das war ein gutes Gefühl, Mann. Du hast was gemacht, verstehst du. Wurdest gebraucht!«

»Und jetzt?« sagte Bernd aus einem Gähnen heraus. Er langte hinter sich, schob die Gabel in den Kragen und kratzte sich den Rücken. »Jetzt buttern sie dich unter. Was meinst du, wieviel Vorarbeiter und Abteilungsleiter ich hatte, die alles gegeben haben, ihre letzte Kraft. Als ginge es um ihr Leben. Und dann, die Scheiße hinter den Ohren ist noch nicht verkrustet, triffst du sie auf dem Arbeitsamt wieder. Und sie fluchen wie du.«

»Na hör mal!« sagte Klaputzsek. »Der Emil ist doch keinem in den Arsch gekrochen!«

»Das hab ich auch nicht gesagt, Schätzchen. Aber wenn du immer nur blöd deine Pflicht tust und so funktionierst, wie die da oben wollen ... Ich meine, was spricht dagegen, mal ordentlich blau zu machen, schön krankzufeiern oder einfach 'ne Weile stempeln zu gehen? Wenn man ein Jahr am Stück geschubbert hat, kriegt man immer noch satte ...«

»Was heißt das!« Emil blitzte ihn an. »Ich bin fünfzig! Was hab ich vom Leben, wenn nicht die Arbeit. Meine Frau ist dauernd krank, die Kinder zeigen mir den Stinkefinger, und jetzt soll ich auch noch 'n Sozialfall werden, der auf'm Amt rumhängt und den Staat um 'ne milde Gabe bittet? Eher häng ich mich auf.« Er hob den Kopf, blickte DeLoo an. »Oder?«

Groß die Augen, schmal der Mund, und die Kieferknochen zuckten, als bisse er die Zähne zusammen, wieder und wieder. Schweißtropfen glitzerten über seinen

Brauen, auch die blonden Schläfen waren dunkel vor Nässe, und DeLoo konnte sich plötzlich vorstellen, wie er als Junge ausgesehen hatte. Er nickte zwar, doch je länger er schwieg, desto mehr schien der Blick des Mannes zu ermatten, sich nach innen zu richten. Schließlich wendete er sich ab, fächerte sein Blatt auf.

Bernd roch an den Zinken der Gabel, steckte sie wieder ein. Blaues Licht gewitterte durch die Musikbox. Ein paar Trinker am Tresen drehten sich um, und die Wirtin hob das Kinn, winkte mit dem Schaumspachtel ab.

Als wären sie hereingestoßen worden von der Straße, stolperten zwei Männer in das Lokal, wobei einer mit der losen Sohle am Fußabtreter hängenblieb und gestürzt wäre, hätte er sich nicht im letzten Moment an dem anderen, an der Kapuze seines Parkas, festgehalten. Der hakte den Arm um den Mast der Laterne und blickte vergnügt in die Runde. Seine Haare standen in alle möglichen Richtungen ab, und in dem grauen Vollbart hingen Brotkrümel und ein kleines Stück Zwiebel.

»Tach allerseits!«

Die Wirtin nickte. Vorsichtig tauchte sie die Finger der Linken in die toupierte Frisur und kratzte sich den Kopf. »Und tschüs! Ihr geht gleich wieder raus, bitte.«

»Aber klar doch«, sagte der Bärtige und legte seinem Kumpel eine Pranke auf die Schulter. »Gleich ... Hat mal jemand 'n Schluck Bier übrig? Wir sind so mondfühlig heute. Stimmts, Atze?«

Der antwortete nicht. Beide Fäuste in die Taschen seines ranzigen Sakkos gestopft, blickte er immer noch auf seine Schuhspitze hinunter, schüttelte den Kopf. Er stellte den Fuß auf die Hacke und ließ die Sohle wie eine Zunge schlappen; man konnte die nackten Zehen sehen. »Deutsche Wertarbeit. Kannste echt vergessen. Muß ich morgen wieder zur Fürsorge latschen. Die sind noch keine ... Mensch, wie alt sind die eigentlich?«

Der Bärtige hatte sich umgedreht, hob die Brauen und zeigte mit zittrigen Fingern in die Ecke. »Ey, ha'ck 'ne Erscheinung? Guck ma ... Unser fahrbarer Mittagstisch! Klappu, wilde Socke, wo treibst *du* dich denn rum? Immer in Puff-Nähe, wa? Is der Schnaps da ledig?«

»Hallo, Kulle!« Grinsend rutschte Klaputzsek zur Seite, und die beiden Männer, nach einem raschen Blick zum Tresen, setzten sich an den Tisch. Der kahlgeschorene Atze schob sich die Hände, die immer noch in fingerlosen Handschuhen steckten, zwischen die Knie und nickte scheu in die Runde. Entzündete Lider, Rasierschnitte zwischen den Stoppeln.

Kulle, über der Braue ein schmutziges Pflaster, legte die Ellbogen auf den Tisch und starrte das Pinnchen an, das zwischen den nassen Glasabdrücken auf dem Tablett stand. »Muß *dit* sich einsam fühlen ... Habter hier 'ne Feier, oder wat?«

»Das sind meine Arbeitskollegen«, sagte Klaputzsek. »Hier, das ist unser Koch, der da heißt Bernd, Harry ...«

Der andere zog etwas Rotz durch die Nase und griff nach einer Zigarettenschachtel, schob die Kappe mit dem Daumen auf; der Nagel war blauschwarz. Doch

Emil nahm sie ihm wieder weg. »Komm, komm, mein Freund. So nicht.«
»Ach nee?« Kulle grinste. »Schade eigentlich. Wie denn?«
Die Wirtin kam an den Tisch, verschränkte die Arme vor der Brust und spitzte die Lippen. Mehrere Männer mit Billard-Queues standen hinter ihr, reckten die Hälse und blickten über ihre Schultern auf die Sitzenden hinunter. »Die beiden kriegen hier nichts, klar? Lokalverbot.«
Sie wies mit dem Daumen zur Tür, und Klaputzsek nickte. »Schon gut, Renate. Ich bring sie raus. Aber *ein* Glas dürfen sie doch, oder? Damit sie mit uns austrinken können. Bleib Mensch. Ich hab heut Geburtstag.«
Die Männer mit den Billardstöcken traten näher, der Geruch nach billigem Rasierwasser nahm zu. Goldkettchen, Knasttränen, bunte Hemdkragen über dünnen Lederjacken. Eine Sonnenbrille im Haar. Die Wirtin blickte in die Runde, auf die fast leeren Gläser. »Also gut«, sagte sie schließlich. »Ein Getränk. Aber dann will ich sie von hinten sehen.«
Sie ging zum Tresen, und Kulle und Atze hoben die Hände unter die Lampe, schlugen sie gegeneinander; Staub puffte aus den Handschuhen hervor. DeLoo begann, durch den Mund zu atmen.
Harry zog Klaputzsek den Geldschein aus den Fingern und stand auf. Er schwankte leicht, der Korn kippte um, als er das Tablett vom Tisch zog, und Kulle hielt ihn am Ärmel fest. »Kein Problem, Alter. Überhaupt kein Problem ...« Er hob es langsam an, bis statt des Ge-

sichts nur noch eine braune Plastikscheibe zu sehen war, mit Bart. Genießerisches Schlürfen dahinter. Sein Freund leckte sich die Lippen.

Harry ging zur Theke, und Kulle stöhnte behaglich und sank zurück. Die schwarzen Augen unter den zerzausten Brauen glänzten, und er legte den Kopf schräg, ließ die Hände wie Pfoten vor der Brust hängen, blickte Emil bettelnd an. Der rümpfte die Nase. Doch dann zog er eine Marlboro aus seiner Schachtel und warf sie ihm über den Tisch.

»Sagt mal, kann es sein, daß einer von euch mal die Hose wechseln sollte?«

Atze schob die Lippen vor, tippte sich mit dem Daumen an die Brust und schüttelte den Kopf so energisch, daß seine ungewöhnlich langen Ohrläppchen wackelten. Doch sein Kumpel nickte. »Hab mein' Kathetei-stöpsel verloren ...« Er leckte die Zigarette der Länge nach ab. »Hör ma, Koch. Hörste mir zu? An deine Kohlrouladen letzte Woche, da war zu wenig Kümmel, wenn ick det ma sagen darf. Schmeckte wie nasse Topflappen. Echt. Wat Kohlrouladen betrifft, bin 'ck Spezialist. Da muß Kümmel dran, und zwar satt. Stimmts, Atze?«

»Aber hallo.«

Emil, die Karten mischend, runzelte die Brauen. »Was weißt denn du von meinen Rouladen? Bist ja wohl kein Kunde, oder?«

»Doch, doch«, sagte Klaputzsek schnell. »Caritas ...«

Bernd nahm die Karten vom Tisch, fächerte sie auf. Schlaff das Gesicht, bekümmert der Blick. »Wenn

ich an vollgepißte Hosen denk, wird mir immer ganz schwummerig«, murmelte er. »Mein kleiner Bruder konnte das Wasser auch nicht halten; war schon vier oder so und näßte noch ein. Und meine Mutter, vor versammelter Familie: Na warte, wenn du das noch *einmal* machst, schneiden wir den Schniepel ab. Und dann alle, wie 'n Echo: Schniepel ab! Schniepel ab! Prompt kriegte er solche Angst, daß er 'ne Weile trokken blieb.«
Er legte den Kopf schräg, steckte die Karten um. »Aber dann ging es wieder los, und meine kleine Schwester, zwei Jahre älter als er, kommt in die Küche gerannt und schreit: Igitt, schon wieder! Er hat in die Hose gepullert! Und meine Mutter: Wirklich? – Sie bügelte gerade und zwinkerte mir zu. – Na, dann schneiden wir ihm jetzt den Schniepel ab ... Da sagte meine Schwester: Nein, Mama, brauchst du nicht. Hab ich schon gemacht.«
Klaputzsek hielt sich eine Hand vor den Mund. Bernd legte sein Blatt weg, brach den Filter einer Zigarette ab und steckte sie in seine Spitze. »Ist verblutet, der Kleine. Echt wahr.«
Alle sahen ihn an, keiner sprach. Emil schüttelte den Kopf. Nur Kulle blies Rauchringe über den Tisch und sagte: »Och. Ist aber schade, oder? Nach innen gestülpt hätt's auch gut ausgesehen ...«
Harry brachte die Getränke. Ein paar runzlige, in Klarsichtfolie verpackte Wurstbrötchen lagen zwischen den Gläsern, Essiggurken, eine Tüte Chips, und Klaputzsek nahm ihm das Wechselgeld ab und sagte: »Schluß mit den Horrorgeschichten. Jetzt stoßen wir erst mal

an.« Er schob jedem ein Bier und einen Schnaps hin und stutzte. »He, wo ist das Zuckerwasser für 'n Simon?«
Doch DeLoo winkte ab. »Laß nur. Ich hab genug.«
»Also dann.« Mit zwei Fingern hob er sein Pinnchen unter die Lampe, nickte ihnen zu. »Auf meine Rente. Auf das scharfe Fischweib, und daß ich sie vorher noch kriege. Auf euch.«
Sie kippten die Schnäpse. Emil mischte neu, und Kulle leckte sich die Lippen. Mit einer Hand, deren Nägel so schwarz waren, als hätte er im Teer gekratzt, harkte er sich durch den Bart und zwinkerte DeLoo zu. Dabei hielt er die Filterzigarette wie etwas sehr Kostbares zwischen den Fingern. Er schnalzte leise. »Na, du Christkind, is det nich 'ne Wucht? Wie 'n heiliger Abend im Sommer, wa? Wir sitzen im Trockenen mit nette Leut. Haben gepflegte Getränke. Pissen uns gemütlich in die Hose. – Jetzt brauchenwer bloß noch 'n ordentlichen Joint. Hat hier eener wat ...?«
Niemand antwortete, und er blickte über den Tisch und lächelte ernst. Ein langer Blick, klar vor Erfahrung, gelassen im Schmerz, am Ende wohlauf, und DeLoo spielte mit Bierfilzen, baute ein kleines Haus zwischen den Gläsern.
»Wie gehts dem Hund?«
Kulle legte den Kopf in den Nacken und blies den Rauch in die Höhe. Auch die Haare in seinen Nasenlöchern waren grau und standen wie Drahtpinsel vor. »Du meinst, wie es dem Mädchen geht ...« Er schlürfte den Schaum vom Bier und trank es dann mit einem Schluck zur Hälfte aus. »Die war süß, wa. So unverdor-

ben. Hat sich immer den Mund zerkratzt, machte auf Syphilis. Wie früher die Flüchtlinge, russenfest; hatte sie von ihrer Oma. Aber Süßling, ha'ck jesacht, wenn et mehr nich is. Nur weil 'n Syph hast, zieht hier keener 'n Schwanz ein, dit glob ma. – Später war se mal in der Manteuffel ... Aber jetze? Who knows, wie der Kalmücke sagt.«

Er drückte seine Kippe aus. »Det Päckchen hat übrigens keener angerührt, mußte nich denken. Zu treuen Händen. Wir sind schließlich Ehren-Penner, stimmts, Atze?«

Der nickte. Sein fast leeres Glas in der Linken, ein Brötchen in der Rechten, mampfte er mit vollen Backen und sah Bernd und Emil beim Kartenspiel zu. »Warn eh nur Weibersachen drin.«

Kulle schüttelte den Kopf. »Die hat Augen gemacht, die Kleene ... Als guckt se in'n goldenen Eimer.«

Harry hatte mittlerweile einen Rand aus Löchern in die Gardine gebrannt; seine Zigarette stank wie ein Lötkolben, den man in einen Haufen Strumpfhosen gehalten hatte, und Emil blitzte ihn an: »Sag mal, spinnst du?! Hoffentlich hörst du bald auf mit dem Scheiß! Idiot.«

Das Grinsen wich nur langsam aus Harrys Gesicht. Er stieß etwas Luft durch die Nase und wurde fahl. Dann rot. »Na und? Was geht dich das an?« Seine Stimme klang belegt. »Du hast mir gar nichts zu sagen. Nicht nach Feierabend. Und wer ist hier überhaupt 'n Idiot! Du Arsch.«

Emil schloß kurz die Augen, massierte sich das rechte Handgelenk. Die Muskeln unter seinem T-Shirt zuckten, die Baumwolle spannte sich über der Brust, und er ließ die Karten sinken. Wieder trat die Wirtin an den Tisch. Die hauchfeinen Härchen ihres Angora-Pullovers bewegten sich in der Zugluft, und sie griff in die Gläser, stellte sie aufs Tablett. »So, meine Herren. *Ein* Getränk hatten wir gesagt ... Schönen Abend noch.«

Die Billardspieler sahen herüber, und Klaputzsek nickte, schob seinen Stuhl zurück. Doch Bernd langte über den Tisch und zog ihr sein Glas, in dem sich noch ein Bierrest befand, wieder weg. Die Frau hob das Kinn, was die Sehnen am Hals hervortreten ließ, verengte die Augen. Der Mund wurde schmal, und plötzlich gab es etwas Scharfkantiges in der Stimme, wie rissiges Blech. »Wenn ihr Zoff machen wollt ...«

»Nein, nein.« Klaputzsek stand auf. »Wir gehn ja schon.«

»Ach ja? Warum denn? Ich«, sagte Emil, »will noch was trinken.« Er hob die Arme, verschränkte die Finger im Nacken und blickte trotzig in die Runde.

»Ich auch«, murmelte Bernd.

»Na, wenn det so is, denn nehm wer ooch noch wat.«

Kulle lehnte sich wieder zurück, und einer der Billardspieler trat in die Nische und legte der Frau eine Hand auf die Schulter. Kreidig blau der Daumen. Er trug ein altes Armee-Shirt mit Lederbesatz, einen quer über die Brust gelegten Gurt fürs Handy, und seine Blässe war nicht die eines Kranken oder Schwachen; sie sah bedrohlich aus. »Ist hier jemand schwerhörig, oder wie haben wirs. Die Stinker machen jetzt 'n Abflug!«

Er hielt den Billardstock hinter sich, das dicke Ende wie einen Holm in der Faust, und Emil nickte, steckte eine neue Zigarette an. »Paß mal auf, Sheriff, vielleicht hast du ja recht und bist gar nicht so blöd, wie du aussiehst. Vielleicht sind das wirklich Stinker. Aber das ist nicht dein Ding, verstehst du. Es sind *unsere* Stinker, an *unserem* Tisch, und wenn du hier schon wie'n Oberkellner ankommst, dann geh gefälligst 'ne Lage holen.«

Atze kicherte, ein leises Krächzen, und der Mann, der eine Pferdeschwanzfrisur und einen kleinen Kinnbart trug, nickte melancholisch. Sein Gesicht schien ein wenig grauer zu werden, die Kieferknochen zuckten, und er biß sich etwas Haut von der Lippe und blickte nur scheinbar zur Tür, ehe er den Billardstock, das dicke, mit einem Metallknopf versehene Ende, vorschnellen ließ aus der tätowierten Faust.

Die Wirtin verschwand; Kulle sprang auf und warf dem Mann und seinen Kumpanen das Tablett entgegen, die leeren Gläser. Schwankend der Lichtkreis der Lampe. Ein Platzregen aus Scherben und Asche sorgte für etwas Raum vor dem Tisch, und Speicheltropfen spritzten aus seinem Bart, als er brüllte: »Gott is genau, ihr Säcke! Mir könnter nich mehr inne Scheiße treten. Ick *bin* Scheiße. Und nu ma ran hier ...«

Auch DeLoo und Klaputzsek standen auf, und Emil schniefte und betupfte sich das Gesicht mit den Papiertüchern, die Bernd ihm reichte, warf sie auf den Tisch. Rasch war da ein kleiner Haufen, und er schüttelte den Kopf und blickte sie an, als könnte er sich spiegeln in ihren Mienen. Nichts mehr von einem Auge war zu sehen in der runden Höhle; ein rot pulsierender Brei, und Blut und Tränen tropften ihm vom Kinn, als er zusammen mit Kulle in den Pulk der Spieler drang, in das Gewirr aus vorschnellenden Fäusten, Stiefeln, Stühlen, als wäre das alles nur Gestrüpp. Hohe Schreie. Splitternde Queues. Die Wirtin, einen Telefonhörer zwischen Schulter und Ohr, zog mit beiden Händen die Lade aus der Kasse.

Bernd lief hinaus. Harry, der die Gardine vom Fenster gerissen hatte, stand auf der Bank und schlug mit der Stange wie mit einer Fahne auf das Menschenknäuel ein. Jemand hob einen Barhocker, ließ ihn über dem Kopf kreisen, traf eine Vase im Regal; Scherben und Stoffblumen fielen auf die Trinker hinunter, von denen die meisten jedoch nur die Schultern hoben und die Hände über die Gläser hielten.

DeLoo wehrte einen Torkelnden ab, einen kleinen Kerl in Maurerkluft, der sich die Zunge vor die untere Zahnreihe geschoben hatte und wütend auf ihn eindrosch oder es doch versuchte. Dabei geriet er immer wieder aus dem Gleichgewicht, spuckte, fluchte, und damit er nicht stürzte, fing DeLoo die Schläge ab, ließ die Fäuste gegen seine Handflächen klatschen. Schließlich ging er einfach an ihm vorbei in den Billardraum, wo einer der Spieler Klaputzsek im Schwitzkasten hatte und versuchte, ihm ein Knie ins Gesicht zu stoßen. Dabei geriet er selbst ins Wanken und fiel, als DeLoo am Kragen seiner Jacke riß, gegen den Tisch. Doch erst als Klaputzsek ihm in den Schritt griff, zudrückte, drehte, ließ er ihn los und erbrach sich auf dem grünen Filz.

»Weg hier!« rief DeLoo, doch der andere schüttelte den

Kopf, blickte auf dem Boden umher und bahnte sich mit beiden Händen einen Weg. Stieß den kleinen Maurer um.
»Meine Brille!«
Ein Hüne in einer Lederjacke hielt die glasierte Ofenkrone, die als Dekoration über dem Tresen gehangen hatte, an ausgestreckten Armen in die Höhe. Die Augen von den gerunzelten Brauen überschattet, kam er langsam durch das laute, von den Farben der Jukebox durchglühte Getümmel, und Klaputzsek blieb stehen, blickte zu ihm auf wie zu einem Standbild und suchte dann zwischen den Schuhen und Tischbeinen weiter.
»Ich kann nicht fernsehen ohne Brille!«
Die Prügelnden drängten sich durch den Windfang, Martinshörner klangen vom Hermannplatz herüber, eine Frau kreischte amüsiert. Der Bürgersteig war ganz in das Licht des Kneipennamens getaucht, und Kulle hielt Bierkrüge aus Glas in den Fäusten und wischte damit durch die Luft, schöpfte immer mehr von dem leeren Raum zwischen ihm und den Angreifern weg, drei Mann. Als DeLoo einen von ihnen zur Seite drängte, einen knochigen Kerl mit Nasenring, fühlte er einen Stoß vor der Brust und schlug blindlings zurück. Zerschrammt die Finger, und er schüttelte sie und sog die Luft durch die Zahnritzen ein.
»Jetzt guck dir das an«, sagte Klaputzsek und zeigte auf ein parkendes Auto. Auf dem Rücksitz stand ein Käfig voller Kanarienvögel, von denen einige herausgefunden hatten und wild durch das Wageninnere schwirrten. Auf dem Dach lag die Brille. »Es gibt also noch nette Leute!«

In dem Moment bekam DeLoo einen Stoß in die Nieren, und als er sich umdrehte, traf ihn irgend etwas unter dem Jochbein. Klaputzseks Schrei hörte sich schon entfernt an, wie über den Dächern, und er fiel auf den Rücken, was trotz der Scherben und Splitter nicht weh tat; erst einen Lidschlag später – der Hinterkopf schlug auf das Pflaster – dröhnte es in seinem Innern, und die Häuser, Laternen und Autos sprangen aus den Konturen und lösten sich auf.

Als er die Augen wieder öffnete, lag der Mann mit der Pferdeschwanzfrisur neben ihm. Den Nacken in den Rinnstein gebogen, schnarchte er laut; auf der Hose ein großer Urinfleck, und sein Shirt war zerfetzt, die lederne Brusttasche ausgerissen. DeLoo versuchte auf die Beine zu kommen, indem er sich an der Laterne, an der Unterkante des daran hängenden Korbs, emporzog. Die Klappe riß auf, Getränkedosen, verschmierte Pappteller und ein angebissener Apfel fielen ihm in den Schoß, und langsam kam der Mann mit dem Ofenaufsatz über den Bürgersteig und blickte sich um, schien irgendein Ziel zu suchen. Der lange Schatten sah aus wie ein antiker Koloß vor der Einfahrt eines endgültigen Hafens, und DeLoo, rückwärts rutschend auf dem Gesäß, glitt von der Bordsteinkante und verkroch sich zwischen parkenden Autos. Das Handy im Gurt des Bewußtlosen klingelte.

Grün-weiße Mannschaftswagen fuhren vor, und nun waren die letzten Schläger verschwunden; auch von Emil nichts mehr zu sehen. Ein paar Zusammengekrümmte stöhnten zwischen den Scherben und Resten von Stühlen und Hockern, und DeLoo spürte eine

Hand am Arm, kam auf die Knie, ließ sich zwischen den Stoßstangen hervorziehen. Er hörte das schwere Keramikding gegen eine der Wannen krachen und sah noch, wie mehrere Polizisten mit gezückten, in dem Licht elektrisch blitzenden Stöcken ins Lokal stürmten.

Die Frau sagte etwas, das er nicht verstand, doch er folgte ihr, starrte auf ihre Waden, um so etwas wie eine Richtung zu finden. Doch sie ging schnell, zu schnell für ihn, und er blieb stehen, rieb sich das Gesicht. Lächelnd hakte sie ihn unter und zog ihn von der Hauptstraße weg. In einem Eingang, der nur matt von den Schildern der Klingelanlage beleuchtet wurde, sank er auf den Fußabtreter, lehnte sich gegen die Tür und schloß die Augen. Ihm wurde schlecht, und er atmete tief. »Wie heißt du eigentlich?« murmelte er. Ein kleiner Hund leckte ihm die wunde Hand.

Stille. Hinter den Sträuchern der Kanalböschung glitt ein Schiff der Weißen Flotte durch die Dunkelheit, leer. Zwei Kellner trugen Tabletts voller Gläser und Aschenbecher in die Kombüse, und vom Rand der Reling hingen Girlanden herab, trieben im Wasser. In glänzenden Wellen wich es zur Seite vor dem Bug des fast geräuschlosen Schiffes, und so hell die Tischlichter und Lampions im Gastraum strahlten und das schwarzgrüne Wasser vergoldeten, so dunkel war es in der erhöhten, rundum verglasten Kabine des Steuermanns, die oft nur haarscharf unter den Brückenbogen hindurchzupassen schien; von ihm selbst war nur die Zigarettenglut zu sehen.

Zwei Priester spazierten rauchend auf und ab vor dem Krankenhaus, einem riesigen, fast lichtlosen Kubus. Auf einer Bank vor der Notaufnahme wartete eine Schwangere in einem Schlafrock aus Satin, der offenbar nicht mehr zu schließen war über ihrem Bauch. Sie hatte beide Arme auf die Lehne gelegt, und der zarte Mann neben ihr steckte ihr in regelmäßigen Abständen Pommes-Frites aus einer McDonald's-Tüte in den Mund. Sie kaute bei geschlossenen Augen, stöhnte leise, und als er ihr mit dem Finger Mayonnaise vom Kinn wischte, schnappte sie danach und leckte ihn ab.

Das Böschungsgras war dicht und trocken und wuchs bis an die unteren Äste der Birken heran, die dünne, schwarzbraune Stämme hatten. Rindenreste aus dem Vorjahr hingen wie Schleierfetzen daran. Die Abfalleimer quollen über, mitten auf dem Weg stand ein Einkaufswagen voller Flaschen und zerdrückter Getränkedosen, und hier und da lagen Menschen, unterhielten sich halblaut; oft sah man nur ein angewinkeltes Knie oder hörte das Klingeln von Armreifen, roch ein wenig Marihuana.

»Dort«, sagte Lucilla und zeigte auf eine junge, nah am Wasser stehende Akazie, in deren Ästen der Rucksack und ihre alten Stiefel hingen. »Mit dem Baum bin ich ein bißchen befreundet.«

Der kleine Hund war ein Stück vorausgelaufen, reckte den Hals, winkelte eine Pfote an und nahm die Witterung der Schwäne auf, die im Schutz der Trauerweiden schliefen. Ihr leises Fauchen klang gefährlich in dieser Nacht, als zöge man der Stille die Haut ab, und die Frau drehte sich um. »Bingo? Komm her! Na, los ...« Doch er hörte nicht, begann zu knurren, und erst als sie in den Baum griff und mit einer Plastiktüte raschelte, blickte er sich um und kam herangeflitzt. Er sprang hoch und schnappte die kleine Wurst, die sie ihm zuwarf, in der Luft.

»Willst du auch was essen?«

DeLoo schüttelte den Kopf, sank ins Gras und lehnte sich an den Stamm, die rauhe Borke. Die Akazie war so gut wie verblüht, doch ging ein süßer, ein wenig ermüdender Duft von ihr aus, und er blickte in den Himmel über dem Kanal. Obwohl er wolkenlos war, zeigte sich kaum ein Stern, und auch der Mond schien irgendwo in seinem Rücken, vermutlich hinter dem Krankenhaus, dessen Fenster weit offenstanden. Man hörte das Fiepen von Geräten und einmal ein Klagen, einen langen Laut. Als wüßte dort jemand, daß dies sein letzter Sommer war, und er schloß einen Moment lang die Augen und bewegte vorsichtig die Hand; die Wunden begannen zu trocknen, der Puls pochte in jeder Fingerspitze.

»Danke übrigens für das Päckchen.«

Ein warmer Hauch streifte seine Stirn. Fledermäuse durchzuckten die Luft so blitzartig, als wären sie nur Gedanken an Fledermäuse. In den treppenartig gestaffelten Hochhäusern auf der anderen Kanalseite brannte kaum noch Licht, sah man von einigen Fernsehern ab. Der raschen Schnittfolge, dem synchronen Wechsel der Bilder nach schienen alle das gleiche Programm zu sehen, und die Frau stand am Wasser und aß einen Apfel. Sie war barfuß jetzt, die Zehen ragten über die Granitkante der Uferbefestigung hinaus, und sie schien zu

ahnen, daß er sie musterte. Ohne sich umzusehen, zog sie das Kleid, den Saum, ein Stück weit von ihrem Körper weg. »Woher wußtest du denn, daß ich Größe achtunddreißig hab?«
Lichte Stimme, kaum ein Akzent. Sie warf den Apfelrest in den Kanal, und sofort glitt ein Schwan zwischen den Zweigen hervor, schnappte zu. DeLoo zuckte mit den Schultern. »In meinem Alter hat man einen Blick dafür.«
Sie setzte sich neben ihn, kreuzte die Beine, der leichte Stoff rutschte ihr in den Schoß; als er den Kopf drehte, riß er sich an der Borke ein paar Haare aus, und Lucilla zog ein Päckchen Tabak aus dem Rucksack. »Auch Jeans und Pullover passen«, sagte sie. »Und die Sandalen sowieso.«
Sie war nicht eigentlich schön, nicht auf den ersten Blick oder im landläufigen Sinn. Ihr Gesicht war eine Spur zu rund oder wirkte doch so, was an den kräftigen Kieferknochen lag, und auf der Nase, kurz vor der Wurzel, gab es eine Narbe, als sei sie einmal gebrochen gewesen. Was aber doch apart aussah. Der Mund war voll, die Oberlippe hatte einen nahezu florentinischen Schwung, und eine warme Klarheit war um Stirn und Augen herum, etwas Helleres als Intelligenz.
Sie zog eine Gedrehte aus dem Päckchen. Ihre krausen, knapp schulterlangen Haare sahen aus, als könnte man sie nicht kämmen oder bürsten, als ließen sie sich nur mit gespreizten Fingern zurückstreichen, und sie drückte auf ihr Feuerzeug, sog das Flämmchen in die Zigarette und ließ es wieder hervorschnellen. Winzige Creolen aus Gold blitzten an ihren Ohrläppchen auf.

Sie bog den Kopf zurück, stieß den Rauch aus. »Nur die Büstenhalter sind etwas zu groß. Ich habe fünfundsiebzig A, nicht B.«

»Oh, wirklich?«

»Macht aber nichts. Trag selten welche. Und wenn, hab ich Platz für den Steuerbescheid ...«

»Du hast was?«

»Vergiß es. Ein dummer Witz aus Polen, kann ich nicht erklären. Von wem sind die Kleider?«

Er schwieg. Der Mond stieg höher, ein graues Polizeiboot glitt vorbei, und sie zog erneut an der Zigarette, starrte vor sich hin und ließ den Rauch einfach aus dem offenen Mund strömen. Schließlich nickte sie und legte sich, das Kleid ein wenig eingeklemmt zwischen den Schenkeln, ins Gras.

Ein paar Gitarrentöne, wie im Traum gespielt. Ein zartes Klingeln irgendwo; wie senkrecht hineingestellt, trieben ein paar Biergläser im Kanal, tippten leise gegeneinander. Als wäre es ihr zu hell in dem Licht, legte sie sich einen Arm über die Augen, und er sog den Geruch ihrer Achsel ein, herbe Süße, Salz und Furcht.

Der Schwan, nachdem er den Apfel gefressen hatte, wölbte die Flügel, schlug das Wasser, versuchte aufzufliegen, wobei er eine Strecke weit über die Fläche zu laufen schien. Wann immer er den langgezogenen Widerschein einer Uferlaterne passierte, glühten die Schwimmhäute zwischen seinen Krallen rötlich auf. Er reckte den Hals, hielt den Schnabel geöffnet, schlug verzweifelter, und seine Flügel machten ein seltsam mechanisches Geräusch, als wären sie mit Scharnieren am Körper befestigt. Doch schaffte er es nicht; nach zwei, drei Häuserblöcken gab er auf. Er rauschte in den Schatten einer Brücke und scheuchte ein paar Enten hoch.

Vom Kneipenschiff dahinter schallte der Gesang Betrunkener herüber, eisenfresserische Töne. Irgend etwas ging zu Bruch. Doch Lucilla lächelte, als hinge sie einem glücklichen Gedanken nach, nahm den Arm von den Augen und blickte ihn an. Makellose Zähne. Deiner Unschuld Schnee. »Hast du eigentlich eine Badewanne?« Er sagte nichts, nickte nur, und sie richtete sich auf, strich sich ein paar Haare hinters Ohr. Als sie den Hund, der neben ihr lag, im Nacken kraulte, wälzte er sich auf den Rücken, schnappte verspielt nach ihrer Hand, und sie hob nicht den Kopf, als sie sagte: »Na, dann gehen wir doch, oder?«

Gegenüber, zwischen den Stämmen der Platanen, wurden Fahrradklingeln laut, und die Lampen und Rückstrahler auf dem holprigen, von Baumwurzeln durchkreuzten Weg – eine Linie hüpfender Lichter spiegelte sich im Kanal. DeLoo stand auf, schulterte ihren Rucksack, und sie hängte sich die klobigen, an den Bändern zusammengeknüpften Stiefel um den Hals.

Bingo lief knurrend ins Ufergebüsch, manchmal sahen sie die weiße Kehle zwischen den Zweigen, den Glanz seiner Augen, und Lucilla pfiff kaum hörbar vor sich hin; vielleicht spitzte sie auch nur die Lippen. Ihre Wangenknochen schimmerten in dem grauen Schein, wie von einer silbernen Linie nachgezogen, und wieder spürte sie seinen Blick; jedenfalls artikulierte sich ihre

Hüfte entsprechend. Fast lautlos ging sie in den flachen Sandalen, und der Saum des Kleides, leicht wie ein Schatten, schwang hin und her.
Vor dem »Zwei Monde« stellte ein Kellner die Tische zusammen, kettete sie an das Geländer der neuen Terrasse; im Innern des dunklen Lokals, zwischen hochgestellten Stühlen, saßen die Köche vor einem Computer. Das Hoftor stand offen, die Lichtschalter im Flur funktionierten nicht, doch schien der Mond auch hier hell genug, und sie gingen schweigend die Treppe hinauf. Die Gurte des Rucksacks knarrten leise, und als sie im vierten Stock waren, hörten sie den Hund winseln; er stand irgendwo unter ihnen, und Lucilla beugte sich über das Geländer und sprach beruhigend auf ihn ein; die polnischen Laute klangen so zart, als flüsterte das Licht, doch Bingo ließ sich nicht locken. Da machte sie noch einmal kehrt und trug ihn die restlichen Stufen hinauf.
In der Wohnung öffnete DeLoo die Balkontür und alle Fenster und schaltete den Boiler an. Er klopfte das Scheuerpulver in der alten Plastikdose locker und suchte nach einem Schwamm. In der Rohrkrümmung unter dem Waschbecken fand er eine Bürste, und nachdem er die Wanne geschrubbt hatte, spülte er sie aus und ließ das Badewasser einlaufen; dampfend schoß es aus dem breiten Hahn, und er öffnete den beschlagenen Spiegelschrank, entnahm ihm ein Fläschchen Öl und stellte es neben die Seifenschale.
Dann ging er ins Wohnzimmer, wo der Fernseher lief und der Hund auf dem Sofa an einer Kissenecke nagte. Lucilla stand auf dem Balkon, blickte hinunter. Aus

dem Brunnen an der Urbanstraße, den oberen Schalen, rieselte das Wasser dünn und weiß wie Perlenschnüre herab. »Eine schöne Wohnung«, sagte sie, ohne sich umzudrehen. Die Hände an der Geländerstange, kratzte sie sich eine Wade mit dem Fuß und wies mit einer Kopfbewegung auf den Fernsehturm jenseits der Dächer. »Er trägt ein Kreuz, wußtest du das? Kaum einem fällt das auf, jedenfalls keinem Berliner. Aber es ist da, unübersehbar. Ein großes, strahlendes Kreuz.« Sie blickte sich nach ihm um. »Hast du es schon mal gesehen?«

Laternenlicht schien von der Straße herauf durch ihr Kleid, und er trat nah hinter sie, legte seine Hände neben ihre und murmelte: »Wo denn?« Sein Kinn berührte ihren Scheitel; das Haar roch säuerlich, nach altem Talk, und mit den Daumenkuppen strich er über ihre kleinen Finger. Doch sie warf den Kopf zurück, gegen seine Brust, und sagte: »Jetzt doch nicht! Nur tagsüber, bei Sonnenschein ... Machst du mir Tee?«

Während sie sich wegwand, streifte sie ihn doch, und er ging in die Küche, füllte den Kessel und öffnete den Schrank. Es gab nur noch ein paar Pfefferminzblätter, grau, auch die Zuckerdose war leer, und er stellte die Herdplatte wieder aus, blickte um die Ecke. »Bin kurz weg. Paß auf das Badewasser auf.«

Lucilla saß im Schneidersitz auf dem Teppich, starrte auf den Fernseher und drehte sich eine Zigarette. »Hier wohnt eine Frau, stimmts?« Sie zupfte sich etwas Tabak von der Zunge, und er zögerte einen Moment, klimperte mit den Schlüsseln.

»Wohnte«, sagte er und zog die Tür zu.
Im Hof, hinter dem vergitterten Fenster der Malerin, brannte eine Kerze auf einem Teller, und er hörte leise Musik, eine Sonate. Die Kratzer auf der Platte waren lauter als das Klavier. Ansonsten alles dunkel, niemand mehr wach im Hinterhaus, und er nahm immer zwei Stufen auf einmal und achtete darauf, nicht auf die klappernden Beschläge zu treten.
In seiner Wohnung packte er in Plastiktüten, was sich im Kühlschrank und auf dem Regal befand, Brot, Schnittkäse, verschiedene Tees, und wusch und verpflasterte seine Hand. Schließlich trat er ans Fenster, blickte hinauf zum vierten Stock des Vorderhauses, kniff die Augen zusammen und atmete tief. Niemand stand dort in der Küche; es war der Mond, der sich in den Oberlichtern spiegelte, ein weißes Funkeln über den Pappelspitzen.
Wieder auf dem Hof, hörte er es scharren und rascheln in den Abfalltonnen. Unterhalb der Deckel waren die Einstiege in das dicke Plastik gebissen, halbkreisförmig, ein graues Grinsen mit gezahnten Rändern, und als er die Wohnungstür aufschloß, kläffte der Hund und Lucilla schrie. Ein irgendwie quietschender Laut, wie bei einem Kind, und er ließ die Sachen im Flur, öffnete das Bad.
Dichter Dampf. Bingo, die Vorderpfoten am Rand der Wanne, blickte zu ihm auf. Die Frau saß im Wasser und wühlte in ihren Haaren, die seltsam verklebt aussahen, wie ein Batzen teerschwarzer Schlamm, aus dem sie die gespreizten Finger nur mit Mühe hervorziehen konnte.
»Was ist das? Was hast du mir da für ein beschissenes

Shampoo hingestellt? Das brennt in den Augen wie, wie ... Hundefutter. Ich dreh gleich durch!«
Er nickte, ging in die Küche und kam mit einer Plastikflasche zurück. »Hast du denn das Etikett nicht gelesen? Halt still!« Das Kinn umfassend, spritzte er ihr einen langen Strahl von dem Geschirrspülmittel über den Kopf. »Das war Badeöl.«
»Ich hab nur auf die Farbe geschaut«, jammerte sie. »Mein Shampoo in Polen hat dieselbe ...«
Er wusch ihr die Haare, spülte sie mit der Handdusche ab; das Wasser färbte sich grau, und sie schnaubte, prustete, hielt ihm das verkniffene Gesicht hin. »Augen auch!« Er wischte die Lidwinkel mit einer Handtuchecke aus. Dann schäumte er die Haare noch einmal auf, nun mit einem Birkenshampoo, und obwohl er es fest einmassierte, erwiderte sie den Druck seiner Finger fester. Dabei holte sie zischend Luft und bekam eine Gänsehaut am Hals und an den Armen, als er mit den Daumenkuppen durch ihre Ohrmuscheln fuhr.
Während das Shampoo einwirkte, nahm er einen Frotteehandschuh und seifte ihr Schultern und Rücken ab. Den Kopf geneigt, die gefalteten Hände zwischen den Knien, ließ sie es stumm geschehen; sie schwankte höchstens ein bißchen übertrieben, wenn er mit dem Lappen über ihre Wirbelknochen fuhr, so daß die Brustwarzen, die gerade den Wasserspiegel berührten, kleine Inseln in den Schaum radierten. Dann verschränkte sie die Hände hinterm Kopf, und er wusch ihr Hals und Achseln und griff nach den Fingerspitzen, die bereits weich und wellig wurden, seifte ihr die Arme ein. Schließlich duschte er sie erneut ab und sagte

mit einem Blick auf ihre Seite: »Was ist das für eine Narbe?«

Sie antwortete nicht, tastete nach der Kette. Die Augen fest zusammengekniffen, hielt sie den Mund geöffnet und ließ den Schaum von der Unterlippe triefen. Ihre Ohren standen aus den weich und glatt am Kopf anliegenden Haaren hervor, die Ringlöcher waren entzündet. Schmal der Rücken mit den beweglichen Schulterblättern, karamelfarben die Haut, vom herabströmenden Wasser glasiert, und langsam erschien der Schwung ihrer Hüften. DeLoo unterbrach sein leises, fast tonloses Flöten, drehte die Hähne noch einmal auf und legte ihr den Lappen auf den Wannenrand. »Was ist denn?« rief sie ihm nach. »Mach weiter!« Doch er ging in die Küche und kochte Tee.

Etwas später, als er mit dem Tablett in das große Zimmer kam, saß sie in einem Frotteemantel auf dem Sofa, wickelte sich ein Handtuch um die Haare, und er stellte die Kanne auf das Tischchen und zog sich einen Sessel heran. Sie hatte eine Kerze angezündet, kramte in ihrem Rucksack und spießte ein Klümpchen auf eine Nadel, hielt es über die Flamme. Er machte eine Kopfbewegung Richtung Kanal. »Und du schläfst jede Nacht da draußen?«

»Sicher«, sagte sie. »Wo sonst. Im Sommer gibt es nichts Besseres. Falls es nicht regnet.« Sie zerbröselte das Haschisch über dem Tee.

»Aber ganz ungefährlich scheint es nicht zu sein, oder? Ist es denn im Moment so schwer, eine Wohnung zu finden? Die Zeitungen sind voller Annoncen.«

»Ach was«, sagte sie und lehnte sich zurück. »Ich

hab doch ein Messer. Außerdem beschützt mich mein Hund.« Sie winkelte ein Knie an und stellte den Fuß auf den Couchrand, wobei sich der Bademantel etwas öffnete, eine Raute über dem Bauch. Er blickte auf den silbernen Ring im Nabel, den Ansatz der schwarzen Haare.

»Um eine Wohnung mieten zu können, mußt du einen Job haben. Und einen Job kriegst du, wenn überhaupt, nicht ohne Adresse, die alte Geschichte. Und wenn du dann noch Ausländerin bist ...« Sie richtete den weißen Stoff. »Was ist jetzt eigentlich? Willst du mich ficken?«

Er stieß etwas Luft durch die Nase, schüttelte kurz einmal den Kopf, und sie schluckte, legte sich hin. Die Tasse auf dem Bauch, kraulte sie mit den Zehen ihren Hund. »Voriges Jahr, da hätte ich fast eine Stelle gehabt. Hab nichtmal 'ne richtige Bewerbung geschrieben, nur paar Sätze per Internet, halb im Tran. Und stell dir vor, die wollten mich haben! Irgend so 'ne Import-Export-Firma. Für jemanden mit abgebrochenem Germanistikstudium nicht schlecht, dachte ich. Zu Hause hatte ich eh die Nase voll. Also besorgte ich mir ein Tikket und setzte mich in den Zug nach Glückstadt, Norddeutschland. Kennst du?«

DeLoo nickte, hörte aber kaum wirklich zu. Oder doch nur ihrer Stimme. »Naja, ich war früh da, gegen zwölf, mein Vorstellungstermin war am Nachmittag, aber so lange ich den kleinen Stadtplan am Bahnhof auch studierte, ich konnte die verdammte Straße nicht finden. Ich fragte ein paar Leute, die zuckten nur mit den Schultern. Also setzte ich mich in ein Taxi. Aber auch der

Fahrer war ratlos, als ich ihm die Adresse vorlas. Ein edel gedruckter Briefkopf, Mann, das sah nicht nach einer Scheinfirma aus. Doch er kannte sie nicht, fragte die Zentrale und fuhr mit mir in ein Dorf bei Glückstadt – wo es zwar die Straße gibt, aber keine Import-Export-Firma. Nur eine Hühnerfarm. Er suchte dann noch in ein paar anderen Dörfern, und als wir wieder am Bahnhof ankamen, war mein Geld fast weg und ich den Tränen nah. Schließlich nahm der Mann mir den Brief weg und las die Adresse selbst.«
Sie schüttelte den Kopf. »Er brauchte lange für die drei Zeilen, da oben hat mans nicht eilig, und dann lacht er, wie wahrscheinlich nur diese Norddeutschen lachen können: Er verzieht keine Miene. Sagt bloß: Tja, Mädchen, Sie sind hier in Glückstadt, nicht wahr ... Und ich: Na, das weiß ich doch. Da muß ich ja hin! Doch er tippt auf den Brief: Nein, nein. Sie müssen nach Glücks*burg*. Das ist noch mal hundert Kilometer hoch, an der dänischen Grenze ...
Tja. Also steig ich wieder in den Zug, und als ich dort oben ankomme – Glücksburg hat keinen Bahnhof, man fährt über Lübeck und Jübeck nach Flensburg und nimmt dann einen Bus, der nur jede Stunde geht –, ist es fast dunkel. In der Firma kein Mensch mehr, mein Portemonnaie leer, und so spazierte ich ein bißchen an der Förde herum und schlief in einem Strandkorb; meine erste Nacht im Freien. Und dabei blieb es auch. Denn natürlich hatte man längst eine andere eingestellt, eine Pünktliche.« Sie gähnte mit zusammengepreßten Zähnen, reichte ihm die leere Tasse. »Ist das nicht Pech?«

DeLoo grinste, schob seinen Sessel zurück. »Und warum fährst du dann nicht nach Hause? Zu deinen Leuten?«

Der schlafende Hund winselte leise, jagte seinem Traum nach; die Hinterläufe zuckten, und die Frau zog den Morgenmantel unterm Kinn zusammen und starrte vor sich hin. »Welche Leute ...«

DeLoo brachte das Tablett in die Küche, spülte die Tassen unter fließendem Wasser ab und blickte aus dem Fenster, während er sie trocknete. Zwei Elstern hüpften über den First des Hinterhauses, ließen sich geräuschlos in die Tiefe fallen, die Schatten huschten durch seine Wohnung, und als er zurückkam, war auch Lucilla eingeschlafen; er ging ins Nebenzimmer, raffte die Steppdecke vom Bett und breitete sie vorsichtig über die Frau. Dann schloß er die Balkontür, löschte das Kerzenlicht mit angefeuchteten Fingern, und als er sich noch einmal nach ihr umdrehte, blickte sie ihn an.

Das Handtuch lag neben dem Sofa. Im Mondschein sah ihr Haar tiefschwarz und wie mit den Schatten verwachsen, das Weiße ihrer Augen dagegen perlmuttfarben aus. Sie erwiderte nichts auf sein leises »Gute Nacht«, hob nur die Hand, roch an den Fingern. Dann schloß sie die Lider.

Doch als er bereits im Flur war, flüsterte sie seinen Namen. »Wer ist das?« fragte sie schläfrig, und er kam zurück, beugte sich hinab. Auch die schwungvolle Oberlippe hatte eine leicht schimmernde Kontur. »Wer ist die Frau, deren Kleider ich trage? Nach deren Badeöl ich rieche?«

Er nickte, strich ihr über das weiche Haar, wobei seine Hand etwas zitterte. »Das bist du.«
Als er am nächsten Tag von der Arbeit kam, stand der Rucksack nicht mehr im Zimmer. Leer die Wohnung, das Bett gemacht, der Aschenbecher gesäubert, und alle Kleider hingen wieder im Schrank. Die Sandalen lagen darunter. Nirgendwo eine Nachricht, und er wischte ein paar Hundehaare vom Sofa und trat auf den Balkon, ließ sie auf das Pflaster schweben. Dann betrachtete er den Fernsehturm jenseits des Parks und der neu ausgebauten Dächer. Die Abendsonne spiegelte sich in den Fenstern, den Facetten der riesigen Kugel, ein Stück weit senkrecht, ein Stück weit waagerecht: Ein strahlendes Kreuz.

Die Dielen bogen sich bei jedem Schritt. Der Wasserhahn im Flur ließ sich nicht ganz schließen; ein Rinnsal fiel mit leisem Klingeln in den Ausguß, über Gläser und Geschirr. Zwischen Briefen, Keksen und Pinseln auf dem Tisch lag eine aufgeschlagene Zeitschrift. »Im Innern der Farben.« Das Foto unter dem Titel zeigte die Frau bei der Arbeit. Im Hintergrund ein Tulpenstrauß in einer Schwade Zigarettenrauch; auf dem schlohweißen Haar ein Fleck, etwas Chromgrün.
»Nanu«, sagte er und setzte sich in den Rohrstuhl. »Werden Sie mir am Ende noch berühmt?«
Sie schmunzelte, goß ihnen Limonade ein. Ihre Hand war ruhig. »Wieso am Ende? Ich fang doch grad erst an, Simon.« Sie stellte die Flasche auf den Teppich, verschränkte die Finger im Schoß. »Ein schöner Aufsatz übrigens, nicht dumm, der Mann. Hat Kunstverstand.«

Er trank einen Schluck, und sie zeigte auf das Blatt. »Was er von den Farben sagt, könnte von mir sein ... Hier, schauen Sie, ich habs angestrichen: Ihre Bilder sind immer wieder andere, immer wieder neu beglükkende Übersetzungen des Lichts. Des *einen* Lichts. – Nicht übel, was? Oder da: Ihre Farben, besonders die zarten, erzeugen eine Art geistiger Osmose, als wäre plötzlich das Betrachten nicht mehr nötig, um zu sehen. – Dunnerlüttchen, hab ich gedacht, von wem spricht er da? Von mir?« Sie hielt DeLoo das Körbchen mit den Keksen hin. »Und jetzt will er sogar eine Ausstellung machen. Mit mir! Ich meine, will denn heute überhaupt jemand Bilder sehen? Ist das noch modern? Die bauen doch Berge von Fernsehern auf und gießen Honig darüber, solche Sachen, oder?«

»Nicht nur«, sagte DeLoo und schob ihr die Miete und das Quittungsbuch über den Tisch. »Hatten Sie denn schon mal eine Ausstellung?«

»Naja, als Meisterschülerin, das wohl. In den Dreißigern, zusammen mit zehn oder zwölf anderen Studenten. Mein Vater war ja immer dagegen. Der dachte, ich würde verlottern als Künstlerin. Hat mich aber machen lassen. Kennen Sie Krohn? Bei dem hab ich studiert. Und zwei Semester bei Dischinger in Freiburg. Doch da bin ich schnell wieder weg. Und nach dem Krieg mußte ich mich um die Firma kümmern. Konserven. Wenn Not am Mann war, hab ich selbst die Gurken ins Glas gestopft.« Sie kicherte. »Ein komisches Gefühl manchmal. Bei Vollmond, meine ich. Ich war ja jung.«

»Was macht denn dieser Herr ...« DeLoo blätterte die Zeitschrift um, suchte den Autorennamen.

»Rosse«, sagte Frau Andersen. »Sven. Ich weiß nicht. Ich glaube, er ist Kunsthistoriker.« Sie blickte auf den Wecker, der unter dem Tulpenstrauß stand; die Blätter und Stengel waren verblaßt, fast gelb, die Blüten lagen auf dem Fensterbrett. »Er wollte übrigens längst hier sein. Hab schon versucht, ihn anzurufen, aber das dumme Ding funktioniert einfach nicht!«
Jemand hatte eine neue Wählscheibe auf das mehrfach gesprungene, mit Isolierband geflickte Telefon geschraubt und es auf den Schrank gestellt, neben den Fernseher. DeLoo zeigte zur Wand. »Es ist gar nicht angeschlossen.«
»Das weiß ich doch. Aber Herr Rosse hat mir ein neues geschenkt, so ein Kiwi. Warten Sie.«
In ihren großen Taschen kramend, zog sie ein paar Stifte, Farblappen und schließlich das kleine Gerät heraus, drückte auf den Knöpfen herum und hielt es sich ans Ohr. »Nichts«, sagte sie. »Kein Ton. Haben Sie auch so ein Ding? Kennen sie sich damit aus?«
Sie hielt es ihm hin, und er nickte. »Es heißt nicht Kiwi, Frau Andersen.«
»Wieso? Was hab ich denn gesagt?«
»Kiwi.«
»Ach ja? Und warum funktioniert es nicht?«
Er nahm es ihr ab, drehte es zwischen den Fingern. Sie beugte sich vor. »Keine Batterien?«
Er schüttelte den Kopf. »Ich glaube, daran liegts nicht.«
»Sondern? Hab ich was kaputt gemacht? Die falschen Tasten getippt?«
»Vermutlich.« Er drehte sich um, streckte den Arm aus,

strich mit dem Daumen über den Startknopf. Doch nichts geschah, und er stand auf, trat näher vor den Schrank und drückte erneut. Nach einem Knacken hinter dem Schirm sprang der Fernseher an. »Na bitte, jetzt funktionierts.«

»O Gott. Barmherziger Himmel. Das war *die* …? Aber wo hab ich dann das Telefon?«

Sie klopfte noch einmal auf allen Kitteltaschen herum, da klingelte es an der Wohnungstür, und erschrocken blickte sie auf. »Na, sehen Sie. Das wird nun der Herr Rosse sein! Und ich hab mir nichtmal die Haare … Machen Sie ihm auf? Bis ich an der Tür bin … Und sagen Sie ihm nichts von diesem Handy, oder wie das heißt. Ich werds schon finden. Habs wahrscheinlich nur verlegt.«

Ein Hauch von Röte auf den alten Wangen, glättete sie den Kittel, wischte sich Kekskrümel von der Brust und betrachtete ihre Finger, die knotigen Gelenke, kratzte ein paar Farbflecken ab. DeLoo ging zur Tür und zog die Kette aus der Schiene. Jemand hatte einen Teil des schwärzlichen Gemäldes auf der gegenüberliegenden Flurwand gereinigt, ein Stück Weizenfeld freigelegt. Man sah ein paar Garben, ein rotes Brusttuch und die Spitze einer Handsense, deren Griff schon wieder ins Dunkle ragte. Der Mann war nicht erstaunt.

Doch schwächte er sein Lächeln etwas ab, hob das Kinn und grüßte stumm, mit einem Nicken. Dabei schloß er kurz einmal die Augen. Einen kleinen, mit Kupferdraht umsponnenen Strauß aus Rosen und weißem Mohn in der einen, zwei Aktenordner in der anderen Hand, trat er über die Schwelle und ging an DeLoo vorbei in die

Wohnung. Ein grünes Korn zwischen den reifen. Ein Erdloch, in dem ein Ehering lag.

»Aber nein!« rief Frau Andersen, die Stimme um den Hauch einer Hoffnung jünger als sonst. »Für mich? Das wäre doch nicht nötig gewesen …!«

»Nun ja«, hörte er ihn antworten. »Wenn es nötig ist, pflegte mein guter Onkel zu sagen, dann ist es zu spät.«

DeLoo schloß die Tür und ging durch den Duft seines Eau de Toilette zurück in das Zimmer. In den Augen der Greisin, die plötzlich sehr aufrecht in dem Rohrstuhl saß, war ein unruhiges Leuchten. Sie hatte sich etwas Rot über den dünnen Mund gemalt. Der Mann sank auf seinen Platz.

»Kennen Sie sich?« fragte Frau Andersen, die Blumen im Schoß, und DeLoo nickte im selben Moment, in dem der andere den Kopf schüttelte. Jetzt runzelte er die Brauen.

»Ach ja?«

»Wir sind einander schon begegnet. Im Treppenhaus.«

»Richtig«, sagte er und wendete sich wieder der Malerin zu, tippte auf die Zeitschrift. »Nun? Zufrieden? Ist doch schön geworden, oder? Die Fotos sind ein bißchen blaustichig, aber naja … Man steckt nicht drin. Zwei Doppelseiten, da wollen wir nicht klagen.«

Die Frau legte den Strauß auf den Boden. »Ich weiß gar nicht, wie ich Ihnen danken soll«, sagte sie. »So ein schmeichelhafter Artikel! Wenn das mein Vater wüßte. Hatten Sie denn Unkosten, für den Druck zum Bei-

spiel? Ich meine, dieses Hochglanzpapier, die Farben ...«
Der Mann lachte. »Im Gegenteil! Ich krieg noch Honorar von denen – so sie es denn zahlen. Aber es ist ja eine renommierte Zeitschrift. Da werden einige Leute Augen machen. Und die in der Friedrichstraße beißen sich in den Hintern, weil sie abgesprungen sind.«
In dem welken Gesicht der Frau war der Ausdruck der Enttäuschung kaum wahrzunehmen; nur das helle, gerade noch strahlende Blau der Iris sah plötzlich matter aus. »Ach so? Das sind sie?«
Doch Rosse winkte ab. »Macht nichts, macht überhaupt nichts. Die wollten Sie sowieso unter Wert verkaufen. Ein bißchen Gaunerei ist wohl immer dabei. Das feuerfarbene Triptychon für lumpige dreitausend! Auch den Katalog sollten wir selbst bezahlen. Ich meine, wer sind wir denn! Aber ich hab was Besseres gefunden. Wirklich toll.«
Kurzes Zögern, ein rascher Blick aus den Augenwinkeln – doch DeLoo nahm ein Leinwandmesser vom Regal und setzte sich auf den Drehstuhl vor dem Sekretär. Er wischte die Klinge an seinem Hosenbein ab, nahm einen Apfel von der Fensterbank und begann ihn zu schälen. Rosse schnalzte leise.
»Tauentzien«, sagte er schließlich, als legte er ein As auf den Tisch, und Frau Andersen setzte ihr Glas, schon fast am Mund, noch einmal ab. Ungläubig schüttelte sie den Kopf, und er unterstrich das Gesagte mit einem Nicken.
»Wirklich? Also, da war ich zuletzt ... Mein Gott.« Sie hob die Brauen. »Wissen Sie, was da mal stand? Vor

dem Krieg, den Bomben, meine ich? Das Haus meines Vaters, unser eigentliches, sozusagen. Meine Kinderstube, die Bücher, meine frühen Versuche – alles verschüttet. Tauentzien 12.« Sie hielt sich eine Hand vor den Mund. »Wenn ich da ausstellen würde ...«, sagte sie hinter den Fingern, die nun wieder zitterten. »Das wäre doch, das hätte ...«

Rosse brach einen Keks entzwei, schob sich eine Hälfte in den Mund. »Ja«, sagte er kauend, »das wäre ein Nachhausekommen, Lia. Das kann man so sehen.«

Lange starrte sie auf die Schale, die DeLoo in einer durchscheinenden Spirale von dem Apfel schnitt, schien sie aber gar nicht zu sehen. Als sie die Augen schloß, liefen Tränen daraus hervor, und sie wischte sich mit dem Kittelärmel durchs Gesicht. Dann nahm sie ihr Glas mit beiden Händen und trank ein wenig Limonade; das Schlucken machte ein hartes, knorpeliges Geräusch in der Kehle.

»Naja, wissen Sie, der Papa mochte mein Zeugs gar nicht anschauen. Der kriegte Wutanfälle. Heirate und bekomme Kinder, hat er immer gesagt, das ist Kunst genug.« Sie kicherte heiser, schniefte. »Das war so'n Stattlicher, wie Sie. Der hat nicht lange gefackelt mit den Frauen. Meine Mutter mußte ganz schön was erdulden.«

Sie drehte sich ein wenig im Stuhl. Ihre Augen waren klar wie immer, nur die Umfelder, jetzt gerötet, sahen entzündet aus in dem wächsernen Gesicht. »Wäre das nicht wunderbar, Simon? Tauentzien?«

Er nickte, reichte ihr einen Apfelschnitz. »Gibt es da denn eine Galerie?«

»Aber natürlich!« sagte Rosse, und in seiner Stimme war ein Anflug von Trotz. Er hob das Kinn, schlug ein Bein über das andere, verschränkte die Hände vor dem Knie. »Gleich neben dem Europa-Center. Brenner.« Spitze Schuhe, spiegelnd schwarz, leichter Anzug, weißes Hemd; die Socken hatten dasselbe Muster wie die Krawatte.

»Ist das nicht eine Immobilienfirma?«

»Sicher, mein Lieber. Und was für eine! Die haben ein Foyer ...« Er wendete sich der Malerin zu. »Da ist Platz für mindestens fünfzig Arbeiten. Und dann: Wenn der Brenner zu einer Ausstellung bittet, kommen nicht nur diese Kunstfuzzis und Sektschnorrer, die eh nie was kaufen. Da kommt das richtig teure Berlin! Eine bessere Adresse kann man sich doch gar nicht wünschen.«

Frau Andersen nickte gedankenverloren. »Tauentzien«, murmelte sie. »Der Hauswart mochte Gardenien so gern ... Und ich Trampeltier hab sie immer mit Geranien verwechselt.« Dann zupfte sie an den zwei, drei weißen Härchen an ihrem Kinn und blickte in den Hof. »Schön wäre es ja. Ich glaub zwar nicht dran, aber wenn etwas Geld hereinkäme mit den Bildern, das wäre doch schön. Dann könnte ich mal was in diesen Kasten stecken. Der bröckelt ja schneller weg als ich ...« Sie biß in den Apfelschnitz, kaute mümmelnd.

»Die Chancen stehen nicht schlecht«, sagte Rosse. »Jedenfalls habe ich Denkmalschutz beantragt.«

Sie verzog das Gesicht. »Uh, schmeckt der windig ... Sie haben was? Für wen jetzt? Für mich?«

Er lächelte höflich, mit einem Mundwinkel nur, und

machte eine Geste in den Raum hinein. »Das muß man doch erhalten hier. Das ist einzigartig, dieses Miteinander von Biedermeier und Jugendstil auf beiden Höfen. Das kostet nichts, im Gegenteil. Wenn der Antrag bewilligt wird, kriegen Sie gutes Geld vom Senat. Für die Sanierung.«

»Ist das wahr?«

Er zuckte mit den Achseln. »Natürlich. Es gibt zwar ein paar faule Stellen. Setzrisse, Schimmelpilz, ein bißchen Holzbock. Aber das ist, denke ich, reparabel. Und dann steht einer Subvention nichts im Weg.«

Verwundert schüttelte die Frau den Kopf. »Kein Mensch hat mir das je gesagt! Nichtmal mein Steuerberater. Der hält nur die Hand auf. Mannometer. Von Häusern verstehen Sie also auch was?«

Rosse schmunzelte. »Als Kunsthistoriker? Obwohl, ehrlich gesagt, die Architektur-Seminare fand ich todlangweilig. Dieses ganze Säulen- und Gesimse-Zeug, wer will denn das behalten.« Er zeigte auf die Akten. »Ich hab mich übrigens mal umgesehen, vielen Dank. In der ehemaligen Schusterwerkstatt sollten wir ein Lager für die Bilder einrichten, mit Klimaanlage, Luftbefeuchter und so weiter. Das sind ja über viertausend, die darf man nicht verrotten lassen. Außerdem stehen noch zwei Wohnungen frei. Bei dem Quadratmeterpreis, den Sie zur Zeit verlangen können, ist das doch ein Jammer. Und dann hier, im Seitenflügel ...« Er schlug einen Ordner auf. »Der Klemke. Der zahlt Ihnen seit geschlagenen fünf Monaten keine Miete.«

»Was? Der Ludger? Ist das wahr? Hab ich gar nicht gemerkt. Na, so ein Kerl. War doch sonst immer so nett.

Dem werd ich aber mal ... Ich meine, was sag ich dem? Am Ende wird er noch renitent, oder? Und ich als alte Frau ...«

Rosse lachte. »Aber Lia! Man ist doch nicht rechtlos. Ich schreib ihm mal, dann geht das seinen Gang. Materie Mensch, wie ich immer sage. Haben Sie eigentlich noch genug Spannrahmen?«

Die Frau, die schon wieder nach der Zeitschrift gegriffen hatte, zeigte damit auf DeLoo. »Der junge Mann versorgt mich bestens. Nicht wahr, Simon? Ein bißchen Farbe könnte unserem Haus nicht schaden.«

Er nickte, stand auf und brachte die Apfelreste in den Flur. Die Schale glitt aus dem randvollen Eimer, rollte sich auf den Dielen zusammen, und er nahm die Tüte heraus und knotete sie zu. Das Handy lag über dem Ausguß, in der Seifenschale. »Ich muß los«, sagte er, und Frau Andersen machte eine bekümmerte Miene und hob eine Hand, ein zittriges Winken. Rosse, schon wieder über den Akten, blickte nicht auf, und DeLoo drehte noch einmal an dem Wasserhahn, ohne daß der feine Faden, der daraus hervorrann, unterbrochen wurde.

Blattschuß, und sie zählten die Hornspitzen, betrachteten die Bastfetzen am Geweih und das gebrochene, milchblaue Auge über der Tränenrinne. Es schwankte etwas an dem Haken, das ausgenommene Tier, die Zunge hing ihm aus dem Maul, und sie drückten es ein Stück zur Seite, um an den Thermoschrank zu kommen. Durch die Spülküche, in deren Steinbecken saucenverschmierte Töpfe, Kasserollen voll Fett, dick verkrustete Pfannen, Rührhölzer und Schöpfkellen zu bizarren Gebilden aufgetürmt waren, marschierten sie in den verqualmten Pausenraum, und DeLoo blies die Backen auf und zog an dem Kettchen über seinem Stuhl, kippte einen Glasbaustein.

Klaputzsek und Bernd, die lange Latzschürzen trugen, hatten bereits gegessen. Sie rauchten Zigarillos mit silbernen Filtern und rutschten etwas zur Seite auf der Bank. Emil blätterte in der Zeitung. Der Bluterguß war größer als die Augenklappe, und aus der Wunde unter dem Jochbein ragten noch die Fadenenden.

Geruch nach Weinessig durchsäuerte den Raum, als Harry die Folie von seiner Portion riß. Das Sauerkraut, glatt gedrückt in seiner Form, sah aus wie das fahle Gras unter Steinen, und die Blutwurst war aufgeplatzt. Er schob sich eine Gabel voll Püree in den Mund. DeLoo rührte in seiner Erbsensuppe.

»Hast du schon gesehen? Schloß Reißmichtüchtig haben sie plattgemacht. Da kommt jetzt 'n Neubau hin«, sagte Klaputzsek. »Piekfein. Die Botschaft vom Vatikan.«

»In Kreuzberg?!« fragte Bernd. »Bist du sicher? Das wäre nun wirklich schön. Ich meine, ich bin ja nicht religiös, das fangen wir erst gar nicht an. Aber diese jungen Priester haben eine *Haut* ...«

Nachdem er zwei Löffel voll gekostet hatte, schob DeLoo sein Essen weg und kramte ein paar Mozartkugeln aus dem Spind, knibbelte sie aus dem Papier. »Und was ist mit deinen Freunden?«

»Atze und Kulle? Keine Sorge, die hab ich untergebracht«, sagte Klaputzsek. »Ich kenn hier jeden Brük-

kenbogen. Und die Kleine mit dem Hund, erinnerst du dich? Die hat jetzt 'n richtiges Luxusquartier.«
DeLoo sah ihn verständnislos an, und er zuckte mit den Achseln. »In Berlin gibts doch keine Kontrollen ... Übrigens war ich gestern bei meinem Fischweib. Meinst du, die redet *ein* nettes Wort mit mir? Danke. Bitte. Wiedersehn. Sowas Stures. Als hätt ich sie von der Matratze geschubst. Dabei hat sie Humor und alles. Hab mir eine von diesen lebendigen Forellen ausgesucht. – Das ist vielleicht ein Anblick, wenn die in dem Wasser rumrührt, zwischen den flitzenden Biestern, und du kannst so von der Seite in den Kittel ... Mama mia. Und als sie einen im Käscher auf ihr Brett schleudert, schwupp, und ausholt mit dem Hammer, sag ich: Brauchen sie nicht totschlagen, schöne Frau. Eß ich so! – Kleiner Witz. – Und die schaut sich um und knurrt: Na, wenigstens bißken betäuben, wa? Und patsch ...«
Er drückte sein Zigarillo in der Folie aus, rieb sich das Kinn. »Verdammt, ich weiß auch nicht, aber ich hatte 'n Rohr. Wahrscheinlich bin ich pervers oder so. – Und als ich dann draußen war, ging mir auf, daß ich 'n Fehler gemacht hab, ich Idiot. Hab ihr nämlich 'n schönes Wochenende gewünscht.«
»Und was war daran falsch?«
»Naja, ich wollte heute noch mal hin, verstehst du.«
»Nein.«
»Mensch, versteh das doch. Wenn ich ihr am Donnerstag ein schönes Wochenende wünsche, kann ich am Freitag nicht schon wieder kommen! Die hält mich doch für bekloppt, oder?«
DeLoo grinste. »Na, so eng würd ich das nicht sehen ...

Vielleicht freut sie sich ja. – Wo, sagtest du, ist die kleine Polin jetzt?«
Harry zog eine Bierdose aus seiner Kitteltasche, riß sie auf. »Na wo schon …« Schaum tropfte über die Blutwurst, und er trank einen Schluck, rülpste blubbernd. »Der ist doch der größte Zuhälter hier. Love me tender, Mädchenhändler.«
Klaputzsek winkte ab, schob sich die Brille hoch, und das Grinsen in seinem Gesicht sah wie weggestrichen aus von dem Pfiff, der plötzlich durch die Waschküche gellte. Schritte auf den Bodenkacheln, jemand klopfte – doch alle schwiegen, keiner sah auf, und Bernd lehnte sich zurück, verschränkte die Arme vor der Brust und zischte: »Wer sich zuerst bewegt, hat verloren.«
Erneutes Klopfen. Die Tür wurde geöffnet, und der Rauch, die träge Schwade im Raum, wirbelte auf. »Also was ist, meine Freunde? Packen wirs?«
Stille, Reglosigkeit. Ein feines Nervenzittern darunter. Emil ließ die Zeitung sinken, schüttelte den Kopf. »Was heißt denn *das* jetzt wieder? Wir haben uns doch grad erst hingesetzt, Mann. Soll ich hier auch noch 'n Magengeschwür kriegen, oder was.« Er schob seine halbleere Portionsschüssel so unwirsch von sich, daß sie gegen den Aschenbecher stieß. »Kein Kümmel im Sauerkraut, kein Muskat am Püree, die Wurst schmeckt wie 'n kalter Negerschiß, und jetzt wird einem auch noch die Pause gekürzt?«
Die hohe Mütze streifte fast den Türsturz, als Godtschewski, der neue Küchenchef, den Kopf in den Raum steckte. Ein rosiger, frischgebackener Lebensmittel-Ingenieur mit EDV-Ausbildung und der Unfähigkeit,

einem länger als einen Mausklick lang in die Augen zu sehen. Sein Ohrring, ein kleiner Diamant, funkelte in dem rauchigen Licht, und er zupfte das rote Tuch aus der Brusttasche seines Zweireihers hervor. »Na komm, mein Lieber. Ich hab auf die Uhr geguckt. Schließlich wollt ihr pünktlich Schicht machen, oder? Also los, hauen wir rein!«

Er schnippte mit den Fingern, zeigte auf einen Schrank. »Simon, Klappu, ihr zieht euch frische Kittel an und fahrt mit mir nach Dahlem. Harry und Bernd räumen die neuen Lieferungen in den Keller. Emil, du machst die Linsen für die Caritas. Bis um 16 Uhr muß das passiert sein. Und danach wird der Fußboden geschrubbt, bitte ...«

Er verschwand, und Harry schnitt ihm ein Gesicht, machte eine Handbewegung. »Arschgeige.« Er drückte seine Zigarette aus. »Ich werd mir gleich 'n schönes Stück Leber um den Schwanz wickeln und mich hinter die Kartoffeln ...« Er stockte. Noch einmal blickte der Koch in den Raum.

»*Geschrubbt*, habe ich gesagt, nicht bloß gewischt, Harry. Ist das klar?«

Der Angesprochene nickte, und Bernd hob seine Bierflasche, prostete ihm zu. »Auf die Freude am Dienen!« sagte er grinsend und trank einen Schluck. »Und die Lust am Bücken«, fügte er halblaut hinzu, während Emil aufstand und die Aluminiumteller einsammelte; er stellte sie ineinander und drückte sie mit der Zeitung so zusammen, daß Kraut-, Püree- und Blutwurstreste an den Seiten hervorquollen. Dann schleuderte er den Klumpen in den Abfallkübel.

Laura und Heidi trugen Linsen aus dem Kühlhaus, mehrere Eimer, auf denen Schimmel blühte, blaue Flecken mit einer Aura aus hellgrauem oder auch grünlichem Flaum. Godtschewski nahm einen Holzspachtel, schob eine Schicht davon zur Seite und tunkte den kleinen Finger in den Brei. »Geht noch«, sagte er schmatzend. »Runter mit dem Moos, aufwärmen, fertig.«

Die anderen hatten bereits begonnen, drei Wagen zu beladen und Spiritusbrenner, Stative und Kasserollen mit Schnüren und Expanderbändern so miteinander zu verzurren, daß sie während der Fahrt nicht verrutschen konnten. In DeLoos Bulli, einem ehemaligen Bäkkereifahrzeug voller Regalfächer, wurden die Platten mit den kalten Vorspeisen untergebracht, große Silbertabletts, von Folie überspannt, und er stieg hinters Steuer und fragte Godtschewski nach der Adresse. »Fliederweg eins«, rief er durch das Seitenfenster. »Am U-Bahnhof Thielplatz. Vorsichtig fahren!«

Von Klaputzsek gefolgt, rollte er durch das Tor und bog vor der Kottbusser Brücke nach rechts. Doch DeLoo ließ den Fuß noch auf der Kupplung. Mit spitzen Fingern hielt er den neuen Kittel vor sich hin, weiße Baumwolle mit violetten Revers und ebensolchen Ärmelaufschlägen. Auf der Brusttasche stand in sattem Gelb *Fun-Food-Corporation, Give us a call*, und er warf ihn über den Beifahrersitz und fuhr los.

Die kleine Imbißbude wurde abgerissen; das Minarett lag schon im Schutt. Männer mit Mundschutz schwangen Vorschlaghämmer, ließen Gips und Kacheln krachen, und der weiße Staub überpuderte das Kanalwasser. Die Schatten der Passanten strichen darüber hin, und er bog ab und rollte langsam durch die Hobrechtstraße, sehr langsam, blickte immer wieder in den Rückspiegel, auf das leise Zittern der Vorspeisen unter der beschlagenen Folie. Und übersah prompt ein Loch, zwei fehlende Steine im Pflaster.

Er parkte vor dem Schaufenster des Graveurs und ging in das Jugendstilhaus. Im Flur ein Mann, der kurz stutzte und dann durch ihn durchsah. Schweißperlen glänzten auf seiner Oberlippe, und während er mit einer Hand die Tür aufzog, prüfte er mit der anderen, ob die Knöpfe seiner Jeans geschlossen waren. DeLoo drückte auf die Klingel unter dem Messingschild, wo die alten Öffnungszeiten mit einem Stück Wundpflaster überklebt waren; darauf, mit Filzstift geschrieben, die neuen.

Niemand reagierte, doch hörte er ein Küchengerät, einen Quirl oder Mixer, und drückte noch einmal auf den Knopf, ließ den Daumen darauf. Das Gerät verstummte, der Spion wurde dunkel, und die Chefin persönlich – sie trug eine silberblonde Perücke, einen Jogging-Anzug und Badelatschen – ließ die blauen Lider flattern. Sie fuhr ihm mit dem Handrücken über die Wange und trat einladend in den Flur zurück.

»Na, willst du auch mal dein Schmuckstück verstekken? Hab ich mir schon gefragt, was ist der für ein komisches Heiliger? Bringt immer nur Essen und läßt sich nicht mal ... Aber komm rein, mein Hübscher, komm! Alle Mädchen da, mit Rabatt. Mach schöne Entspannung. Hast du verdient.«

DeLoo schloß die Tür hinter sich. Der armlange Gummiknüppel, der an einer Schlaufe neben dem Guck-

loch hing, pendelte leicht gegen das Holz. »Ich hab eigentlich keine Zeit«, sagte er. »Ist die kleine Polin hier?«
Die Chefin ging in die Küche, klopfte sich eine John Players ohne Filter aus der Schachtel, drückte auf den Toaster. »Was suchst du? Eine Kirche in Rom? Du bist gut. Ich hab hier lauter Polinnen, Süßer. Große, kleine, dicke, dünne. Wenn du willst, kriegst du zwei.«
Die Drähte glühten, und sie hielt die Zigarette in das Gerät. Hohle Wangen, alter Hals. Ein Goldkettchen rutschte aus dem Sweatshirt, ein Kreuz aus Kristall. »Oder du nimmst Marusha, zwei Meter vier. Und was für eine Pracht! Schön und alles, echte Grusinin. Aber keiner will die. Sitzt hier den ganzen Tag und häkelt, denn die Kerle denken natürlich, naja, too much. Dabei ist sie ganz, ganz ...« Sie rückte ihre Handflächen zusammen, bis sie sich fast berührten. »Wenn ich dir sag, was für Tampons, du glaubst nicht.«
»Ich meine Lucilla«, sagte DeLoo. »Die Kleine mit dem Hund.«
Doch die Chefin, die eine Dose aus dem Schrank genommen hatte und Kaffee in einen Filter schaufelte, war immer noch bei der Großen. »Häkelt und häkelt. Das ist schon militant, sag ich dir. Wenn ich nicht aufpaß, die häkelt hier alles zu. Die ganzen Kissen ... Wer kriegt denn da noch einen hoch?« Sie schabte etwas Kalk aus dem Kocher. »Wen willst du? Mit Hund? Haben wir nicht. Haustiere bleiben draußen, sag ich immer. Schweine ja, wenn sie bezahlen. Haustiere nein ... Könnter mal wieder Klopse machen? Die von Kaliningrad?«

Sie drehte das Wasser auf, und DeLoo hörte Gelächter am Ende des Flurs. Ein Kläffen auch. Die Frau sah ihn aus den Lidwinkeln an, lächelte dünn; in der dunklen, von Alkohol und Nikotin zermürbten Stimme gab es plötzlich einen leisen, wenn auch etwas angelaufenen Silberklang. »Oder soll ich dir schnell blasen? Wenn du eilig hast...« Sie zeigte auf den Hocker zwischen Kühlschrank und Herd. »Komm. Ich kann Zähne rausnehmen.«

Doch er drehte sich um und ging an der Flucht meist offener, schwach erleuchteter Zimmer vorbei, die alle ähnlich aussahen. Kunstledersessel, Zeitschriftenständer, Stehlampen von Ikea. Die Wände, in den Ecken mit Spiegelkacheln beklebt, waren wechselweise mit roter und goldener Ölfarbe gestrichen, über den runden Betten hingen Ventilatoren, und auf den Ablagen über den Waschbecken standen je ein Spender mit Duschgel, eine Flasche Mundwasser und ein kleiner Stapel Plastikbecher. An manchen Spiegeln »No smoking«-Plaketten. Wieder kläffte der Hund, diesmal lauter, wie angestachelt von den Stimmen, dem hellen Lachen hinter der Tür, die DeLoo nun aufzog.

Eine silberne Unendlichkeit. Jähes Schweigen, halblautes »Huch!«. Hier waren sowohl die Wände als auch die Decke mit Spiegelfolie verkleidet, und auf der Kante des rosa bezogenen Bettes, das von einem Dutzend halbnackter Frauen umstellt war, saß ein hünenhafter Schwarzer, streckte einen Arm aus und beruhigte den Hund, der zwischen den Kissen hockte; er verschwand fast unter der Pranke und bewegte die weißen Pfoten auf die Art, die man bei Katzen treteln nennt.

Die meisten Frauen hielten Wäschestücke in den Händen, zartes Zeug und oft so transparent, daß ihr Nagellack oder die Fingerringe hindurchschimmerten, und einige erkannten DeLoo, nickten ihm zu. Der Mann zog einen Zahnstocher zwischen den Lippen hervor und wies damit übers Bett. »Also, was jetzt?«

Slips und Tangas waren dort ausgelegt, Tops und Bodys aus groben und feinen Netzen, Strings aus genietetem Leder, Glitzerndes aus Chiffon und Lack, und die Mädchen bückten sich danach, prüften die Stoffe, zogen mit spitzen Fingern die Etikette glatt, lasen die Materialangaben. Manche hielten sich die Teile an den Körper, und eine Frau in einem Morgenmantel warf etwas auf das Bett zurück und schüttelte den blondierten Kopf. »Nee, Ricky, det kratzt. Det kann ick nich. 'ck bin rasiert, wa, und denn muß ick ma dauernd jucken und hab 'ne rote Schrippe. Wer will'n dit? Haste nich sowat in Baumwolle? Oder Sateng?«

Der Mann bückte sich, kramte in der Sporttasche zwischen seinen Stiefeln und warf etwas in die Luft, einen Hauch aus schwarzer Spitze, der bis unter die Spiegeldecke flog und dann auf die Frauen hinunterschwebte. Doch ehe eine danach greifen konnte, war der Hund hinter den gehäkelten Kissen hervorgeschnellt und hielt ihn auch schon zwischen den Zähnchen, den Tanga, schüttelte ihn knurrend hin und her. Das feine Fell wogte wie gefönte Watte, und DeLoo schloß die Tür.

Die Chefin brachte ihn hinaus. Sie kam mit auf den Bürgersteig, blinzelte in den Himmel. Viel zarter erschien sie ihm hier, fast gebrechlich. »Immer im Dunkeln. Immer. Puff ist ganz schön ungesund, kannst du glauben. Aber weiß ich jetzt, wen du meinst. Die Süße aus Drawsko, stimmts? Hat hier geschlafen zwei Mal. Dachte ich, naja, die Bude steht leer nach zwölf, kann sie auch übernachten, wenn sie nichts hat.« Sie lächelte. Rissiger Puder. In den Wimpern winzige Tuscheklümpchen. »Aber Nutte ist sie nicht, meine Kleener, mußt du keine Angst haben. Dazu ist sie bißchen ...« Sie überlegte, drehte die Hand im Gelenk. »... zu verdorben.«

DeLoo stieg in den Wagen. Er fuhr über den Hermannplatz zur Hasenheide, wo der Verkehr schon nach zwei Blöcken stockte. Unfall am Südstern. Doch auch danach ging es nur langsam voran; in den Wagen links und rechts neben ihm hämmerten die Rhythmen aus den Radios das Wochenende ein, die Membranen in den Boxen bewegten sich wie Herzklappen des Krachs, und einige Fahrer, die Fäuste auf den Lenkrädern, hämmerten mit, ohne daß es weiterging. Als er endlich in Dahlem ankam, war Godtschewski schon wieder weg; nur noch Klaputzseks Wagen stand in der Auffahrt, die vor eine zweigeschossige Villa führte, einen Neubau unter alten Eichen.

Er selbst saß auf der Treppe, im Schatten eines etwas protzigen, mit funkelndem Kupfer gedeckten Portikus, und hielt ihm den Schlüssel hin. Obwohl sie vermutlich massiv waren, sahen die Säulen und Gesimse hohl aus. »Der *hat* vielleicht getobt ...«

In dem Anhänger, eiförmiger Bernstein, waren zwei Fliegen und eine Kiefernnadel eingeschlossen, und DeLoo musterte die Fassade des Hauses, den cremefarbenen Verputz und die Fenstertüren mit den grünen

Läden, und sagte: »Nur arme Leute habens eilig. Niemand da?«
Klaputzsek schüttelte den Kopf. »Die Haushälterin wollte ihre Tochter vom Klavierlehrer runterholen, oder so ähnlich. Gleich kommt irgendein Leihpersonal. Stell das Zeug einfach in die Küche. Ich muß los.«
»Das Fischweib?«
»Genau.« Er setzte sich hinters Steuer, startete den Wagen. »Immer geradeaus, hinterm Eßzimmer links. Und schmier keine Popel auf den Rembrandt, hörst du?«
Der Kies der Einfahrt spritzte in die Blumen, als er auf das Gaspedal trat, und DeLoo blickte sich um. Die Klingel war noch nicht angebracht, in dem Loch im Verputz, in der Kabelschnecke, hatte jemand seine Zigarette ausgedrückt, und obwohl die Tür aus schwerem Massivholz bestand, öffnete sie sich nach einer winzigen, fast nur angedeuteten Drehung des Schlüssels. Irgendwo schlug ein Fenster.
Teure Stille. Geruch nach Tapetenkleister und Lack. Geöltes Parkett, ein ovales, bis in Brusthöhe getäfeltes Entrée, ein Strauß weißer Callas vor einem Spiegel, goldgerahmt. DeLoo arretierte die Tür mit dem kleinen Ritter an der Fußleiste und zog eine der Platten aus dem Wagen, trug sie durch den Salon.
Truhen und Sideboards aus dem chinesischen Antiquitätenhandel, ein großer Flachbildschirm und ein paar weiße, sehr weich aussehende Sessel und Sofas, flankiert von hüfthohen Bodenvasen, das war an Einrichtung fast schon alles. Die ebenfalls hellen, von einer

Spur Silber durchwirkten Vorhänge waren bewußt zu lang bemessen, die Stoffbahnen stauten sich auf dem Parkett, und was einem ins Auge fiel, einschließlich zweier Bonnards an den Wänden, auf denen ein feuriges Orange und ein graues Rosa dominierten, sah natürlich kostbar aus; aber das eigentlich Unerschwingliche hier waren die Zwischenräume.

Vor den Sofas, auf kleinen Tischen aus Kristall, standen Schalen voller Trüffel, Marzipan und Petit fours, außerdem Likörkaraffen und Tabletts mit grünen, roten und gelben, bei jedem Schritt leicht zitternden Geleewürfeln. Auf einer breiten Marmortreppe lagen Bilderbücher, eingeschweißt, und ein Schnuller mit Preisschild, und DeLoo ging daran vorbei ins Eßzimmer. Der große Tisch und die schweren Stühle mit den dunkelgrünen Lederpolstern, die sich in der Glaswand zum Garten spiegelten, hatten eine seltsame Maserung, fremd und sprechend zugleich, und er beugte sich hinab, roch an einer Lehne. Olivenholz, wie die Wandtäfelung auch.

Durch eine offene Schiebetür betrat er die Küche, den Fußboden aus rautenförmigen Fliesen, schwarz und weiß, und stellte das Tablett neben die Wasserbäder, Warmhaltepfannen und Schüsseln voller Salate, die seine Kollegen dort aufgebaut hatten. Bis auf eine Reihe hoher Schränke mit Türen aus Mattglas bestand die gesamte Einrichtung aus poliertem Stahl, und an den Schöpfkellen, die von groß bis winzig in einer langen Reihe unter der Abzugshaube hingen, klebten noch die runden Etikette einer Nobelmarke. Auf dem Hackklotz keine Kerbe.

Ein Strauß Blumen, nur lax umwickelt, steckte kopfunter in einem der Einweichbecken und DeLoo nahm den anderen Ausgang der Küche, um die restlichen Tabletts zu holen. Über einen weinroten Läufer kam er an einer Reihe geschlossener Türen vorbei; nur das fensterlose Bad stand offen, und er streckte den Arm aus, um auf einen Schalter zu drücken, oder was er dafür hielt. Das Licht flammte auf, ehe er ihn berührte. Boden, Wände und die Decke, in der kleine grelle Strahler steckten, waren mit Naturschiefer verkleidet, was dem Raum etwas Grottenhaftes gab und der klassischen Musik, die sich mit dem Licht eingeschaltet hatte, einen Hauch von Hall. Auf einem Waschtisch, der aussah wie ein schwarzer Meteorit, lag ein Rasierapparat für Damen.

Wieder in der Küche, hörte er das Telefon, ohne es irgendwo sehen zu können. Es klingelte drei, vier Mal, dann schaltete sich der Beantworter ein, die Stimme, die man beim Kauf des Gerätes mitgeliefert bekommt; doch nach dem Signalton sprach niemand. DeLoo blickte auf die Uhr, die über den Ceran-Herden hing; die Zeit schien in etwa zu stimmen, doch der Sekundenzeiger rückte vor und wieder zurück. Vor und zurück.

Leise schmurgelten die Speisen unter den Abdeckhauben, und er nahm eines der vielen Messer von der Magnetleiste und pulte die Folie von der Klinge. Dann packte er die Blumen aus, rote, an den Blatträndern geflammte Rosen, und schnitt sie an.

Schließlich öffnete er den erstbesten Schrank. Ein robustes weißes Service mit ovaler Note war darin gestapelt, es gab Espresso-Tassen, Schneckenteller, chinesische Löffel aus Porzellan, aber keine Vase, auch nicht in dem zweiten Schrank, der dasselbe Service mit Goldrand enthielt, und DeLoo zog die Müllklappe auf und kramte eine große, leicht eingedrückte Plastikflasche unter dem Blumenpapier hervor. Mit dem Messer stach er hinein und begann, das obere Drittel abzuschneiden. Das Quietschen tat im Kiefer weh.

»Hallo! Was gibt *das* denn?!«

Er drehte sich um. Die Frau, die in der Tür lehnte, war schlank, fast mager, und trug eine Jacke aus schwarzem Samt und eine helle, an den Oberschenkeln weite Hose mit Lederbesatz. Ende Vierzig, vielleicht auch Anfang Fünfzig, hatte sie kurze graue Haare und einen Teint, dessen stumpfe Blässe von den frisch geschminkten Lippen noch unterstrichen wurde. Ein halbvolles Glas in der Linken, wischte sie mit dem Daumen etwas Rot vom Rand und gab sich, das Kinn hebend, einen barschen Eindruck; doch ihre traurig umschatteten Augen wollten nicht recht zu der Stimme passen. »Und? Hab ich Ihnen die Sprache verschlagen? Was *machen* Sie hier!«

Eine Stimme, die etwas Gesporntes hatte; vermutlich war sie es gewohnt, Anweisungen zu geben, die immer nur unzulänglich befolgt wurden, und DeLoo zog das Messer aus der Flasche, wies damit auf das Essen. Sie schmunzelte herb und trank das Glas leer, ohne ihn aus den Augen zu lassen. Dann stieß sie sich ab von der Wand, betrachtete die Rosen, die auf dem Rand der Spüle lagen, das Mark an den Schnittstellen, und beugte sich vor.

Ihr weißseidenes Halstuch wurde von einer Perle gehalten, und sie verengte die Augen wie jemand, der Kontaktlinsen trägt oder schlecht sieht, und las die Schrift auf seiner Brusttasche, wobei sie die Lippen bewegte. »*Fun-Food-Corporation*?! Seid ihr jetzt *alle* bescheuert?«

Wann immer das Festessen beginnen sollte, sie war ihm um einige Drinks voraus, und DeLoo lächelte mit einem Mundwinkel und schnitt den Rest der Flasche ab. Die Frau drehte sich um, etwas zu abrupt vielleicht, schwankte ein wenig und murmelte: »Tja, wo hier Vasen sind, wüßte ich auch gern ...« Sie stellte ihr Glas weg und wies mit einer Kinnbewegung auf die gegenüberliegende Wand, den Tisch aus Stahl. »Und was ist das?«

»Die Vorspeisen«, antwortete er, und sie nickte schwerfällig, schloß kurz die Augen. Dann setzte sie sich auf den Hackklotz, die runde Kante.

»Was Sie nicht sagen.« Sie ließ ein Bein pendeln. »Und sollen die da *ersticken*, Mann ... Wie heißen Sie eigentlich?«

Er zog die Folie von den Tabletts, nannte ihr seinen Namen, und die Frau verschränkte die Arme vor der Brust. Pochierte Hummercreme in einem Mantel aus Räucherlachs kam zum Vorschein, Trüffel-Parfait in Rosen aus Blätterteig, Entenleberpastete auf griechischer Minze, glacierte Wachteln in einem Käfig aus zündholzdünnen Kartoffelstäben, schwarzer und bernsteinfarbener Kaviar – und außerdem Speisen, die DeLoo nicht benennen konnte, die aussahen wie Spieluhren mit einer salzig-süßen Musik im Innern. Die Frau pfiff durch die Zähne.

»Nicht übel, Simon. Sie dürfen bei mir anfangen. Und was haben wir da?«

Sie stand auf, hob zwei Silberdeckel von den Pfannen und hielt sie wie ein Musiker die Becken kurz vorm Tusch. Der Hauptgang bestand aus verschiedenen Sorten Fleisch: Rinderfilets, nur die Spitzen, die wie duftende Archipele aus einem Meer von Madeira-Sauce ragten, Kalbsbries in schwarzen Nudelnestern, panierte Schweineohren auf Rosinenkraut, Lamm mit Bohnen und etwas, das DeLoo für Huhn hielt, sehr helles, mit gerösteten Pistazien überstreutes Schenkelfleisch auf asiatischem Gemüse. Doch die Frau hob die Brauen. Ihre Augen waren so grau wie das Haar, und es gab ein paar grüne Facetten darin. »Das Krokodil sieht ein bißchen blaß aus, oder?«

DeLoo zuckte mit den Achseln, zog die Mundwinkel herab, und sie schloß den Deckel und sagte: »Naja, meine Schuld. Wollte es ja aus Putenfleisch.« Dann drehte sie die Flämmchen und Heizplatten größer auf und blickte sich nach ihm um, lächelnd. Ihre Zähne waren rot von dem Lippenstift. »Gute Arbeit, Mann. Darauf trinken wir einen.«

Er hob beide Hände. »Vielen Dank. Ich muß weiter.«

»Aber klar!« Ohne sich um die Dornen zu kümmern, griff sie nach den Rosen und steckte sie in die abgesägte Flasche. »Weiter müssen wir alle, mein Lieber. Immer weiter. Da kann bißchen Treibstoff nichts schaden.« Sie machte eine Kopfbewegung und ging ihm durchs Eßzimmer voraus. »Woher sind Sie eigentlich, Simon? Wo leben Sie? Im Osten?«

»Kreuzberg«, sagte er, und sie öffnete einen Wandschrank.
»Recht haben Sie.« Seine Türen reichten bis unter die Decke, und es hallte darin, als sie sagte: »In Dahlem wohnen doch nur Idioten.« Licht strahlte auf, beleuchtete ein paar stufenartig angeordnete Flaschenreihen, und sie stellte die Rosen dazwischen, blickte ihn aus mehreren Spiegeln an und fragte leise, fast singend: »Gin? Sieht aus wie Wasser und macht kaum eine Fahne ... Oder wenigstens ein Säftchen?«
Er grinste, nickte, und die Frau füllte zwei Gläser aus einer Flasche, deren Schraubverschluß nur aufgelegt war, zerschnitt eine Limone und reichte ihm den lauwarmen Drink. Mit einem kleinen, etwas hölzernen Hüftschwung sank sie auf ein Sofa, prostete ihm zu.
Nichts war zwischen ihnen als ein nachtblau schimmernder Seidenteppich mit Ornamenten in den Ecken, und DeLoo trank einen Schluck und betrachtete die Schuhe der Frau, die ihm bisher nicht aufgefallen waren, alte Sneakers, silberfarben. Sie bemerkte seinen Blick und hob einen Fuß. »Na klar, Mann. Fahren Sie mal in Reitstiefeln Auto. Da platzen Ihnen die Waden!«
Er setzte sich auf den nächstbesten Sessel. »Kann ich mir vorstellen.«
Abrupt stand sie auf, ging noch einmal zur Bar. »Gar nichts kannst du dir vorstellen, Siegfried, absolut nichts. Verdammt, wo ist bloß ...« Sie klapperte mit Schalen und Deckeln und zog eine Lade auf, ein verchromtes Fach. »Haben Sie eine Ahnung, wo hier Eis-

würfel sein könnten?« Er schüttelte den Kopf, und als sie auf einen Bügel drückte, schnurrte ein Motor, und die Maschine spuckte ihren Inhalt in den Schacht, in dem wohl ein Glas stehen sollte. Die Kuben hüpften auf das Parkett, und die Frau ging in die Hocke und klaubte sich ein paar in den Drink.

Dann öffnete sie eine kleine Flasche Perrier und zeigte damit auf die Blumen, von denen einige bereits die Köpfe hängen ließen. »Freilandrosen ... Ist das nicht pervers?« Sie kippte das Wasser in die Vase, blickte sich um. »Hallo, Mister Fun-Food, ich *rede* mit Ihnen! Texten Sie mich bloß nicht zu. – Wissen Sie eigentlich, was das bedeutet: *Freilandrosen*?!«

DeLoo nickte unbestimmt, und sie sank wieder auf das Polster und trank einen Schluck, behielt ihn eine Weile im Mund. Die senkrechten Falten auf der Oberlippe gaben ihr etwas Hartes, Unerbittliches, die Augen wurden schmal, und er räusperte sich und fragte: »Was feiern Sie denn heut?«

Sie stellte einen Fuß auf das Sofa, lockerte das Schuhband. »Ich? Na, was schon!« Die Stimme, gerade noch verschwommen, war wieder auf der Höhe, und sie roch an ihren Fingern. »Sie können vielleicht fragen! Sieht man das nicht? Meine Scheidung natürlich.« Sie grinste ihn an. »Mit Freilandrosen ...«

»Oh«, sagte er. »Das tut mir leid.«

Sie ließ ein Grunzen hören, öffnete das andere Band, streifte die Sneakers von den Füßen. »Klar, mein Lieber, das tut dir ganz, ganz furchtbar leid. Wahrscheinlich fängst du gleich an zu heulen.« Dann reckte sie den Arm, hielt ihm das Glas hin, lächelte seidig. »Schenken

Sie mir vorher noch was ein? Egal was, nur nichts Grünes.«
Er ging zum Schrank, goß ein wenig Gin über den Limonenschnitz, und als er sich umdrehte, lag die Frau auf der Couch und starrte zur Zimmerdecke hoch, zu der großen ovalen Stuckrosette mit einem winzigen Vogel in der Mitte, einer Schwalbe. Er stellte das Glas auf den Kristalltisch, neben ein Tablett voller Süßigkeiten, setzte sich wieder, und sie schloß die Augen. Zwei faltige Mulden, in denen sich das Alter eingenistet hatte. Oder doch die Angst davor. »Mein Gott ...«
Sie verschränkte die Finger hinterm Kopf, massierte den Hals mit den Daumen. Und plötzlich lachte sie auf, rauh und theatralisch, und schien auf eine Frage zu warten. Als er sie nicht stellte, nickte sie und sagte: »Das Witzige ist, daß man alles immer schon vorher ahnt, nicht wahr? Und doch kann man nichts machen. Man muß da durch, auch jetzt noch. Wissen Sie, als ich Kind war, haben wir gespielt, wie Mädchen so spielen. Wir hatten uns eine Küche im Sandkasten gebaut, und überall lagen Flaschenböden und Scherben herum, das war unser Geschirr. Ich saß am Rand und hatte Steinchen in den Gummistiefeln, die taten weh. Aber es war immer eine verdammte Qual, einen davon auszuziehen ohne Hilfe, denn die Dinger saßen eng, und ich wußte: Wenn ich das jetzt trotzdem versuche, gibt es einen Ruck, und ich verliere den Halt und fliege in die Scherben, zerschneide mir die Hand. Ich hatte das deutlich vor mir gesehen. Dann fing ich an, zog und zog, hatte den Stiefel fast schon über der Ferse, ein bißchen noch, zwei Millimeter, erster Sand rieselte her-

vor – und prompt gab es den Ruck ...« Sie hob die Hand, zeigte ihm den kleinen Finger, die weiße Narbe an seiner Wurzel. »War fast ab. Ich konnte den Knochen sehen.«

Dann griff sie nach dem Gin. »Und so gehts weiter, im ganzen Leben. Bedienen Sie sich ...«

DeLoo, der an den Tellern einer Etagere gedreht hatte, nahm sich ein Stäbchen Schokolade und zeigte damit zur Treppe, auf die Bücher und den Schnuller. »Haben Sie Kinder?«

Sie nickte, zerbiß ein Stück Eis. »Nun ja ...« Dann stellte sie das Glas auf ihrem Bauch ab, hielt es mit den Fingerspitzen, den unlackierten Nägeln, und lächelte bitter. »Ich hatte, einen Mann, nicht wahr.« Sie nagte sich etwas Haut von der Lippe, spuckte sie aus. »Der war eigentlich Kind genug.«

Die Sonne stand tief, eine Brise Wind bewegte die Fliederbüsche vor den Fenstern und Terrassentüren, und momentlang schien es, als schwömme das Zimmer. »Ein großer Mann mit kleinem Koffer ... Das ist das erste, was mir einfällt, wenn ich an ihn denke.« Ihre Wangenknochen zuckten. »Und dieses begossene Gesicht, mit dem er vor meiner Tür stand, weil ihn mal wieder eine Freundin rausgeschmissen hatte.«

Sie schwieg eine Weile. Wenn das Licht durch die Zweige fand, glühten die Geleewürfel auf, und der Zucker auf den Trüffeln sah wie Glasstaub aus. »Ich war ja schon alt, Mitte Dreißig. Und er ... Was für eine Erscheinung! Ich wohnte damals in Schöneberg, hatte eine winzige Wohnung mit Praxis, wollte weg von meinen Eltern und diesem Zeugs hier. So fing das an. Und dann machte ich ihm ein Bett auf der Untersuchungsliege, lauschte seinem Lamento – die Frauen, die Frauen, was sonst – und ließ ihn ein paar Tage bei mir schlafen. Bis er die nächste Freundin mit Luxuswohnung gefunden hatte. Wenn er dann ging mit seinem kleinen Koffer, konnte ich sicher sein, daß meine Telefonrechnung wenigstens so hoch war wie die Miete. Ein Abstauber eben.«

Sie schluckte hart. »Und trotzdem hab ich ihn wieder bei mir wohnen lassen. Ich wollte ja nicht seinen guten Charakter. Ich wollte was Besseres, oder was ich damals dafür hielt. Ich meine, wir meditierten. Oh ja, bloß kein schlechtes Karma machen, das war seine Devise. Dann ließ ich mich vögeln, und schon war er wieder weg. Nur noch seine Post kam bei mir an, ausschließlich vom Finanzamt oder vom Polizeipräsidenten, haufenweise.«

Sie blickte ihn an, klopfte auf die Außentasche ihrer Jacke. »Wollen wir was rauchen?«

Er schüttelte den Kopf, und sie starrte wieder vor sich hin, bewegte die Zehen in den Strümpfen. »Immer hat er über seine Verhältnisse gelebt, alles eine Nummer zu groß, Hotels, Motorrad, Auto. Und dann die Initialen auf dem Kennzeichen: Unterste Zuhälterklasse, oder? Dabei wohnte er in so einem Hinterhofloch, kaum beheizbar. Das Klo auf dem Gang, die Fenster so dreckig, daß man nicht durchsehen konnte, aber goldene Vorhänge.«

»Goldene Vorhänge?« fragte DeLoo.

»Naja, so eine Deko-Folie. Und ich Arschloch fall drauf rein. Ich dachte, das wär Ironie.«

Sie trank das Glas leer und stellte es auf den Teppich, die Kante. Es fiel um. »Wars aber nicht«, murmelte sie, setzte sich auf und kickte es weg. Eisreste glitten daraus hervor, glänzten wie Quecksilber in der Sonne, und eine weiträumige, sich mehr und mehr verdichtende, wie für Tränen gemachte Stille breitete sich aus. Sie schloß die Augen, schluckte, und DeLoo erhob sich. Doch dann schüttelte sie den Kopf, preßte die Lippen zusammen und atmete so tief, daß die Nasenflügel sich wölbten.

»Alles andere ja«, sagte sie leise. »Nur diese verdammten Fetzen nicht.«

Auch sie wollte aufstehen, vermutlich zu schnell, und verlor die Balance. Sie stützte sich an der Tischkante ab, zerdrückte etwas Gelee, und ein fruchtiges Aroma erfrischte die Luft. DeLoo kramte in seinem Kittel, reichte ihr ein Papiertaschentuch. Doch die Frau sah nicht auf. Grübelnd betrachtete sie ihre Finger, die bunt waren von der Süßigkeit, und schien ihn, seine Anwesenheit, vergessen zu haben. Er legte das Tuch aufs Sofa, murmelte einen Gruß und ging zur Tür.

Doch im Entree blickte er sich noch einmal um. Durch den großen Raum gesehen, kam sie ihm viel kleiner vor, und nun lächelte sie, ein graues Lächeln bei erloschenem Blick. »Früher, beim Ostereier-Färben, erinnern Sie sich? Da hatte man solche Hände. Rot und grün und gelb. Nur blau fehlt noch. Und der Papa hat sie eingeseift ...«

Er nickte höflich, und sie räusperte sich, zog an den Schößen ihrer Jacke. »Na, forget it.« Das Telefon klingelte, ohne daß sie darauf achtete. Eine Fußspitze

vorgestreckt, angelte sie nach ihren Schuhen. »Es ist ja falsch zu glauben, daß man im Alter weniger empfindsam wird, Simon, daß einem die Dinge nicht mehr so nahgehen, oder? Das ist eine Lüge, die das Leben uns ins Herz legt, damit wir weitermachen. Immer weiter.«
Mit den Handrücken fuhr sie sich übers Haar. »Was sagt meine Frisur?«

Als er auf den Hof kam, war die Küche dunkel. Nur im Büro brannte noch eine Schreibtischlampe und warf einen matten Schein durch die Scheibe, auf die Kessel und Geräte. Der alte Pohl saß am Computer, Godtschewski blickte ihm über die Schulter, und De-Loo hängte den Autoschlüssel zu den anderen an die Wand. Immer noch baumelte der Hirsch in der Hallenmitte. Jemand hatte ein Geschirrtuch in sein Geweih gehängt.
Auch im Pausenraum, in dem es nach kaltem Rauch und Apfelsinenschalen roch, machte er kein Licht. Er hängte den Kittel in den Spind und nahm seine Windjacke heraus; die Bügel pendelten gegen das Blech, und erst als er die Tür schloß und sich umdrehte, bemerkte er jemanden in der Ecke, hinter den Flaschen und Milchtüten auf dem Tisch.
Erschrocken, war er doch nicht überrascht. Sie saß auf einem Stuhl neben dem Abfalleimer, hatte die nackten Füße auf die Sitzfläche gezogen und hielt die Knie mit den Armen umklammert. Das Abendlicht, das hinter ihr durch die Glasbausteine fiel, ließ ihr Gesicht im Dunkeln; ein kupferner Schimmer lag auf den Haaren

und der Schulter, wo das Kleid zerrissen war, und DeLoo knipste das Neonlicht an.
Doch die kreisrunde Röhre flackerte nur. Lucilla blinzelte zu ihm hoch, versuchte zu lächeln, schloß wieder die Augen. Flusen hingen ihr im Haar, etwas Gras. Sie hatte einen bläulichen Erguß am rechten Jochbein, und ihre Unterlippe war aufgeplatzt. Auch am Hals violette Flecken und getrocknetes Blut, und er zog einen Stuhl heran, setzte sich, griff nach ihren Händen. Doch sie löste sie nicht, im Gegenteil, schlang die Arme fester um die Knie und starrte ihn an. Ein düsterer Blick unter schwarzen Brauen.
Er drehte sich um. »Wo ist der Hund?« fragte er leise, bekam aber keine Antwort. Momentlang war es so still, daß man das Tropfen ihrer Tränen auf den Kleidstoff hörte. Er streckte eine Hand aus, strich ein paar Locken zurück, und sie schüttelte kurz den Kopf, abwehrend. Doch ehe die Haare wieder vor fielen, konnte er es in einem Lichtblitz sehen. Kein Gold mehr in den Ohrläppchen; zwei blutige Schlitze.
»Sag was«, flüsterte er, und sie nickte, schluckte, was ihr weh zu tun schien. Senkrechte Falten über der Nasenwurzel. Er beugte sich vor, wartete. Was er zu riechen glaubte, konnte auch etwas anderes sein. Kaum mehr als ein Wispern kam über die Krusten auf den Lippen, und er hielt das Ohr so nah vor ihren Mund, daß er den Atem spürte.
»Ich will nach Hause.«

Viertes Kapitel

Das ganze Leben

Dolgie … Eine gepflasterte, fleckenweise asphaltierte Straße unter Kastanien, ein paar grau verputzte Häuser links und rechts, Ställe voller Kleinvieh, üppige Gemüsegärten. Das große Gut in der Dorfmitte, einst staatlicher Betrieb, war ausgeplündert bis zum letzten Fensterrahmen; aus den Mauerrissen wuchsen zarte Birken. Pflüge, Eggen und ein alter Garbenbinder verrotteten in den Brennesseln, Malven blühten vor dem Mist, und auf dem Fußboden des Verwaltungsgebäudes schimmelten unzählige große, von der Feuchtigkeit monströs aufgequollene Buchhaltungs-Kladden. Doch im Heu unter den tief durchhängenden Zwischenböden der langen Ställe, in rostigen Reusen oder Trögen aus Stein, brachten wilde Katzen ihre Jungen zur Welt.

Auch von der alten Ziegelei standen nur noch ein paar Grundmauern und der hohe, von mürben Stahlreifen längst nicht mehr gerade gehaltene Schornstein mit dem Storchennest obenauf. Zwischen wilder Minze konnte man dort bis zum See hinunter auf Tonscherben gehen, und manchmal fand man einen alten Ziegel, ein Vorkriegsformat, mit der Prägung »Weigel, Pommern«.

Es gab kein Geschäft im Dorf, weder Bäcker noch Metzger, nur eine Gaststätte, eine Baracke aus Well-Eternit, wo man außer Bier und Wodka völlig übersüßte rote oder hellviolette Limonaden bekam, die man auf einer Terrasse trinken konnte, unter Weinlaub. Auf der anderen Straßenseite stand ein Kiosk, in dem eine

Frau mit daumendicken Brillengläsern Milch, Schulhefte und ein paar Medikamente verkaufte; an Wochenenden auch Zeitungen. Zwischen den Regalen und unter der Decke des kleinen Raums hingen Käfige voller Kanarienvögel, und ihr gelber, orangefarbener oder weißer Flaum haftete an allen Waren, auch an dem frischen Brot.

Tau funkelte auf dem Klee im Straßengraben. Das neue Holztor unter dem Ziegelbogen war offen; ein schwarzer Mercedes stand vor der Scheune, einem hohen Bretterbau mit Schindeldach, der das Grundstück gegen den kühlen, oft salzig schmeckenden Nordwind abschirmte. Früher waren hier sechsspännige Leiterwagen voller Stroh untergebracht worden; jetzt lehnten nur noch ein paar rostige Fahrräder darin.

Vor der Scheune gab es einen Rasenplatz mit einem runden Dahlienbeet in der Mitte. Das Gras war frisch gemäht, die liegengelassenen Halme blieben an den Turnschuhen kleben. Die Sonne stand noch nicht sehr hoch über den brachliegenden, leicht hügeligen Feldern auf der anderen Seeseite, lange Schatten verdunkelten die Blumen, und aus dem Haus, dem weit geöffneten Küchenfenster, duftete es nach Kaffee. Ein einfaches, doch geräumiges Bauernhaus mit einem Sockel aus Granit und einem Walmdach, unter dessen Traufe unzählige Schwalben nisteten. Es begrenzte das Anwesen auf der Südseite, dahinter gab es nur noch einen Gemüsegarten und eine übermooste Natursteinmauer.

Etwas versetzt und darum, kam man von der Straße auf den Hof, nicht gleich zu sehen, stand der ehemalige Stall für Schweine und kleineres Vieh, ein Häuschen aus Ziegeln, die noch die Hitze des Tages ausstrahlten, wenn über den Bäumen am Grundstücksrand die ersten Sterne erschienen. Das zweigeteilte grüne Tor stand offen, man konnte die abgebeizten Dielen und ein Stück des Bettes sehen, die Reisetasche davor.

Der Rasen stieg leicht an, und auf seiner Höhe, halb verdeckt von der Krone einer Linde mit sehr kurzem, dafür aber um so dickerem Stamm, befand sich der umgebaute Kuhstall, ein langgezogenes Gebäude, das den Hof zu einem offenen Karree machte. Trotz der Jahreszeit sah der Wein vor dem rosa getönten Verputz noch jung aus; zartgrüne, in der Sonne fast transparente Blätter, die wohl erst im nächsten Sommer bis zum Dach wachsen würden. Außer einem Studio voller Keyboards und Gitarren, einem Mischpult und allerlei Musik-Computern gab es noch eine Bar mit Billardtisch und Kamin in dem Gebäude, hinter dem, fußhoch eingefriedet von dem Sockel der ehemaligen Jauchegrube, sich eine sorgsam gestampfte, von jedem Steinchen oder Halm befreite Boule-Bahn befand.

Kirschbäume umschatteten sie, und jenseits der zarten, ein Stück weit gekalkten Stämme, wo das Gras nicht mehr gemäht wurde und die Spitzen einzelner Ginsterbüsche in einer warmen Brise wippten, fiel das Gelände mit einem langen, wie ein befreites Ausatmen immer länger sich hinziehenden Schwung nach Osten ab, dem See zu, einem grünen Glanz, der zu schweben schien hinter den Erlen am Ufer.

Dolgie ... Ein paar Häuser zwischen Bäumen, ein paar Felder, ein Traum, der ein ganzes Leben brauchte, um wachgerufen zu werden von diesem Wort. – Im Haus war niemand, gurgelnd tropfte das Wasser durch die Kaffeemaschine, und er stieg die Treppe hinauf. Ihr Zimmer stand offen, die Steppdecke hing über der Fensterbank. Ein Slip und eine Paar Sandalen lagen vor dem Rucksack, und auch auf der anderen Seite des Flurs, in Mareks Raum, war niemand. Nur Katharina, seine schwarz und braun gefleckte Katze, schlief zusammengerollt auf dem Bett, und DeLoo ging spreizbeinig über Wäschestücke und Notenblätter zum Fenster und drehte an dem Knauf. Wie eine Handvoll gelber und weißer, in die Luft geworfener Blüten kapriolte ein Falterschwarm über die Wiese.

Nun hörte er die Gitarre und auch das eine oder andere Wort von Lucilla, die er zwar nicht sah, deren Prusten und Planschen aber näher klang, als sie sein konnte; er ging in die Küche und füllte den Kaffee in eine Thermoskanne. Dann nahm er drei Tassen aus dem Schrank, Butter, Brot, stellte alles auf ein Tablett und überquerte den Hof. Der Pfad durch die verwilderten Wiesen war lang, und schon nach der Hälfte waren die Dächer des Dorfes außer Sicht; auch der Turmhahn der Kirche verschwand. Nirgendwo ein Mensch, nur die Ziege des Nachbarn, die in einiger Entfernung graste, und je näher er dem See kam, desto stiller wurde es.

Die Hitze des Tages war bereits zu ahnen. Marek, der ein schmutziges Unterhemd und eine Turnhose trug, hob eine Hand, grinste verlegen. Er sprach kein Deutsch und auch nur wenige Brocken Englisch, und als DeLoo ihn fragte, ob er groggy sei, schüttelte er den Kopf. »No, no«, sagte er. »Aspirin.« Die Gitarre, eine zerschrammte, mit Stahlseiten und einem Tonabnehmer ausgestattete Wanderklampfe, hatte einen Riß im Rükken und war gewiß das älteste und häßlichste seiner Instrumente; doch spielte er darauf am liebsten. Hellgoldene, von einer feinen Trauer getragene Akkorde, während ein Hauch von Wind die langen, in der Sonne glänzenden Halme bewegte, und DeLoo stellte das Tablett ins Gras, zeigte auf die Kanne.

Marek nickte. Er hatte einen Sonnenbrand auf den mageren Schultern. Die stumpfblonden Haare, im Nacken kurz, hingen in Strähnen bis auf die Brauen, und obwohl er sie wohl deswegen wachsen ließ, überdeckten die Bartfransen den sensiblen Mund kaum. Gerötet die Augen, fahl das Gesicht, und die Hand, mit der er an der Mechanik seiner Gitarre drehte, zitterte. Doch trotz des vielen Wodkas strahlte er so etwas wie Reinheit aus; besonders wenn er lächelte, machten die Fältchen an den Augenwinkeln den Eindruck, als wären sie kleine, das ganze Leben meinende Anführungszeichen. Im Bund der Turnhose steckte eine Schachtel Caro-Zigaretten, die stärksten, die es in Polen gab.

Lucilla, noch im Wasser, winkte. Sie hatte Laub im Haar, ein paar Vorjahresblätter. Der See war nicht breit; man konnte in zehn Minuten zum gegenüberliegenden Ufer schwimmen; doch brauchte man für die gesamte Länge fast eine Stunde, wobei man immer wieder brackige Buchten kreuzte, kühle Strömungen, Teichrosenfelder. Sie hatte bereits Fuß gefaßt auf dem weichen Grund, der wenige Schritte hinter ihr abfiel, und kam neben dem Steg aus dem Wasser. Momentlang war sie verdeckt vom Schatten der Erlenzweige; nur die rasierte Höhlung einer Achsel war zu sehen, als sie die Arme hob, um ihr Haar zu wringen. Dann nahm sie ein Handtuch aus dem Baum, bückte sich unter einem Ast hindurch und trat ins Helle.

Sie war, sah man von Söckchen aus Uferschlamm ab, völlig nackt und lächelte ihnen zu. Mücken umschwirrten ihre Schultern, den Hals. Das Gesicht war entspannt und unversehrt und die Brüste so dunkel von den Tagen in der Sonne, daß sich die Warzenhöfe kaum davon abhoben. Zwar hatte sie etwas zugenommen, doch Beine und Po waren straff vom Schwimmen, und während sie sich den Rücken frottierte, zuckten die Muskeln an den Oberarmen. Das rieselnde Wasser hatte ihre Schamhaare zu einem kleinen Spitzbart gezwirbelt.

Sie wischte sich etwas Entengrütze vom Schenkel. Dann sank sie auf die Decke, riß ein Stück von dem frischen Brot ab, fuhr damit über die Butter. Mit wohligem Knurren biß sie hinein, schloß kauend die Augen, und Marek reichte ihr seinen Kaffee, der schwarz war und sehr stark. Sie murmelte etwas auf polnisch, und er schüttelte den Kopf.

DeLoo sah sie an. »Hab ihn gefragt, ob mal wieder jemand ertrunken ist«, sagte sie. Krümel fielen auf ihren Bauch. »Das ist nämlich ein magisches Gewässer, mußt du wissen. Die Leute schreiben ihm alles mögliche zu. Wenn sie krank werden, war es der See. Wenn sie miese Laune haben und sich Flaschen über die Köpfe hauen, war es auch der See. Und wenn die Frauen schon wieder schwanger sind, war es erst recht der See. Außerdem kann er singen.«

»Wer jetzt? Der See?« fragte DeLoo, und Marek nickte;

als er ihr Zucker in den Kaffee rühren wollte, zitterte seine Hand so, daß ihm die Hälfte vom Löffel auf die Wolldecke fiel. Sie ließ ein spöttisches Grunzen hören.

»Bevor mein Bruder das Grundstück kaufen konnte, mußte er dem Bauern versprechen, niemals nackt darin zu baden. Aus Rücksicht auf seine ertrunkene Frau ... Wußtest du übrigens, daß See und Seele zusammengehören? Als Wörter, meine ich? Das hab ich gelesen. Die alten Germanen glaubten, daß die Seelen der Verstorbenen im Wasser leben; also nannten sie es See.«

Hinter ihnen meckerte die Ziege, ein grauweißes Tier, angepflockt. Die Kette klirrte, und Marek stand auf, wobei er ein wenig ins Schwanken kam, langte über einen Brombeerstrauch und fütterte sie mit seinem Brot.

DeLoo trank einen Schluck, starrte in die Tasse. »Wie kommt ein so junger Mann zu dem Besitz?«

»Wer? Mein Bruder? Oh, so jung ist er auch nicht mehr, Schnaps konserviert. Er sieht zwar aus wie ein Freak, liest nur Comics und Pilzbücher, kifft sich jeden Tag zu und hat seine Macken. Aber er ist knallhart. Warte mal ...«

Sie drehte sich um, blickte über die Spitzen der langen Halme und rief etwas. Doch bekam sie keine Antwort. Die Gitarre geschultert, hob Marek eine Hand und ging zum Haus. »Na, dann eben nicht ...« murmelte sie und sank wieder auf die Decke.

»Gleich nach der Wende hat er hier richtig Geld gemacht. Wir sind eigentlich aus Stettin, aber er kannte die Gegend aus der Schulzeit, von den Ernteeinsätzen.

Kein Bauer, mit dem er nicht gesoffen hatte. Daher wußte er, wer was verkaufen wollte, und als der Sozialismus sich verabschiedet hatte, kam er wieder her, fotografierte die Anwesen, machte einen schönen Katalog, und so weiter ...«

DeLoo goß ihre Tasse noch einmal voll, und sie stippte ein Stück Brot hinein, aß es schmatzend. »Als Ausländer darfst du ein Grundstück in Polen erst besitzen, wenn du es vorher gepachtet hast, dreißig Jahre lang. Also brauchst du einen Strohmann, der die Immobilie für dich kauft und sie dir dann, naja, offiziell verpachtet. Das macht mein kleiner Bruder, und zwar nicht umsonst, wie du dir denken kannst. Auch auf die jährlichen Abgaben, die er als eingetragener Besitzer zahlen muß, legt er ordentlich was drauf. Da kennt er jeden Trick. Wenn du hier zum Beispiel Boden erwirbst, wirst du die ersten fünf Jahre nach dem Kauf von der Grundsteuer befreit, ein Entgegenkommen des Staates. Damit du Luft zum Auf- oder Umbau hast. Doch das wissen die Fremden – meistens Deutsche – natürlich nicht. Und so hat mein Brüderlein für zehn oder zwölf Gehöfte Steuern kassiert, die nie fällig waren. Da kann man es sich leisten, ein Freak zu sein, oder?«

DeLoo hob den Kopf. Die Hörner der Ziege glänzten in der Sonne, ihr Unterkiefer mit dem Bärtchen bewegte sich malmend, und die gelben, von horizontalen Pupillen geteilten Augen sahen kalt und erbarmungslos aus. Jenseits des Ginsters verwehte Musik, ein Lied der Beatles, Hammond-Orgel. »... take a sad song, and make it better«.

Auch Lucilla lauschte. Sie hielt ein gerade eingetunktes Stück Brot in den Fingern und achtete nicht darauf, daß es sich langsam vornüber neigte. Als es schließlich auf ihren Bauch fiel – sie holte japsend Luft –, umfaßte er ihre Hüften, aß es aus dem Nabel, und sie kreischte leise, stieß ihn weg. »Nicht hier! Hör auf!«
Groß die Augen, drohend der Blick, doch ihre Abwehr war schon angeschmolzen, und er fragte: »Wo denn?«
Sie antwortete nicht. Die Musik verstummte, und er legte sich auf den Rücken und starrte in den wolkenlosen Himmel. Es war still jetzt, reglos lag der See zwischen den Stämmen und dem Gestrüpp, und plötzlich hörte er einen Fisch springen; ein fast gläserner Ton in dem Glanz. Lucilla schob ihm eine Hand ins Hemd, kraulte in seinen Brusthaaren. Sie beugte sich herab, sah ihn aufmerksam an, neigte sich tiefer, und die Wärme und Nachgiebigkeit der Lippen machte ihn momentlang benommen. Die Rundung ihrer Brust, die schwebende Schwere im Handinnern atmete er tief, und sie umklammerte seine Finger. Er schob ihr ein Knie zwischen die Schenkel, und was Lucilla hören ließ, war mehr Hauch als Laut, ein Erschrecken der Luft.
»Kommt da jemand?«
Den Mund geöffnet, blickte sie sich um. Weit entfernt, auf dem Schornstein der ehemaligen Ziegelei, klapperte ein junger Storch, und DeLoo zog sie zurück, biß in ihren Hals. Er fühlte das Goldkettchen zwischen den Zähnen, Mareks Geschenk.
»Hör auf jetzt! Da ist jemand am Steg.«
Sie drängte ihn ins Gras, wickelte sich die Decke um

den Körper, und er fuhr sich mit beiden Händen durch die Haare. Jakub, der alte Nachbar, kniete auf den moosigen Brettern und holte Fischreusen ein. Stallmist klebte an den Sohlen seiner Gummistiefel. Er hatte sie offenbar längst bemerkt, drehte sich jedenfalls nicht um, als Lucilla ihn grüßte, nickte nur und brummte etwas vor sich hin. Er war kahlköpfig, trug ein kariertes Flanellhemd und eine blaue Latzhose und legte ein Messer neben seine Handschuhe auf den Steg. Dann riß er die Reuse hoch, hielt sie am ausgestreckten Arm in die Höhe und grinste. Das Wasser troff ab, und die Drahtmaschen knirschten. Hechte wanden sich darin, zwei große, fast armlange und ein kleiner, offenbar noch junger, der von dem Gewicht der anderen, die ganz Wut und Verzweiflung waren, schon fast erdrückt zu sein schien, jedenfalls bewegte er sich kaum. Starke, schwarzgrün gemaserte Leiber mit helleren Bäuchen, und Sonne schien durch die Rückenflossen und blitzte zwischen den Reihen spitzer Zähnchen, während sie sich umeinander wanden und immer wieder in den Draht bissen.

Jakub legte die Reuse auf den Steg, stellte einen Fuß darauf und streifte einen der Arbeitshandschuhe über, den linken. Dann griff er vorsichtig in die Öffnung zwischen den Maschen, zog den jungen Hecht hervor und warf ihn ins Wasser. Reglos trieb er eine Weile an der Oberfläche, Insekten setzten sich auf seine Haut. Doch dann, ein Schlag mit der Schwanzflosse, war er verschwunden, und Jakub bückte sich, hielt einem der großen Fische das Maul zu und schnitt ihn der Länge nach auf. Graue Eingeweide quollen auf den Steg, während das Tier noch wild zappelte, und er strich sie mit dem rechten Zeigefinger auseinander, bis er die Gallenblase entdeckt hatte. Sie war nicht größer als eine Erbse, und vorsichtig drehte er sie um und um, knipste den zusammengezwirbelten Zugang mit den Fingernägeln ab und warf sie ins Wasser. Dasselbe machte er mit dem anderen Fisch. Dann kratzte er die Innereien in eine Plastiktüte, band sie sich an den Gürtel, hakte je zwei Finger in die Kiemen der Hechte und kam auf sie zu; die Schwanzflossen schleiften durchs Gras, und er ließ einen vor ihre Füße fallen und sagte: »Gutt Appetit!«

Lucilla hob die Brauen, schlug die Hände zusammen und achtete doch darauf, die Decke mit den Achseln zu halten. Sie bedankte sich auf polnisch, und er grinste, rieb sich den Bauch unter dem gestopften Hosenlatz und sagte etwas, daß sie offenbar verlegen machte. Ein Hauch von Röte auf den Wangen. Strahlend drohte sie ihm mit dem Finger, und als Jakub davonging, fragte DeLoo, was er gesagt habe. Das ausgenommene Tier vor ihren Füßen bewegte sich noch; die Schwanzflosse zuckte. Blut lief ins Gras.

»Ach, der ist verrückt«, sagte sie. »Früher, wenn er mit seiner Frau ins Bett wollte, hätte sie sich auch immer geziert. Manchmal tagelang. Aber plötzlich hätte sie gesagt: Iß Fisch und rasier dich! Und dann wußte er Bescheid.«

Sie blickte sich nach dem Alten um, und als er außer Sicht war, breitete sie die Decke aus und schmiegte sich an DeLoo. »Der Hecht ist übrigens für Marek«, murmelte sie. »Hat morgen Geburtstag ...«

Er roch den See in ihrem Haar, auf der Haut, pustete eine Ameise von der Schulter. Mit den Fingerspitzen strich er über ihren Rücken, den Po, und sie schloß die Augen und seufzte vor Behagen. »Und du willst wirklich wieder nach Berlin?«

Hauchfeine Haarspiralen wuchsen neben den Lendenwirbeln, und auf ihren Schenkeln, der vollkommenen Glätte, die nichts anderes war als das vollkommene Blau des Himmels über ihnen, seine Spiegelung im See, wurde ihm plötzlich die eigene Hand fremd. Etwas kratzte in seinem Hals, und er räusperte sich. Doch die Beklommenheit blieb. »Warum nicht? Die Leute freuen sich, wenn der Mann mit dem Essen kommt. Was sollte ich sonst tun?«

Sie zuckte mit den Achseln. »Du könntest einen Film über die Deutschen in Polen drehen. Oder über die Hechte im See. Warum magst du nicht mehr als Kameramann arbeiten? Warst du nicht gut? Du warst doch gut, oder?«

»Woher willst du das wissen?«

Sie griff nach seiner Hand, küßte die Finger, biß sanft hinein. »Das weiß ich.«

Er schüttelte den Kopf. »Was solls ... Die Zeit ist vorbei, jedenfalls für mich. Man sieht immer weniger. Man wird blind von all dem Augenmüll.«

Sie drehte sich um. »Was meinst du?«

Auf einer Brust der Abdruck seiner Hemdknöpfe, und sie biß sich auf die Unterlippe, zog die Haut etwas nach innen und betastete den toten Fisch mit den Zehen. Die Nägel waren klar lackiert. DeLoo zeigte zum Ufer.

»Schau da hin. Was siehst du neben dem Steg?«
»Dort? Eine Blume.«
»Genauer.«
»Eine schlanke blaue Blume mit gelben Fäden. Eine Art Iris, oder so.«
Er nickte. »Eine Wasserlilie. Und jetzt schau sie nochmal an und denke: Das ist keine Blume, keine Lilie. Das sind nicht die Farben Gelb und Blau. Und das dahinter ist kein See, kein Schilf, kein Waldrand und hat auch nicht die Farbe Grün ... Na los, sags dir! Innig.«
Sie runzelte kurz die Brauen, doch dann bewegte sie die Lippen, als memorierte sie das gerade Gehörte. Dabei sah sie still zum Ufer; ihre Pupillen wurden größer, die Nasenflügel zuckten. Und plötzlich durchschauerte sie etwas, ganz leicht nur, doch in der Halsgrube und an den Brustansätzen veränderte sich die Haut wie nach einer Berührung. Sie kniff die Lider zusammen, schüttelte sich.
»Uh! Das ist aber unheimlich, oder? Als hätte das alles plötzlich eine Stimme.«
Er nickte, riß einen Grashalm aus, kaute darauf herum. »Das meinte ich. Jetzt hast du wirklich gesehen. Bilder oder Wörter können vielleicht einiges beleuchten. Aber irgendwann verstellen sie es auch. Lampenschirme, durch die kein Licht dringt.«
Es wurde heiß. Er roch den alten Schweiß in seinem Hemd, knöpfte es auf, und sie blickte ihn rasch einmal aus den Augenwinkeln an. Eine Fliege setzte sich auf ihr Knie, lief das Schienbein hinunter, verschwand in dem aufgeschlitzten Hecht, dessen Kiemen sich manchmal noch bewegten, und DeLoo strich mit dem Grashalm

über das andere Bein, den Schenkel hinauf. Sie schlug nach ihm, lächelnd. »Wie mager du bist. Ich muß duschen.«

Sie stand auf, doch er hielt sie am Fußgelenk fest, blickte zwischen den Unterseiten ihrer Brüste zu ihr hoch. Scheinbar spöttisch betrachtete sie seine Jeans und was sich darunter abzeichnete. »Na komm«, sagte er. »Du bist noch gar nicht richtig verschwitzt ...«

Die Fliege kam zwischen den Zähnen hervor, als sie sich bückte und den Fisch beim Schwanz packte. »Hör auf jetzt, Simon. Ich kanns hier nicht mit dir treiben, das Gras hat tausend Augen. Außerdem ist Marek in der Nähe. Polen sind sehr katholisch, weißt du.«

»Dann laß uns rüberschwimmen, in den Wald.«

Sie schulterte den Hecht. »Ich muß duschen.« Langsam stieg sie die Wiese hinauf. Der Schatten des Tiers fiel über ihren Rücken, und das Auge, das noch nicht gebrochen schien, funkelte in der Sonne. Etwas Blut oder hellrotes Sekret lief an ihr hinunter, tropfte von ihrem Po. »Er fährt nach dem Essen in die Stadt, braucht neue Saiten. Dann haben wir Zeit ...«

DeLoo setzte sich auf. Ein paar Katzen kamen ihr entgegen, umstrichen maunzend ihre Beine, und sie sprach mit ihnen. Die Stimme war melodischer jetzt, fast kindlich hoch, und einmal mehr fiel ihm auf, daß sie ihre Sprache nicht nur mit den Stimmbändern, sondern mit dem ganzen Körper sprach, sich tatsächlich darin bewegte. Er trank den Rest aus seiner Tasse und blickte zum See, wo ein schmales Ruderboot trieb. Einen Strohhut auf dem Gesicht, lag ein Mann darin und schlief.

Irgendwo im Dorf wurde eine Kreissäge eingeschaltet und lief noch eine Weile leer. Schweiß ran ihm unter den Achseln hervor, und er zog die Sonnenbrille aus der Tasche und ging zum Ufer. Ein krummer, knapp fußbreiter Pfad führte durch Gras und Gestrüpp um den See herum, und zwei Libellen, fingerlang und wie aus blauem Chrom, umflogen ihn ein paar Schritte weit mit stoßartigen Bewegungen. Er ging an dem fahlen Schilfgürtel vorbei, der streckenweise so dicht war, daß er das Wasser nicht sehen konnte. Ein Schmatzen und Gluckern war zu hören unter den Wurzeln, und wo Lichtstrahlen zwischen die Blätter fanden, glitzerte der schwarze Schlamm. Bunte Schnecken. Abdrücke kleiner Krallen. Hier und da versickerte ein Rinnsal, es roch nach Jauche, und Kamille und violett blühende Disteln wuchsen hüfthoch.

Von den alten Gehöften hinter der Hügelkuppe war kaum mehr zu sehen als ein Dachfirst, ein Schornstein oder eine Wetterfahne. Die übermoosten Zäune, die zwischen den Ställen hinunterführten, waren längst ins Unkraut gesunken. Erlenzweige über ihm, Birkenlaub, an den Rändern schon braun, und hoch im Himmelsblau zwei Störche, immer noch höher steigend in immer weiteren Kreisen.

Wo das Ufer eine Kehre machte, plätscherte eine Quelle, fast ein kleiner Bach, deren Lauf durch die verwilderte Senke man an dem Wippen der Blatt- und Farnspitzen erkannte. Sie entsprang im Wald jenseits des Guts, versorgte das ganze Dorf mit Wasser und hatte die beiden Eichen, zwischen denen sie in den See floß, so weit unterspült, daß die Kronen ineinandergesunken waren. DeLoo hielt sich an einer Wurzel fest und trank das metallisch schmeckende Wasser in langen Zügen.

Als er den Kopf hob, sah er einen Silberreiher, ein großes Tier, das hinter ein paar alten, fast waagerecht übers Wasser wachsenden Birken stand und ihn regungslos betrachtete. Heilige Stille. Entfernung der Herzen. Jeder war im Unrecht vor dieser Silhouette, diesem Blick aus der eigenen Mitte, und er wischte mit dem Handrücken über Mund und Kinn und zog sich behutsam ins Zwielicht zurück, hinters Schilf.

Das Ufer war nun bunt von Ziegelsplittern, rot und gelb, hier und da auch violett, und man konnte Zahlen lesen unter Wasser, Firmenstempel, in den Ton gedrückt und ausgefüllt von zartem Moos. Über eine kleine Halde aus Scherben stieg er zu den Gebäuden hoch, Mauerresten unter verkohltem Gebälk. Ein Fellfetzen, sehr hell, hing an einem rostigen Nagel. In einer langen Fabrikationshalle wuchsen bereits wieder Birken, und aus dem runden Brennofen, dessen gewaltige, mit einem Speichenrad versehene Stahltür im Unkraut lag, schallte das Gezwitscher junger Vögel und wurde, als DeLoo den Kopf in die Öffnung steckte – die innere, mit Nestern behaftete Rundung des Ofens, von Lichtstrahlen aus den Rissen schräg durchschnitten, wölbte sich über ihm wie eine Kathedrale aus Kot –, zu einem panischen Gekreisch. Schwärme von Schwalben stoben aus dem Abzugsloch und auch an ihm vorbei ins Freie. Staub nahm ihm den Atem.

Über einen gepflasterten Hof, auf dem Mischtrommeln, Reste eines Förderbands und ein ausgeschlachteter Dreirad-Laster standen, ging er zu dem kleinen, von Türmchen und Gesimsen verzierten Verwaltungsgebäude der Firma. »Weigel, Pommern« stand in einem Relief über der Tür. Die Glasur der Ziegel war abgeplatzt, und er blieb auf der Schwelle stehen und starrte durch die eingestürzte Decke in den Keller hinunter. Dicke Dielen, Blechschränke, Schutt, zum Teil von Gras überwachsen. Verblichene Hakenkreuze an der gegenüberliegenden Wand, polnische Parolen, Einschußlöcher. Halb unter einem Balken eine Schreibmaschine; die Tastenreihe schief, wie ein eingedrückter Kiefer.

Der Tümpel in dem ehemaligen Tonbecken des Betriebs war grün vor Kresse und Entengrütze, und ein paar Kröten verstummten, als DeLoo näher trat. Reste eines Schaufelbaggers ragten daraus hervor, Wasserpfeffer blühte zwischen Seiltrommeln und gewaltigen Ketten, und er machte einen Schritt an den Beckenrand, auf etwas bläulich Schillerndes zu. Fliegen stoben auf von einer jungen Fledermaus, die das Maul mit den winzigen Zähnen geöffnet hatte zu einem letzten, längst schon verklungenen Schrei.

Als er an der Rückseite des Brennofens vom Gelände ging, bemerkte er die Steigeisen am Schornstein und blickte hinauf. Reisig und Zweige, weiß vor Kot, ragten über das Ziegelrund in der Höhe, und er konnte die Storchjungen klappern hören, sah sie aber nicht. Mörtel fiel aus den Mauerfugen, als er an den Eisen rüttelte. Sie waren mürbe, jedenfalls an den Oberflächen, und ließen sich mit dem Fingernagel abschichten, wie Schiefer; trotzdem probierte er ein paar von

ihnen aus, bis er über die Kuppel des Brennofens blikken konnte.
Hier roch es nach kalter Asche und geräuchertem Leder, und auf den Ziegeln war ein Hauch von Moos. Unter sich sah er den Schilfgürtel, der auf dieser Seite grüner war, und dahinter den See in seiner ganzen halbmondförmigen Länge bis hin zum Ablauf, einer von Bäumen überwölbten Schleuse. Das Wasser war völlig glatt, wie festgezaubert von der Stille. Ein paar Tauben umflogen den geteerten Holzturm der Kirche, aus den Dächern jenseits der Wiesen stieg Holzrauch auf, man hörte das Klappern von Tellern und Besteck. Weit hinter ihm, am Rand der Wälder, wurde Weizen geerntet, gelbgraue Staubfahnen verwehten im Blau, wo Mähmaschinen fuhren. Doch hörte man sie nicht.
In den Spinnweben zwischen den Uferbäumen hingen schon welke Blätter, und langsam kreuzte ein Otter die glatte Fläche; das Mittagslicht war so klar, daß DeLoo seine Schnurrbarthaare sah, ihre Spiegelung im Wasser.
Noch einmal stieg er, langte in die Höhe, um sich festzuhalten, griff ins Leere. Reste des abgebrochenen Eisens ragten aus der Mauer, und er krallte die Finger zwischen die Ziegel, in die von Wind und Wetter ausgehöhlten Fugen. Nun konnte er hinter den Hügel sehen, in die Gärten und Höfe – bis hin zur Dorfstraße, auf deren Pflaster ein Hund schlief und die sich jenseits der Häuser als lange, von Eichen und Linden überwölbte Chaussee durch die gelben Felder bis Drawsko wand.

Überall Gehege voller Hühner, Gänse, Enten, und der alte Jakub stand neben seiner Kreissäge und schichtete Brennholz in eine Schubkarre, handliche Scheite, die er dann in einen Schuppen fuhr. Bohnen an Stangen, Kohl und Lauch und viele rote und orangerote, vor Schwere oft geknickte Gladiolen wuchsen in dem Garten. Auf der moosigen Natursteinmauer lag Katharina und räkelte sich, hielt ihr helles Bauchfell in die Sonne, und in dem Hof daneben standen Lautsprecher in den offenen Fenstern, Wäsche hing an den Ästen der Linde. Im Schatten darunter eine Korbflasche, zwei Gläser, und auf dem Hackklotz vor der Scheune saß Lucilla und ließ sich von Marek die Haare schneiden. Sie hatte sich ein weißes Tuch um die Schultern gelegt, hielt einen Spiegel in der Hand, und wann immer die Schere im Sonnenlicht blitzte, fiel eine fingerlange Strähne auf den Stoff.

DeLoo ging einmal um den ganzen See, ohne einen Menschen zu treffen. Das Hemd klebte auf der Haut, die Unterarme waren zerkratzt von Brombeerzweigen und die Hosenbeine voll Dornen und Distelsporen, als er in die Küche kam und den Geschirrschrank öffnete. Marek, ein Jeanshemd über der Turnhose, schnitt Gemüse und grinste ihn an. Neben einer großen Kasserolle stand ein Weinglas, halbvoll. Tabakkrümel klebten am Rand.
»Hi, Chef! I am cooking!«
DeLoo nickte, nahm sich eine große Tasse aus dem Regal, drehte den Wasserhahn auf und hielt sie darunter. »That's fine«, sagte er, und aus der Leitung kam nichts

als ein Gluckern, das wieder verstummte, um kurz darauf von neuem einzusetzen, mit einem krächzenden Unterton. Kein Tropfen. Er wartete und hielt die Tasse, deren Henkel fehlte, mit beiden Händen.
Marek kippte Porree-, Möhren- und Selleriestückchen in die Kasserolle und verteilte sie auf dem Boden. Dann ging er zum Kühlschrank und zog den inzwischen geschuppten Hecht daraus hervor, legte ihn auf ein Hackbrett; die Maserung schien blasser zu sein, weniger grün jetzt, eher grau, und er nahm ein Beil von der Wand und hieb ihm den Kopf ab.
Das Brett schepperte. Aus der vibrierenden Leitung ein jähes Spucken, so heftig, daß das Wasser wieder aus dem Becken schoß; doch dann floß es ruhig, und DeLoo füllte die Tasse und trank. Wusch sich das Gesicht.
»Where is your sister?«
»Oh!« Marek grinste, zeigte in die Ecke. »She is sitting there, isn't she?«
Auf einem Stuhl am Ende des Tisches hockte Katharina. Nur ihr Kopf und ein Stück des weißgefleckten Halses ragten über die Kante; ihre lichten Ohren, von denen eines eingerissen war, bewegten sich unablässig, und gebannt beobachtete sie Marek. Der steckte sich eine Caro an und versuchte, den Fisch in der Form unterzubringen; doch war er noch zu groß, und er schnitt auch die Schwanzflosse und ein dickes Rumpfstück ab und legte ihn auf das Gemüse. Dann goß er Weißwein darüber und bestreute ihn mit Kräutern. DeLoo hielt ihm den Backofen auf.
Marek wies auf die Flasche, doch er schüttelte den

Kopf, hob seine Tasse, und der andere nickte und begann, etwas von dem übriggebliebenen Fisch abzuschneiden. Dabei sprach er zärtlich mit Katharina, die nun die Vorderpfoten auf die Tischkante stellte und heiser maunzte. Er grinste, ließ ein paar lockende Laute hören, und schon saß sie zwischen dem Geschirr und blickte sich nach allen Seiten um, als erwartete sie, verjagt zu werden. Doch lockte er sie nur noch freundlicher, und langsam und geduckt, die Schulterblätter höher als die grünen Augen, kam sie über den Tisch auf Marek zu.

Der hatte ein großes Stück abgehäutet und hielt es gerade gegen das Licht, um ein paar Gräten herauszuziehen, als sie auch schon danach krallte. Er entriß es ihr, und sie ließ einen hohen Knurrton hören und schlug erneut zu, wobei sie seinen Handballen traf. Er stöhnte auf. Winzige Kratzer, ein Blutstropfen, nicht größer als ein Nadelkopf, und wütend patschte er ihr das Filet ins Gesicht.

Sie wich zur Seite, leckte sich das Maul. Und wieder, ein kaltes Funkeln im Blick, schlug er nach ihr mit dem glasigen Stück, zog es blitzschnell weg. Doch sie war schneller. Mit beiden Vorderpfoten hielt sie sich fest und biß zu, und er zog sie über den halben Tisch, wobei Bestecke, Salat und ein Butterstück herunterfielen. Sie kniff die Augen zusammen, wälzte sich auf den Rücken, krallte nach ihm mit den hinteren Tatzen, und erst als sein Weinglas umschlug, auf den Kacheln zerschellte, überließ er ihr den Fisch.

Die Beute im Maul, rannte sie ins Bad, verkroch sich unter der alten Wanne, und Marek, nachdem er die

Scherben mit dem Fuß zur Seite gekehrt hatte, nahm einen Holzlöffel aus der Lade und lief ihr nach. Durch die zusammengebissenen Zähne fluchend, bückte er sich, legte die Wange auf den Boden, um an den gußeisernen Tatzen vorbeizusehen – und schreckte zurück. Er ließ den Löffel fallen und öffnete einen Schrank.
»Marek ...« mahnte DeLoo, doch er reagierte nicht. Erneut sank er auf die Knie und schob, die Zungenspitze zwischen den Lippen, langsam einen Schrubber unter die Wanne. Das Tier ließ ein klägliches Knurren hören. Es schien sich immer weiter zurückzuziehen, bis an die Wand, und behutsam korrigierte er die Richtung des Stiels. Dann, ein Stoß, drückte er Katharina mit den Borsten gegen die Kacheln und preßte sie offenbar so fest in die Ecke, daß sie weder vor noch zurück konnte, da half kein Strampeln, Kratzen, oder Fauchen. Als wollte er ihr die Schrubberborsten in den Leib treiben, stieß Marek zu, immer wieder, ohne den Druck so weit zu lockern, daß sie sich vom Fleck rühren konnte.
Sein Kopf wurde rot. Er atmete schnaufend, Rotz lief ihm aus der Nase, und das Schreien der Katze unter dem Blech nahm eine dunklere, irgendwie artfremde Färbung an, als würde sie vor Schmerz und Verzweiflung jeden Augenblick mit menschlicher Stimme sprechen.
»Marek!«
DeLoo bückte sich, packte ihn an der Schulter, die er sich so zartknochig nicht gedacht hatte, und im selben Moment kam das Tier unter der Wanne hervor und rannte, Fell und Schwanz dick gesträubt, die geschwun-

gene Treppe hinauf. Verschwand in Lucillas Zimmer. Langsam zog er die Hand zurück.
Doch Marek blieb auf dem Boden sitzen, lehnte sich mit dem Rücken an die Wand. Die Fäuste auf den Knien, betrachtete er das zerquetschte Stück Hecht an den Borsten des Schrubbers, schüttelte den Kopf und sagte etwas auf polnisch. Immer wieder dieselben Laute, leise, klagend, und schließlich blickte er hoch zu De-Loo. Die Lippen zitterten, die Augen waren gerötet; Tränen tropften von seinem Kinn.

Ein unbeschriebenes Blatt auf einem beschriebenen: Unter einer weißen Bluse mit Druckknöpfen aus Perlmutt trug sie einen dunklen BH, blaue Spitze, und ihre Jeans waren so kurz abgeschnitten, daß die Zipfel der Taschen hervorschauten, wenn sie saß. Er hatte bereits die Teller zusammengestellt und legte das Besteck dazu. Der Wind in der Krone der Linde verursachte ein Geflacker aus Licht und Schatten auf dem Tisch; die leeren Gläser leuchteten.
»Kennst du Polen?« fragte sie. »Warst du schon mal hier?« Sie drehte sich eine Zigarette, und er goß ihnen Wasser nach, schüttelte den Kopf.
»Ich weiß ungefähr, wo Warschau liegt.«
»Es ist komisch«, sagte Lucilla. »Jeder unserer Leute lernt in der Schule alles über Deutschland: Geographie, Geschichte, Kultur. Aber für die meisten Deutschen sind wir ein weißer Fleck im Kopf. Sie fahren über die Grenze, kaufen unser billiges Benzin, den Wodka und die Zigaretten auf, vögeln unsere billigen Nutten und reißen sich die besten Grundstücke für ihre Flutlichtfar-

men untern Nagel – aber sie kennen unser Land nicht. Wie kommt das?«

DeLoo zog die Mundwinkel herab. Mit den Fingern fischte er die Reste des Salats aus der Schüssel. »Vermutlich liegt es zu nah.«

Sie drückte auf ihr Feuerzeug. »Aber eure Lenkradschlösser nennt ihr Polenklemme. – Weißt du, was zur Zeit bei uns stattfindet? Eine zweite Invasion. Nur noch Deutsche. Westdeutsche. Zum Preis von kleinen Mittelklasseautos kaufen sie den Bauern Ländereien ab, für deren Erwerb du in Deutschland Millionär sein müßtest. Und dann bauen sie ihre Jägerzäune drumherum.«

Eine heitere Wut verschönte das Gesicht. Die Sonnenbrille war auf die Nasenspitze gerutscht, und er bemerkte, daß sie sich die Augenlider mit einem Hauch Silber geschminkt hatte.

»Apropos. Mein Vater ist mal hiergewesen. Als Soldat. Er konnte sogar ein bißchen die Sprache, liebte polnische Gedichte.«

»Ach Gott«, sagte sie durch den Rauch. »Ein schöngeistiger Nazi?«

DeLoo beugte sich vor, wischte ihr etwas Tabak vom Schoß. »Er war Soldat, kein Nazi. Er ist hier verwundet worden.«

Sie grunzte leise. »Unschuldig, klar. Wie alle.«

»Nein. Schuldig fühlte er sich schon. Aber das hatte andere Gründe, eher persönliche ... Er mußte mal einen Freund exekutieren, einen Kameraden, fahnenflüchtig. Sie waren zusammen an der Uni gewesen. Er wurde geschnappt und standrechtlich erschossen.«

»Von deinem Vater?«
DeLoo zuckte mit den Achseln. »Von fünf Soldaten. An der Wand lehnten fünf Gewehre, und der Offizier sagte, daß in einem eine Platzpatrone sei. So konnte sich jeder einbilden, daß seine Kugel ihn nicht getötet hatte. Dann wurde angelegt und gefeuert. Tatsächlich fand man nachher nur vier Einschußlöcher.«
Lucilla schüttelte langsam den Kopf, schob sich die Brille zur Nasenwurzel hoch. »Mein Gott ... Und wie ist er damit fertig geworden? Ich meine, wie kann man leben mit so einem Horror? Den eigenen Freund ...«
»Er schrieb an die Eltern des Jungen. Aber der Brief wurde abgefangen. Und weil auch etwas gegen die Nazi-Offiziere darin stand – schließlich wäre er selbst erschossen worden, wenn er den Befehl verweigert hätte –, steckte man ihn in ein Strafbataillon. Eigentlich ein Todesurteil. Aber er kam durch, wenn auch schwer verletzt.«
»Und dann?«
»Was dann?«
»Wie ging es weiter?«
»Normal, wie bei allen. Er hat eine Frau geheiratet, einen Sohn gezeugt ... Naja. Aber natürlich hatte er einen Knacks. Du hättest ihn gemocht.«
Sie lächelte. »Wieso? War er nett? Sah er gut aus?«
»Tja, weiß nicht ... Aber wie er gelebt hat, das war schon ein Fall für sich. Wir hatten eine ziemlich unheimliche Wohnung, in Wilmersdorf. Verwinkelte Zimmer voller Stuck. Die Räume zogen sich endlos in den Seitenflügel, jedenfalls für mich, als Kind. Das Schrillen der Türklingel, das einen im Vorderhaus zusam-

menzucken ließ, kam über ein langes, mit Textilfasern umwickeltes Kabel nur als Schnarren in der Küche an. Von einem Farbklecks auf der Schale noch gedämpft.«

Grinsend schüttelte er den Kopf. Mit dem Zeigefinger fuhr er über die Adern auf seinem linken Handrücken. »Mein alter Vater, wenn er sich seine Wurstbrote schmierte, überhörte es regelmäßig. Oder wollte es nicht hören, weil es ihn bei seinen Studien störte. Was meine Mutter immer zur Weißglut brachte. Doch so rasch sie auch durch die Diele lief – manchmal, in gespenstischen Momenten, schien sie schneller zu sein als das Tack-Tack ihrer Absätze auf dem Parkett –, sie fand immer nur ein paar Brotkrümel vor, eine Schwade Zigarettenrauch. Oder das Bändchen eines Teebeutels, das pendelnd aus dem Mülleimer hing.«

Er trank etwas Wasser, starrte in sein Glas. »Dann riß sie die Tür zur Abstellkammer auf: Ein kaminartiger Raum voller Regale, in denen schwarz angelaufene Töpfe, riesige Kasserollen und Backformen standen, und der so schmal war, daß man nicht ganz hineingehen konnte, jedenfalls nicht als Erwachsener. In der Kindheit liebte ich das Versteck. Spreizbeinig kletterte ich die Bretter hinauf bis unter die hohe Decke und ließ mich von meinen Freunden suchen.

An der Rückwand der Kammer gab es eine Tür, mehr ein Durchstieg, fast jeder mußte den Kopf einziehen. Wenn er denn über die Schwelle durfte. Denn dahinter, wo zu Kaisers Zeiten die Köchin gelebt haben mochte, befand sich das Arbeitszimmer meines Vaters. Uneinnehmbar. Bei dem Versuch, ihn zum Öffnen zu bewegen und ihn zur Rede zu stellen, hatte meine Mutter sich mal einen Stein aus dem Ring geklopft. Einen Aquamarin, den ich später in meinem Spinat wiederfand.«

Lucilla lächelte ihn an, ein langer Blick, und er runzelte die Stirn. »Was ist?«

»Du siehst so jung aus, wenn du erzählst ... Was hat dein Vater denn gemacht?«

»Beruflich? Er war Jurist. Gleich nach dem Staatsexamen eingezogen. Aber als Anwalt wollte er nach dem Krieg nicht arbeiten. Er packte seine Bücher aus, legte sich auf die Ottomane und überließ das Geldverdienen seiner Frau. Die betrieb ein kleines, mit der Zeit florierendes Steuerbüro. Erst während ihrer Schwangerschaft, in den Fünfzigern, nahm er eine Stelle als Korrektor beim Tagesspiegel an und fuhr jeden Abend mit dem Fahrrad in die Potsdamer Straße. Ich glaube, er war ganz zufrieden. Jedenfalls gelang es meiner Mutter nie, so etwas wie Ehrgeiz in ihm zu entfachen. Er zog in das Zimmer hinter der Küche, hängte ein mit Letraset beschriftetes Schild an die Klinke und blieb Korrektor. Bis zu seiner Pensionierung.«

Lucilla drückte ihre Zigarette aus, blickte sich um. Hinter den doppelten Glastüren des ehemaligen Stalls hockte Marek auf einem Lautsprecher und spielte Baß, das heißt, er bearbeitete die Saiten mit Daumen und Faust. Die Ohrmuscheln seines Kopfhörers waren groß wie Tassen.

»Und was stand auf dem Schild?«

»Bitte nicht stören ... In dem Zimmer gab es nichts als die Ottomane, einen kleinen Tisch und ein schiefes

Regal, völlig überladen. Die meisten Bücher – alte, beim Trödler erstandene Lexika-Reihen, Modekataloge aus dem Biedermeier, Fachliteratur längst verblichener Disziplinen – türmten sich wie Ziegelstapel an den Wänden, und wenn die Sonne schräg durch die Linde vor dem Fenster fand, war vor Staub kaum mehr zu sehen als die Goldreste auf den Einbänden. Und die helle Gipsnase, mit der er den Marmor-Goethe seines Vaters ausgebessert hatte.«

Lucilla zog die Füße auf den Stuhl. Sie schlang die Arme um die Beine, legte eine Wange auf ihre Knie. »Und was hat er da gemacht?«

»Geforscht. Jedenfalls nannte er es so ... Auf einem Brett über dem Fenster stand eine lange Reihe numerierter Ordner, und manchmal, wenn er gut gelaunt war, winkte er mich über die Schwelle und zeigte mir die Früchte seiner Arbeit. Da gabs zum Beispiel den Ordner Nr. 12, *Nubier*, in dem alles über das afrikanische Volk, seine Stämme und Hierarchien, seine typische Kleidung oder seine Kriege gesammelt war: Sorgfältig auf das Büropapier meiner Mutter geklebte Zeitungsausschnitte und Kopien alter Kupferstiche, ergänzt durch maschinenschriftliche Zusätze oder Textspalten aus dem Lexikon. Wenn die ungeschickt ausgeschnitten waren oder der Teil fehlte, der sich auf der Rückseite befand, hatte mein Vater die Zeilen per Hand angefügt. Wobei ihm die Nachahmung der jeweiligen Schrifttypen ganz ordentlich gelungen war. Oder es gab den Ordner *Waschbeton*, Nr. 74, in dem man alles über die nötige Zementart, die Kieselgrößen und das Verwendungsfeld dieses Baustoffs erfuhr. Oder *Nadel-*

hölzer, 12b. Oder *Bach*. Und während er mir seine Schätze hinblätterte, ließ er mich manchmal sogar von einem der Liköre nippen, die er in den Kachelöfen versteckte.«

Sie schmunzelte, stellte ihm einen Fuß auf den Schenkel und kraulte mit den Zehen an der Jeansnaht herum. Jetzt waren die Nägel rot lackiert.

»Später legte ich mir selbst eine Reihe kleiner Hefte an, *Berühmte Indianer, Wilde Pferde, Dschungeltiere* und so. Doch schon das Einkleben der Bilder aus Kaugummipäckchen und Wundertüten war mir zu mühsam. Ich schob sie einfach zwischen die Seiten.«

»Und deine Mutter?« fragte sie. »Hat sie ihn denn gemocht?«

Er schwieg eine Weile und betrachtete sein Gesicht auf der Rückseite eines Löffels, fand es erhitzt. »Nun ja, schwer zu sagen ... Kurz bevor ich aus dem Haus bin, sah es jedenfalls nicht mehr so aus. Je schattenhafter der Mann sich gab, desto resoluter wurde ihr Regiment. Ihre Absätze knallten nur so auf dem Terrazzo-Boden, Töpfe und Pfannen flogen scheppernd ins Regal, Bestecke klirrten, und einmal kam mein Vater aus seinem Verschlag und stöhnte: Ich bin gekreuzigt. Was seid ihr nur für Menschen. – Er hielt sich beide Hände an die Ohren. – Ich bin gekreuzigt am Krach! Wie soll ich denn hier *denken*?!

Da stutzte meine Mutter, schüttelte amüsiert den Kopf und sagte: Ach was! Wozu willst du denken? Das tun wir für dich. Intelligenz ist Schwäche.

Doch mein Vater, ein Glas Wasser in der Hand, reagierte nicht. Jedenfalls nicht, solange seine Frau in Hörweite war. Aber entgegen aller Gewohnheit ließ er seine Tür offen, und neugierig trat ich näher. Fahles Licht fiel durch die Gardine, und langsam strich er sich seine drei, vier Haarsträhnen über den kahlen Kopf. Er war bereits ein alter Mann, viel älter als meine Mutter, doch als er sich nach mir umdrehte, hatte er die Augen eines Kindes.

Weshalb nur ..., sagte er leise, fast flüsternd und legte die Hände vor sich hin, als gehörten sie ihm nicht. – Kannst du mir das erklären? Warum muß man ständig etwas tun und erreichen wollen? Kann man nicht einfach nur leben?«

DeLoo nahm die Teller vom Tisch. Perlmuttfarben schimmerten die Gräten auf dem Rand. »So war das ... Gut zwei Jahrzehnte später, als ich mir die Ottomane aus seinem Zimmer holte, um sie in meine Wohnung zu stellen, fiel mir wieder sein Nachlaß ins Auge, die Leitz-Ordner. Irgend jemand hatte sie in der Ecke aufgeschichtet, mannshoch. Ein Blatt war aus dem Stapel gerutscht, ich las den Mädchennamen meiner Mutter, Steuerbüro Dobrott. Und darunter, in schön gemalten Kapitälchen: *Die Jagdgewohnheiten der Nubier.*«

Sie gingen in die Küche, wuschen das Geschirr. Unter der Lampe zogen ein paar Fliegen ihre scheinbar geometrischen Bahnen, und obwohl es dämmerig war in dem Raum, fast dunkel, nahm Lucilla die Brille nicht ab. Einen Lappen wringend, blickte sie leise flötend aus dem Fenster, dem blendenden Rechteck in der Wand, in das hier und da etwas Weinlaub ragte, durchsonnte Spitzen. Ungeschickt waren die Haare geschnitten, viel zu kurz. Im Nacken gab es einen Streifen heller Haut.

Durch fehlende Schindeln im Dach der Scheune fielen staubige Strahlen, wie Masten aus Licht, zwischen denen Marek hin und her ging, um ein paar Gitarren, ein kreuz und quer mit Isolierband geflicktes Keyboard und einen Verstärker in sein Auto zu laden, einen alten Benz-Beerdigungswagen, besudelt von Schwalbenkot.

Die Hände im Schaum, unter dem die Töpfe und Schüsseln gegeneinander schlugen, ließ Lucilla den Stahlschwamm kreisen und blickte sich nach ihm um. Die Mittagsstille war so dicht, daß sie unwillkürlich gedämpfter sprach. Jedenfalls verstand er sie nicht, trat hinter sie und küßte ihren Hals, wo sich die Haut sofort veränderte. Als wäre ihr kalt, sog sie den Atem zittrig ein und sagte leise: »He!« Sie stellte einen Fuß auf den Abfalleimer, blickte zur Scheune. »Ich bin rasiert.«

Er schloß die Augen, umfaßte eine Brust. Die blaue Wäsche knisterte unter dem Blusenstoff, und mit den Lippen strich er über die Stoppeln in ihrem Nacken und murmelte: »Und zwar schlecht ...«

Doch sie schüttelte den Kopf, drückte ihn weg. Draußen schlug eine Tür, und gleich darauf stand Marek vor dem Fenster, sprach mit ihr. Er hatte sich die Haare mit Wasser zurückgekämmt, und die schwungvolle glatte Stirn ließ ihn sehr rein erscheinen. Doch die Stimme klang schleppend und belegt, der Blick war trüb. Er trug einen blaugrauen Anzug und ein Trikothemd unter dem Sakko; aus der Brusttasche ragte ein Tablettenstreifen. Lucilla drehte sich um. »Er fragt, ob wir was brauchen aus Stettin. Würstchen, Nudeln, Drogen. Tun wir nicht, oder?«

DeLoo verneinte mit einer Kopfbewegung, und Marek trat zurück, hob eine Hand. Silberne Ringe an den Fingern. Der Kratzer verpflastert. »So long, good-bye, Widdesehn!« Auf den Stoffschuhen, schwarz, der Abdruck staubiger Katzenpfoten.

Dann fuhr das Auto mit den matten, von gekreuzten Palmzweigen verzierten Seitenfenstern aus dem Tor, und nur mit Mühe gelang es DeLoo, Teller und Geschirrtuch ins Regal zu schieben. Er taumelte gegen die Spüle. Beide Arme um seinen Nacken geschlungen, drückte sich Lucilla so heftig an ihn, daß er ihr Schambein fühlte. Der Mund, die ungestüme Zunge, der vor Lust verschwommene Blick – im Gegensatz zu ihm hatte sie Wein getrunken beim Essen, und noch war der leichte Alkoholgeruch wie ein Schleier zwischen ihnen. Sie rieb mit den Handballen über seine Jeans, und er machte sich los, trat in die Tür. »Jetzt muß *ich* duschen.«

Ein kleiner Hund sprang aus den Dahlien hervor und rannte, den Hechtkopf im Maul, auf die Straße. DeLoo schloß das Tor. Im ehemaligen Stall, wo eine bunte, mit Vögeln und Blumen bestickte Tagesdecke auf dem Bett lag, war es kühl. Münzgeld prasselte aus seinen Taschen auf die Dielen, als er sich auszog. Ein Lichtstrahl hüpfte wie auf Kieseln durch den Raum, und er ging ins Bad, drehte am Hahn und wartete auf das Wasser. Das Gurgeln und Gluckern in der Leitung klang noch entfernt, und mit dem Daumennagel ritzte er eine Kerbe in das neue Stück Seife und hörte die Ringe auf der Vorhangstange nebenan. Das Licht in dem Türspalt veränderte sich, eine samtrote Dämmerung, und einen Moment lang konnte er sehen, wie die Frau sich auszog. Dann schlug ihm das Wasser, der jäh hervorschießende Strahl, die Seife aus der Hand.

Als er aus der Dusche kam, lag die Tagesdecke neben dem Bett, das frisch bezogen war; die Wäsche roch nach Lavendel. Lucilla hatte sich ein paar Kissen in den Rükken gestopft und blätterte in seiner Bibel, schüttelte amüsiert den Kopf. »Verrückt ... Ich kann das kaum lesen. Wie nennt man die Schrift?«

Er frottierte sich die Haare. »Sütterlin«, sagte er, und sie klappte die erste Seite auf, zeigte auf das verblichene Exlibris, ein Jugendstil-Ornament.

»Und wer ist Lia Andersen?«

»Eine Malerin. Ich wohne in ihrem Haus.«

Lucilla ließ das Buch sinken. »Betest du denn? Ich habe aufgehört zu beten. Ich meine, mit Worten. Ich bitte um nichts mehr. Gott weiß sowieso, was ich möchte, sonst wäre er ja nicht Gott, oder? Ich sitze einfach da und ...«

Sie stutzte. »Was ist?«

Ohne zu erigieren, wurde sein Glied doch länger. Er trocknete es nicht ab. Er packte ihre Fußgelenke und zog die Beine etwas auseinander, blickte auf die Spalte unter dem Ledereinband. Zarter Speckhügel, glänzend vor Creme, krause Schnecke. Sie hob die Brauen, lächelte. »Und? Wie sehe ich aus?«

Ein paar übriggebliebene Haare hier und da; vielleicht

waren es auch Stellen, die sich nicht gut rasieren ließen, und er nickte und sagte: »Sehr schön. Wie 'n gerupftes Huhn.«

Da trat sie nach ihm, versuchte es, doch er hielt sie fest, zog sie mit einem Ruck von der Wand.

»He! Sei zärtlich, du Hund!«

»Nein«, knurrte er, ein Knie schon auf der Matratze. »Komm, schnell!«

Wenn sie lachte, hatte sie ein kleines Doppelkinn. Er wälzte sich über sie. Doch sie verschränkte die Fesseln, machte sich hart und biß in seinen Hals. Nur mit den Lippen. »Langsam, Cowboy. Ganz langsam.«

Er küßte ihre Brust, sog eine eingesunkene Warze hervor und murmelte halb lockend, halb drohend: »Erst schnell? – Dann langsam.« Sie schloß die Augen, die geschminkten Lider; sie mochte es, wenn er seine Stimme dunkler machte. Er war über ihrem Gesicht, fast berührten sich die Nasenspitzen; beide Hände auf dem Unterbauch, öffnete sie die Lippen, atmete in seinen Mund hinein und sagte ebenso leise: »Angeber.«

Obwohl DeLoo kalt geduscht hatte, fühlte er eine frische Wärme wie etwas Goldenes, wie einen hauchfeinen Stoff auf dem Körper, und eine Weile blieben sie still liegen, betasteten sich sanft. »Oha«, hauchte sie, und er streichelte ihren Rücken, die junge Haut, und hatte Mühe, das langsam zu tun; er zitterte leicht. Als würde die eigene Zeit unter den Fingern gleiten. Die Essenz vergangener Jahre.

Plötzlich knarrte es irgendwo, und Lucilla fuhr zusammen, richtete sich auf. Die Tür zum Hof, bloß angelehnt, öffnete sich einen Spalt. Sonne fiel über die

Dielen und dann, nach einer Ewigkeit zwischen zwei Herzschlägen, der Schatten von Katharina. Doch kam sie nicht in den Raum. Sie blieb auf der Schwelle hocken und begann, sich zu putzen.
DeLoo zupfte eins seiner Haare von Lucillas Hals, ein graues. In ihren Augen war ein vergnügtes Funkeln, und sie umfaßte sein Glied, rieb mit der Daumenkuppe über die Spitze und sagte: »Nanu ... Ist da schon ein Glückstropfen?«
Er stöhnte auf, ließ eine Hand auf ihren Hintern klatschen. Mit dem Mund schnappte sie nach seinem Mund, biß ihm in die Unterlippe, ihre Zähne schlugen gegeneinander. Die Brüste waren hart, die Warzenhöfe, wie genoppt von dem jähen Schauer, der sie durchfuhr, und sie keuchte, als er sie auf den Rücken warf, und wand sich – er fühlte bereits die zarten Stoppeln – noch einmal weg mit einem weinerlichen Laut. Kam über ihn.
Er sank zurück, blickte zwischen ihre Schenkel. Glänzend die Beinmuskeln, angespannt, und als er ihre Hüften umfaßte und die Daumen in die Leisten drückte, setzte sie sich nicht auf ihn. Sie beugte sich vor, langte zwischen die Kissen und flüsterte: »Warte. Wir müssen was machen.«
Er runzelte die Brauen. »Wir müssen was? Warum?«
»Darum.«
»Wir haben all die Tage nichts gemacht.«
»Aber jetzt müssen wir. So ist das eben.«
Mit den Zähnen riß sie an einem silbernen Kondom-Briefchen, und er stützte sich auf die Ellbogen. Die Erektion hatte etwas nachgelassen, das Glied, zur Seite

geneigt, zuckte von seinem Puls. »Ich will aber nichts machen«, sagte er.
Sie hob das Kinn. Ihr Blick war plötzlich viel älter als sie – nicht an Jahren, aber an Wahrheit, und sie schüttelte einmal kurz den Kopf, als verscheuchte sie eine Flause. Dann schloß sie die Augen, atmete tief und blies das Kondom an; die Spitze floppte hervor.
»Red nicht so mit mir, hörst du. Ich bin jung, ich bin dumm, ich bin eine erwachsene Frau ... Und Schluß.« Mit der linken Hand drückte sie ihn aufs Bett zurück. »Hinlegen und brav sein. Die Schwester macht dir jetzt einen schönen Verband, und dann sollst du mal sehen ...«
Sie sammelte Speichel im Mund und ließ ihn, einen großen Tropfen Kristallschaum, in das Reservoir fließen. Dann, nach einem nun schon wieder spöttischen Blick und einem strengen Schmunzeln, rollte sie den Gummi hinunter – mit beiden, mehrmals nachfassenden Händen, wobei sie die kleinen Finger etwas abspreizte. Schließlich betrachtete sie das Glied, als hätte sie es gerade modelliert, und sagte: »Uh! Wird der immer größer?« Sie rückte heran, beugte sich vor. Ihre Warzen strichen durch seine Brusthaare, kühl, sie langte unter sich, und er atmete leise zischend ein. Und stöhnend aus.
Dann sah er die Ente. Weiß und schlammbespritzt kam sie mit großer Geschwindigkeit durchs Gras, bog um die Linde und verschwand auch schon wieder aus dem Blickfeld, das die halboffene Tür ihm bot. Da sie überhaupt kein Geräusch machte, glaubte er momentlang, nicht richtig gesehen zu haben, und kam Lucilla behutsam entgegen. Sie biß sich auf die Unter-

lippe, strich die Haare zurück, ein warmer, leicht bernsteinfarbener Geruch entströmte ihren Achseln – und dann krachte es, wie es eben kracht im Getriebe, wenn man mit der Gangschaltung bremst. Sie starrte ihn an.

Und sprang auch schon auf. »Mein Gott!« Ihr Gesicht war rot, und sie bückte sich, schlüpfte in den Slip. »Hast du das Tor nicht verriegelt?« Er hatte es nur zugedrückt; mit der Fußspitze angelte sie nach der Jeans, blickte durch den Vorhangspalt und schloß die Knöpfe ihrer Bluse. Der Kragen war nach innen geschlagen, und sie schüttelte den Kopf, lächelte traurig. »Es ist Tycu«, sagte sie, immer noch ein wenig atemlos. Dann verzog sie das Gesicht und griff sich an die Brüste, als täten sie weh.

DeLoo blähte die Wangen. Er rückte an die Bettkante, rollte das Kondom ab, und sie fuhr ihm durch die Haare und ging hinaus.

Auf dem Weg ins Bad trat er jäh neben seinen Schatten, hielt sich am Kleiderschrank fest. Er wusch sich das Gesicht, zog ein frisches T-Shirt an und steckte Lucillas BH in die Tasche. Dann öffnete er die Tür. Auf der Schwelle ein frisch glänzender Blutfleck, münzgroß, und die Hitze, sobald er hinaustrat, war unglaublich, mehr als Temperatur; als sollte alles Vergangene und Zukünftige zu nichts als Gegenwart verschmolzen werden, einem hochblau überwölbten Jetzt und Hier, für das er sich plötzlich zu schwach und zu müde fühlte. Die Konturen flimmerten, und er ging durchs Gras und kickte mit jedem Schritt ein paar der abgemähten Halme vor sich her.

Sie saßen unter der Linde. Der Mann, den sie Tycu genannt hatte, verschränkte die Finger auf dem Scheitel und blickte ihm neugierig entgegen. Er war schlank, fast hager und hatte helle Augen und erstaunlich große Ohren. Die braunen Haare, in denen eine Sonnenbrille steckte, waren im Nacken zusammengebunden, und er trug ein Turnhemd und eine schmutzige, an den Knien aufgerissene Jeans. Keine Schuhe. Die Achselhaare schweißverklebt.

Lucilla stellte sie einander vor, und Tycu nickte. »Aus Berlin? Da darf ich ja nun auch nicht mehr hin ...« Die Lider wirkten entzündet. Sein Deutsch hatte eine feine, etwas angestoßene Glaskante, und die Stimme verflüssigte sich schon ein bißchen. Lucilla stand auf und ging zum Haus. »Aber kein Bier!« rief er ihr nach, und DeLoo sah, daß er sich die Haare zusammengebunden hatte, um die kahle Stelle an seinem Hinterkopf zu verbergen.

Tycu verengte die Augen, hob das Kinn und atmete tief. »Die riecht ja noch richtig ...« Er sprach, fast ohne den Mund zu bewegen; die Nasenflügel zuckten. »Ja, Scheiße, wie riecht die? Wie warme Wälder, oder?«

DeLoo antwortete nicht, und der andere nickte, zeigte auf die Scheune. »Ein interessantes Auto hast du da, Simon. *Fun-Food-Corporation.* Schön bunt. Willst du es nicht verkaufen?«

Er schüttelte den Kopf. »Es gehört mir nicht.«

Tycu beugte sich vor, starrte ihn an. »Im Ernst?« Er leckte sich einen Lippenwinkel. »Dann sollten wir erst recht ins Geschäft kommen. Ich könnte dir einen original Fiat Spider dafür geben. Muß nur ein bißchen abgeschmirgelt werden, neue Nockenwelle, zack. Was meinst du?«

Jäher Wind, fernes Grollen. Lucilla kam mit einem Tablett aus dem Haus. Brot, geräucherte Würste und ein Krug voller Orangensaft waren darauf, und sie stellte es auf den Tisch und wies mit einer Kopfbewegung zur Ente: »Und? Wieviel Kerben hast du mittlerweile im Lenkrad? Oder funktionieren die Bremsen wieder?«

»Ach was!« sagte er und klappte ein Tabakpäckchen auf, drehte sich eine Zigarette. »Wozu Bremsen? Hier auf dem Dorf ... Was wär das Leben ohne Gefahr. Hab ich euch gerade gestört?«

Ein Blick von besorgter Treuherzigkeit. Ein Grinsen dahinter, und DeLoo brach kleine Stücke von der Cabanossi, fütterte die Katzen. Tycu hob den Arm, zupfte Lucillas Kragen zurecht. »Du störst nie«, sagte sie, und er kramte ein Feuerzeug aus der Tasche.

»Das wollte ich hören.« Dann steckte er die Zigarette an, sog den Rauch tief ein und behielt ihn in der Lunge, als er sagte: »Könntest du mir den Saft ein bißchen verdünnen? Ist mir echt zu stark.«

Es bewölkte sich. Auf dem Nachbargrundstück krähten Hähne, und sie langte hoch, in den Baum, wo eine halbvolle Wodkaflasche in einer Astgabel klemmte. »Wieso bist du eigentlich hier? Kümmert sich jemand um deine Kinder?«

Tycu nickte, stieß den Rauch aus. »Na klar, die Hunde. Außerdem sind sie groß. Ich meine, wer hat sich um mich gekümmert, als ich zwölf Monate alt war. Keine Sau.«

Er reichte Lucilla die Zigarette. Sie zog daran, hustete, klopfte sich mit der Faust gegen die Brust. Ihre Augen tränten.
»Jaha«, sagte Tycu. »Das haut rein, was? Handelsklasse A. Aus Pilzen und Hanf. Je ärmer die Länder, desto besser die Schuster.«
Er goß sich Wodka ein, zeigte mit der Flasche auf DeLoo. »Ich hab fünf Hunde. Ich liebe Hunde, besonders wenn sie was drauf haben, wenn sie kämpfen können, verstehst du. Und ich hab vier Kinder.«
»Von vier Frauen«, ergänzte Lucilla, und er winkte ab.
»Na und? Kümmern sich die Schlampen vielleicht? Scheiße! Die saufen und fixen, und alles bleibt an mir hängen. Ich hab die Bagage am Hals. Also koch ich vor, ist doch klar, jede Woche einen Kübel Graupen mit Milch. Ist gesund, hab ich auch schon gegessen. Erst kriegen die Hunde, mit paar Fleischflocken drin. Die fressen ja schneller. Und dann kriegen die Kinder, ganz einfach.«
Lucilla nickte. »Aus demselben Napf.«
Lauteres Grollen, fernes Donnern, als würden über den Wolken Gewichte bewegt, Tonnen vergangener Tage.
»Ist ja nicht wahr!« schrie er, die Halsadern geschwollen. »Ich spül den vorher aus! Fang du nicht auch noch an mit dem Hygiene-Koller. Dann komm doch putzen, wenns dir nicht paßt.«
Auch DeLoo zog von der Zigarette, und zum ersten Mal fiel ihm auf, wie schief die riesige Scheune stand. An ihrer Giebelseite war eine rote Leine gespannt, ein Hemd hing daran, flatternd, und die warmen Wind-

stöße, die vom See kamen, schoben ein paar Plastikklammern herum.

»Ist ja gut. Meinst du, ich setze noch einen Fuß in dein Waffenlager? Also, was willst du?«

Die Sickergruben unter dem Gras begannen zu stinken. Die Linde rauschte auf, und Samenkapseln wirbelten an ihren sandfarbenen Blättern in die Höhe, den grauen Wolken zu. »Waffenlager! Was redest du da, Flitzpiepe. Wie soll der Simon mit mir ins Geschäft kommen, wenn er so einen Eindruck kriegt.« Er wendete sich DeLoo zu, der noch einmal von der Zigarette zog. »Das haben sie immer in Berlin zu mir gesagt. Flitzpiepe. Weiß auch nicht, warum.«

»Aber ich«, murmelte Lucilla und stand auf, ging über den Rasen. Den Kopf im Nacken, die Nase kraus, blickte sie in den Himmel. Dann nahm sie das Hemd von der Leine, faltete es vor der Brust zusammen, und Tycu, der sie nicht aus den Augen ließ, schob die Zunge ein winziges Stück weit zwischen die Lippen.

Er zupfte etwas unter seinem Hosenstoff zurecht. »Also einen Fiat Spider willst du nicht«, sagte er. »Kann ich irgendwie verstehen. Das mit den Ersatzteilen ist gar nicht so einfach ...« Er roch an seinen Fingern. »Aber falls du mal ein Grundstück möchtest, gibt's hier wirklich kein Problem, Simon. Jedenfalls nicht für Deutsche. Du brauchst einen Apfel und ein Ei, und den Rest, den ganzen Papierkram, die Steuern, erledige ich. Und zwar gut. Frag die Schickse.«

Lucilla blickte in den Wagen, der kein Nummernschild hatte, schob das Verdeck etwas weiter zurück. »Was bringst du denn da? Deine Wäsche?«

»Ich? Aber klar doch. Als ob du nur *eine* Socke von mir waschen würdest. – Das sind die Schiffchen, für Marek. Echte Kinderarbeit.«

»Die was?« Lucilla öffnete die hintere Tür, zog einen Wäschekorb hervor. Tycu rieb sich das Kinn.

»Eine Wette, die ich ausnahmsweise mal verloren hab. Kann vorkommen, oder. Hundert Papierschiffchen, pünktlich zum Geburtstag – ich bin nämlich ein Ehrenmann, falls du das vergessen hast.«

»Ach so? Und worum habt ihr gewettet?«

Im Haus schlugen Türen. Vorhänge blähten sich, flatterten aus den Fenstern heraus, erste Regentropfen fielen, und Tycu schob seinen Stuhl näher an den Stamm heran. Dann beugte er sich nochmal vor und zog auch sein Glas ins Trockene.

»Scheiße, Mädchen! Wenn du weggeblieben wärst, hätte ich jetzt diesen geilen Leichenwagen. Wollte ich immer schon mal … Aber du mußt hier wieder aufkreuzen! Die machts wie alle, hab ich gesagt. Wenn sie schlau ist. Die geht auf'n Strich in Berlin, und zwar im Akkord. Und er: Macht sie nicht. Die kommt zurück. Und ich: Zu dir? Als Krankenschwester? Daß ich nicht lache. Ich verwette meine Segelohren, hier am Tisch. Und ich meinen Benz, sagt er, natürlich breit. Aber ich will nicht deine Ohren. Ich will hundert Papierschiffchen. – So war das.«

Es begann heftiger zu regnen, schwere Tropfen, und die Katzen machten dumme Gesichter, verkrochen sich unter dem Auto. Auch DeLoo stand auf, um seinen Stuhl näher an den Baum zu rücken. Tycu streckte den Arm aus, hakte den Finger in den blauen Träger, der ihm aus der Tasche hing, und zog den BH vor. »Das sind die Rotzfahnen echter Männer, was?« Er ließ das Wäschestück pendeln. »Wer hat dir eigentlich die Haare geschnitten, Schwesterchen? Das sieht ja sowas von unscharf aus …«

Doch Lucilla antwortete nicht. Sie kehrte die Handflächen zum Himmel, schloß die Augen. Große Tropfen fielen schräg auf ihre Bluse, die braunen Beine, immer dichter, und sie öffnete den Mund. Ruhig und gleichmäßig rauschte der Regen, und plötzlich, ein Ruck, zog sie die Druckknöpfe auf und lief zum See. Dabei schleuderte sie den weißen Stoff überm Kopf durch die Luft. »Kommt mit! Na los!«

Nun rann das Wasser auch durch die Linde, fiel glucksend in die Gläser, den Krug, füllte den Aschenbecher, und Tycu, der mit dem Wodka in der Hand zum Haus gelaufen war, blieb unter dem Vordach stehen und tippte sich an die Stirn. »Die spinnt. Es blitzt!«

Doch DeLoo folgte ihr über den krummen, jetzt schlüpfrigen Weg zwischen Sumach und Ginster, der voller schwarzer Schnecken war, und als er unter die Erlen kam und seine Kleider abstreifte, schwamm sie bereits in dem silbernen Geprassel und sah sich nach ihm um. Jenseits der Wälder hellte es schon wieder auf.

Das Seewasser war wärmer als der Regen, vorsichtig tastete er sich durch den Bodenschlamm, durch altes Laub und Wurzelstrünke vor, und als er bis zur Brust in dem schieferfarbenen, den Himmel reflektierenden Wasser stand, schwamm sie an ihn heran, umklammerte ihn mit Armen und Beinen und ließ einen wohligen Laut hören. Sie küßte ihn, doch er fühlte nur die Zunge, die Lippen und versuchte vergeblich, sie wegzudrücken. »Wie viele Brüder hast du eigentlich?«

Sie öffnete nicht die Augen, biß ihm zärtlich in den Hals, angelte nach seinem Glied. »Nur Tycu, wieso? Du mußt keine Angst haben, der kann nicht schwimmen. Komm mal näher ...«

Sie küßte ihn wieder, drängender, wobei sie ihn bei den Ohren hielt, und plötzlich spürte er etwas Heißes, einen starken Strahl auf dem Oberschenkel. »He!«

Sie lächelte breit. »Ist das schlimm? Hier im See?«

Die Augen waren so nah, daß sie schielten. Ihre Hüften unter den Händen, die schmale Taille, empfand er plötzlich deutlich, was das ganze Leben in ihm vorbereitet hatte, so wie ein ferner Ton, seine Schwingung, die Moleküle stimmt, bis sie Jahrhunderte später eine Form annehmen, den Hauch einer Maserung im Kork, eine grüne Spitze zwischen Steinen, und er fühlte den Sog, die Tiefe unter seinen Füßen und umklammerte Lucilla so fest, daß sie verärgert »Aua!« rief.

»Und wer ist dann Marek?«

Sie löste sich von ihm, schwamm davon. Die Regentropfen, als fiele jetzt Wasser aus höheren Wolken, wurden immer noch kühler, und sie blickte sich um, runzelte amüsiert die Stirn. »Machst du Witze?« Ein Hauch von Nebel bildete sich in der Mitte des Sees, gerade so hoch, daß ihre Köpfe darin verschwanden, und nach einigen Zügen sah er Lucilla nur noch schemenhaft, hörte sie auch kaum. Vielleicht sagte sie etwas, doch es kam ihm nicht mehr wichtig vor.

Dann wieder war der schwarze Glanz ihrer Haare ganz nah. Der Regen prasselte auf den Rücken, die Pobacken leuchteten unter dem grünlichen Wasser; ihre gespreizten und ruhig sich wieder schließenden Beine schienen länger zu sein, und er drängte sie ab, ins Schilf. Sie trat nach ihm, wischte ihm eine Handvoll Entengrütze ins Gesicht und kraulte davon. Durch den Schaum, den ihre paddelnden Füße aufschlugen, sah er das offene Geschlecht.

Sie schwamm schnell, doch da der Grund bereits wieder begehbar war, lief er ihr, sich an Schilf und Weidenzweigen vorwärts ziehend, schneller nach, umfaßte eine Fessel, riß sie zurück. »Gemein!« schrie sie und versuchte strampelnd, ihn abzuschütteln. Doch zog er sie näher heran, tiefer ins Schilf, wo der Regen lauter rauschte, umfaßte ihre Taille. Sie bog sich weg.

Beide waren sie etwas atemlos, und sie blickte an ihm hinunter. Ein Tropfen perlte bis zur Spitze einer Locke, wurde von einem nachfolgenden hinuntergestoßen, auf ihre Lippen, und langsam ließ sie eine Hand ins Wasser sinken. »Sieht aus wie ein Hühnerherz ...« Er grinste, und sie hielt sich an seinen Hüften fest, ging in die Hocke. »Und schmeckt nach Fisch«, schmatzte sie, und als er sie hochzog und küssen wollte, sah sie ihn zwar zärtlich und verlangend an, spritzte ihm aber einen Mundvoll Wasser ins Gesicht.

Der Nebel zerriß und schwebte in Fetzen über dem See, und sie machte sich los und schwamm hinaus. Er folgte ihr, holte sie in der Mitte ein, packte sie im Genick. Strampelnd gingen sie unter, stießen sich voneinander

ab, und er sah noch ihre Schlüsselbeine und die Brüste, den Nabel mit dem Silberring. Doch die Beine und Füße verschwanden im Dunkeln, und einen Moment lang glaubte er, den Blattrand einer Pflanze oder eine rauhe Rückenflosse unter den Zehen zu fühlen.
Lucilla kraulte ans andere Ufer und wartete auf ihn an einem alten, von Wind und Hitze gebleichten, halb zur Seite gesunkenen Steg. Bis zu den Hüften stand sie im See, und er tauchte auf sie zu und sah durch den hellen, von Regentropfen gesprenkelten Wasserspiegel, wie sie stirnrunzelnd in alle Richtungen spähte. Auch zum Waldrand drehte sie sich um, wobei sie sich die Unterlippe leckte.
Die Ellbogen auf die Planken gelegt, den Bauch leicht gewölbt, lächelte sie, als er vor ihr auftauchte. Er wischte sich das Wasser aus dem Gesicht und den Brusthaaren und fand nur schwer Tritt auf dem schlammigen Boden, stützte sich an Wurzeln und Stümpfen von Schilfpflanzen ab. Dann umfaßte er ihren Hintern, der sich leicht anheben ließ im Wasser, und als er in sie glitt und das erste, laut ausgehauchte Erschrecken verklungen war, flüsterte sie bei geschlossenen Augen: »Mach mich nicht schwanger, hörst du!«
Er umschlang ihre Taille mit beiden Armen. Es regnete wieder stärker, ihr Atem bekam einen glitzernden Akzent, und während sie sich ganz ergab und die Lider nur so weit öffnete, daß das Weiße zu sehen war, hob er doch immer wieder den Kopf und behielt die Ufer, die Buchten und den Wald im Blick. Der Schilfrand schwankte leicht, und aus einem Gebüsch am Ende des Sees ragte die Spitze von Jakubs Boot.

Eine leere Reuse hing daran, und Lucilla rutschte vom Steg. Nur noch der Hinterkopf lag auf einer Planke, und auch der verlor den Halt, als DeLoo sie, weiter in den See gleitend, mit sich zog. Er wühlte die Füße in den Boden, griff in den festen Speck ihrer Hüften, und sie kreuzte die Knöchel über seinem Gesäß. Rote Flekken am Hals, an den Wangen, die flatterten, wenn sie den Atem durch die zusammengebissenen Zähne stieß, streckte sie die kräftigen, an den Unterseiten zarter gebräunten Arme hinter sich aus und umklammerte den Bohlenrand. Der Regen prasselte über den gespannten Körper und spritzte hell wieder auf, und plötzlich, nach einem fast kindlichen Laut, erstarrte sie und ließ alles los.

Rasch beugte er sich vor, und sie umschlang seinen Hals und zitterte, zuckte und weinte dabei. Mit dem Fuß ertastete er ein bemoostes Rundholz, setzte sich darauf, sank zurück. Das Boot war verschwunden, und Lucilla, beide Hände zwischen den Schenkeln, schmiegte sich in seinen Arm. Immer wieder durchfuhren sie Schauer; ihre Halsader schlug heftig. »Mein lieber Mann ...« Bis zur Brust im Wasser, öffnete sie die Augen und japste zart. »Das merkt man aber, daß du viele Frauen hattest im Leben.«

Er lachte durch die Nase, küßte ihre Stirn. Holzrauch von irgendwoher, kein Laut. »Es war immer dieselbe«, murmelte er, und sie hob den Kopf und sah ihn an. Ein langer Blick mit einem Anflug von Wehmut um die Mundwinkel herum, und nur der Regen strichelte die Stille. Sie seufzte leise. »Weißt du was?« Doch er legte ihr eine Hand auf die Lippen.

Zärtlich biß sie ihm in den Daumen, lehnte den Kopf an seine Schulter und hob einen Fuß, bis der rote Lack zu sehen war. Dann schluckte sie und griff in die Tiefe. Der Arm, durchs Wasser betrachtet, sah etwas versetzt aus, und er fühlte die Finger, verspielt, und dann die Nägel, wie Zähnchen. Nichts hatte sich verändert bei ihm, und gleich war sie wieder atemlos und flüsterte: »Komm mal, ja?«

Weiß troff es von ihnen ab, als sie aufstanden, und sie drehte sich um und langte hinter sich. Doch er wich zurück. Stirnrunzelnd blickte sie über die Schulter. »Was ist?«

»Tut dir das nicht weh?«

Sie sagte nichts, schöpfte noch einmal Wasser über das Glied, und er suchte Halt am Schilf, den scharfen Blättern. Die Hände auf den Bohlen, eine Schläfe auf dem Unterarm, hielt sie den Atem an und drückte ihm den Po in ganz kurzen, vorsichtigen Stößen entgegen; der Muskel öffnete sich langsam und schloß sich gleich wieder hinter der Eichel, ein fester Ring. Er erwiderte den Druck, und plötzlich war es, als ob das Glied in ein Vacuum gesaugt würde; es glitt in ganzer Länge in sie hinein, und sie kniff die Augen fest zusammen und stöhnte auf, ein dunkler Laut bei gebleckten Zähnen. »Natürlich tut das weh«, keuchte sie. »Jedenfalls am Anfang. Aber es ist doch ein guter Schmerz ...«

Sie richtete sich auf, stemmte die Arme gegen das Holz und drückte den Rücken durch. »Ein Schmerz, der schön macht. Hab ich nicht einen hübschen Po?«

Er sagte nichts. Der Regen floß in klaren Strömen von ihrem Rücken und links und rechts die Hüften hinunter, ihr Busen spiegelte sich unter ihr, seine Hoden streiften das Wasser, und wieder blickte sie sich um. »Sag! Was ist das schönste an mir? Mein Po?«

Er griff in ihre Haare, die wie junge Aale zwischen seinen Fingern hervorquollen, zog ihr den Kopf ins Genick und murmelte: »Dein Schweigen.«

Es schäumte auf zwischen ihnen, als sie nach ihm stieß, heftig und immer noch heftiger, als wollte sie ihn strafen mit der harten Umklammerung des Muskels. Wieder verlor er den Halt unter den Füßen, beugte sich vor und krallte sich an ihren Brüsten fest. Und daß er geschrien hatte, hörte er erst einen Herzschlag später, an dem Echo über dem See.

»Uha«, sagte sie und machte sich behutsam von ihm los. »Nicht schlecht, mein Hecht. Da fühlt sich der Samen viel heißer an.« Eine kleine perlfarbene Schliere trieb davon, wurde vom Regen, der nachließ, verdünnt und zerrissen und war schließlich weg. DeLoo sank auf den übermoosten Stamm, schloß die Augen, und vorsichtig wusch Lucilla sein Glied.

Wind im Schilf, ein kühles Sieden. Überall trieben Blasen, hinter dem Wald war schon wieder das Krähen von Hähnen zu hören, und kleine Fische sprangen in die Luft. Sie zupfte altes Laub und eine winzige Schnecke aus seinem Brusthaar und glitt von dem Balken, flüsterte etwas, das er nicht verstand. Das Wasser sah plötzlich stumpf aus, fast schlammig, als hätte etwas den Grund aufgewühlt, und gleichzeitig fühlte es sich warm und seidig an auf der Haut, wie ein Gewand. Noch einmal kam sie zu ihm, küßte ihm die Augen, sah ihm ins Gesicht. Dann zog sie ihn weiter in den See.

Langsam schwammen sie zum anderen Ufer, und er drehte sich auf den Rücken und blickte in den hier und da schon wieder blauen Himmel.
Kein Regenbogen. Doch der Tagmond war fast voll, und Unmengen von Flöhen und anderer Insekten hüpften über das Wasser und zogen es, wenn sie aufsprangen, wie ein Häutchen haarbreit mit. Schwalben flogen darüber hin, manche so dicht, daß ihre Flügel die Oberfläche ritzten, die jungen Störche auf dem Schornstein klapperten wieder mit den Schnäbeln, und plötzlich kreuzten sie eine kühle, fast eiskalte Strähne, die Quelle.
»Oh, nein ...«
Er drehte sich um. Lucillas Kinn spiegelte sich unter ihr, die Nasenlöcher, Wasser in den Wimpern, und sie starrte auf den Baum, an dem ihre Kleider hingen. Die Hosenbeine hochgerollt, eine bestickte Decke über den Schultern, stand Marek auf dem Steg daneben, und sie hob einen Arm und rief etwas auf polnisch. Seine Haare klebten im Gesicht, die Augen waren umschattet, und er zog das Kinn an den Hals, stülpte die überfransten Lippen vor und antwortete ihr in einem klagenden, fast weinerlichen Ton; dabei zeigte er auf seine nackten Füße, und sie grinste kaum merklich und murmelte: »Auto kaputt. Er ist nur bis Drawsko gekommen und den ganzen Weg zurück gelaufen.«
Sie kraulte voraus, stieg ans Ufer, stellte ihm hastig ein paar Fragen. Dabei schlüpfte sie in das Höschen, langte nach der Bluse, und Marek hielt sie am Ellbogen fest und schob ihr mit einem Finger das Etikett in den Slip. Die Decke, der Überwurf aus dem Gästezimmer,

rutschte ihm von den Schultern, und er trat danach und rief »Deutsch Mercedes!« über den Steg. »Gitarre naß!«

DeLoo blieb im Wasser, und Lucilla stellte Marek weitere Fragen, wobei sie die Knöpfe der Blue-Jeans schloß. Er bückte sich nach Uferkieseln und zielte damit auf eine der Teichrosen vor dem Schilf, ohne sie zu treffen, und was er an Lauten ausstieß, konnten nur Flüche sein, Verwünschungen. Doch plötzlich schwiegen sie und blickten sich an, wobei der Ausdruck zärtlichen Spotts und überlegener Ironie im Gesicht der Frau immer noch zuzunehmen schien. Ungläubig schüttelte er den Kopf, schwankte etwas, starrte ins Gras und wiederholte leise, was sie zuletzt gefragt hatte. Dabei steckte er sich die Kiesel, die er noch in der Faust hielt, in die Tasche. Lucilla winkte ab. »Wagen doch nicht kaputt«, rief sie. »Tank leer.«

Sie legte ihm einen Arm um die Schultern, ging mit ihm zum Haus. Der weiße Stoff klebte an ihrem Rücken und auch das dünne Sakko ihres Mannes war so durchnäßt, daß sich das Unterhemd abzeichnete. Sie drehte sich nicht noch einmal um.

Kurz vor Mitternacht, bei hellem Mond, setzte er sich auf die Halde der alten Ziegelei und blickte über den See, vor dem sich schwarz die Umrisse der Bäume und des Gestrüpps abhoben. Eine etwas mattere Ader zog sich krumm durch den Glanz, verband sich in der Mitte mit anderen, und man hörte Hunde, ihr nachtlanges Bellen von Hof zu Hof. Wolken streiften den Mond, und wenn sie ihn verdeckten, schien das Wasser sein Licht immer noch einen Augenblick länger zu halten.

Die roten und gelben Scherben unter ihm waren längst wieder trocken und noch warm von der Hitze des Tages. Dicht übersternt der Schornstein mit dem Nest, die rußigen Ruinen; aus dem Brennofen leises Zirpen, und er lauschte in die Nacht hinaus und konnte nirgendwo einen Motor hören, geschweige denn ein Licht zwischen den Feldern sehen.

Als die kleine Glocke aus Blech im Kirchturm zwölf schlug, ging er zur Quelle hinunter und zog die Decke vom Korb, nahm ein paar der Schiffchen heraus. Eins nach dem anderen setzte er aufs Wasser und ließ sie zu dem Ast treiben, den er über die Baumwurzeln gelegt hatte. Sie stauten sich davor, tanzten auf der Strömung, und spreizbeinig trat er über das Wasser, das leise gluk-kerte im Farn, kramte in seinen Taschen und zog ein Feuerzeug hervor. Es funktionierte erst nach einigem Schlackern. Dann öffnete er die Plastiktüte an seinem Gürtel und zündete nach und nach alle Teekerzen an, die er in der Küche gefunden hatte, ein Dutzend oder mehr, gab in jedes Schiffchen ein Licht und trat zur Seite. Schwenkte die Sperre, den Ast, behutsam weg.

Über den schmalen Pfad ging DeLoo ein Stück weit am Ufer entlang und sah immer wieder zurück. Zartes Blitzen zwischen dem Schilf jenseits der umgesunkenen Birken, ein zitternd vorangleitender Schein, und nach einigem Trudeln und Wackeln kamen sie auf den See hinaus, die schwimmenden Lichter. Stark war die Strömung, manche drehten sich um sich selbst, und nach dem einen oder anderen schnappten Fische, woraufhin

sie zwar eine leichte Schlagseite bekamen, doch hurtig weiterfuhren auf ihren Schatten. Nur einmal blieb eines hängen im Schilf und steckte eine Pflanze in Brand, ein trockenes Rohr, das in einer Stichflamme verkohlte und knisternd zwischen die grünen sank. Ein Entenpaar flatterte davon.
Er stellte sich auf den Steg. Je weiter sie auf den See trieben, desto langsamer wurden die Schiffe, wie lange Saiten zogen sich die Spiegelbilder der Flämmchen über den dunklen Grund, ein Hauch von Wind strich darüber hin, und in der Stille, die selbst wie ein Gleiten war, fiel ihm jenes polnische Lied wieder ein, das Lucilla ihm einmal übersetzt hatte. »Halte durch, guter Baum! Halte durch. Es sind nur noch hundert Jahre.«
Lange blickte er ihnen nach, begann zu frösteln, zog den Reißverschluß seines Pullovers hoch. Er verschränkte die Arme vor der Brust, schloß einmal kurz die Augen, und dann waren sie plötzlich verschwunden, erloschen oder untergegangen, der See schien wieder zu schweben vor Reglosigkeit, und unter den Ulmen am anderen Ufer stand die Silhouette eines Graureihers; er konnte die kurzen, aufgestellten Federn am Hinterkopf erkennen.
Die Hunde kläfften lauter. Als er zum Haus kam, waren Tycu, Marek und Lucilla immer noch nicht zurück. Er stellte das Geschirr zusammen, die Gläser, wischte den Tisch ab und ging in sein Zimmer, legte sich in Kleidern aufs Bett. Doch schlief er nicht; er wartete bei geöffneter Tür. Einmal kam der alte Jakub vorbei, blickte in den Raum, flüsterte etwas und war, kaum hatte DeLoo die Lampe angeknipst, schon wieder fort. Gegen Mor-

gen trottete seine Ziege über den Hof, zog die Kette mit dem Pflock nach, anschließend eine Igel-Familie, und als es hell wurde jenseits des Sees, packte er seine Tasche. Er hängte sich ein paar Sachen über den Arm und ging, die Stoffschuhe in der Hand, barfuß durch das Gras zum Wagen. Das Tor stand offen, Kinderspielzeug lag auf der Straße, ein buntes Buch, und noch krähte kein Hahn. Zusammengerollt schlief die Katze auf dem schartigen Klotz, und DeLoo wendete sich ab, wich einen Schritt zur Seite. Er war in etwas Weiches getreten. Kühl und weich und leicht verrutschend unter dem Fuß. Eine Handvoll abgeschnittener Haare.

Der junge Vogel, schon recht groß, beinahe flügge, blickte zu ihm auf aus seinem Nest und gab keinen Laut von sich. Die Sonne stand tief, ließ die Zweige noch einmal glänzen und durchglühte die oft schon welken, hier und da löchrigen Kastanienblätter, und womöglich hielt er die scharf vor dem Himmel sich abzeichnende Silhouette für einen Vogel seiner Art, der ihm Nahrung brachte, etwas Aas, das Küken einer Taube. Jedenfalls riß er den Schnabel auf, hielt ihm seinen Schlund hin, und der andere spreizte die Flügel und blickte sich kurz über die Schultern um, ehe er sich herabneigte, um ihm die Augen auszuhacken. Er machte es ohne Eile, mit jeweils zwei gezielten Hieben, und nun, während ihm das Blut aus den Höhlen rann und in dicken, rasch aufeinanderfolgenden Tropfen über das weiße Brustgefieder kollerte, begann das Junge wild zu flattern in dem Nest und schrie nach seinen Eltern. Der Habicht drückte ihm eine Kralle in den Rücken, hielt sich mit der anderen an den verkoteten Zweigen und Aststücken fest. Wind sträubte den braun und beige gestreiften Flaum an seinen Schenkeln, und keine der Elstern, die sich aus dem Park eingefunden hatten und das Geschehen von den umliegenden Häusern aus beobachteten, wagte auch nur in die Nähe des Baums zu fliegen. Schäckernd und schimpfend sprangen sie von First zu First, von Kamin zu Antenne, zwanzig oder mehr, wobei die langen Schwanzfedern zuckten, und wenn eine es doch einmal wagte, auf die Kastanie zuzufliegen, brauchte der Habicht, der nun mit beiden Krallen auf der kreischenden Beute stand, nur den Kopf zu heben und sie aus seinen gelben Augen anzustarren – schon drehte die Elster wieder ab und gesellte sich zu den anderen auf den Dächern oder dem Sims des Gasometers.

Nur die Elternvögel hatten es schließlich über sich gebracht, in den Baum zu fliegen, tief unter das Nest, und hüpften vorsichtig höher, legten immer wieder spähend und lauschend die Köpfe schräg, riefen ihr Junges. Doch das war still geworden dort oben, wehrte sich auch nicht mehr, und sie krächzten leise, als erster weißer, an den Kielen rosiger Flaum und kurz darauf die schwarzgrün glänzenden Schwanz- und Flügelfedern an ihnen vorbei in die Tiefe schwebten.

Blut troff durch die Unterseite des Nestes, fiel hellrot durchs Licht, schwarz durch die Schatten, und die Alten, nachdem sie eine Weile die Schnäbel an den besudelten Ästen gerieben hatten, schossen plötzlich aus dem Laub, schwangen sich seltsam trudelnd, wie benommen vor Trauer und Wut, über das Nest und den

Habicht hinaus in den Himmel, um dann, vom lauten Geschäcker der anderen befeuert, den Greif im Sturzflug zu attackieren.
Doch der, bereits die Innereien aus dem jungen Vogel ziehend, senkte nur den Kopf und breitete die Flügel wie einen Schirm über das Nest, was eine der Elstern sofort wieder abdrehen ließ. Der anderen aber gelang es, dem Habicht einen Hieb zu versetzen, sie hatte etwas Flaum im Schnabel, und der Räuber ließ kurz ab von seiner Beute, von der nur noch die gelben, in die Höhe ragenden Krallen zu erkennen waren, und sprang dem Angreifer ein paar Äste weit nach, was schwerfällig aussah, müde fast. Er reckte den Hals vor, stieß einen erstaunlich hohen Schrei aus, und sein Blick, von einer waagerechten Braue überschattet, war wie aus Metall. Die umsitzenden Elstern flatterten auf und flogen davon, zur nahen Hasenheide.
Nur die Alten, ein paar Dächer weit entfernt, beobachteten weiter das Mahl des Habichts: wie er einhackte auf das Fleisch und es in langen Fäden von den Knochen ihres Jungen zog, wie er beim Schlucken den Kopf ins Genick bog, die Kehle reckte, oder wie er das eine oder andere Stück mit aufgerissenem Schnabel wieder hervorwürgte, um es noch einmal zu zerkleinern. Gut eine Stunde dauerte es, ehe er auf den Nestrand sprang, etwas Kot abspritzte und sich, nach kurzem Putzen der Brust, in die Tiefe fallen ließ, zwischen die Häuser, um nach wenigen Schlägen seiner dunklen Flügel – das Spiegelbild sprang durch die glänzenden Fenster – hoch im roten Himmel zu kreisen.
Fast sah es aus, als würden sie sich im Flug über-

schlagen, so hastig flatterten die Alten, das Gefieder gesträubt, zum Baum. Doch landeten sie in einigem Abstand und näherten sich nur langsam, Zweig um Zweig, ihrem Nest. Erst als der Habicht völlig außer Sicht war, hockten sie sich auf den Reisigrand, sprangen abwechselnd in die Mulde, pickten an den Knochen ihres Jungen herum und rieben die Schnäbel an seinem Schnabel, immer wieder, ohne Laut. Dann hackten sie plötzlich nach einander und flogen in verschiedene Richtungen davon.
Später – DeLoo hatte den Teppich zusammengerollt und zog die Plastiksäcke mit den Kleidern und dem Hausrat vom Balkon – landete noch einmal eine Krähe in dem Nest und versuchte, die Reste der jungen Elster herauszuheben, was mehrfach mißlang. Immer wieder sank der Schädel mit dem abgenagten, seltsam lang erscheinenden Hals zur Seite, brachte die Krähe um ihre Balance, und sie ließ los. Doch dann hatte sie den Punkt zwischen den oberen Rippenbogen gefunden, sprang vom Nest und flog mit dem blutigen Skelett im Schnabel davon.
DeLoo zog die Tür zu, schloß sie aber nicht ab. Langsam ging er die Treppe hinunter. Frau Andersen wartete bereits vor dem Atelier. Trotz der hinkelnden, hitzig streitenden Kinder in der Zufahrt war sie eingenickt. Sie hatte sich frisieren lassen, trug ein blaues Samtkleid und ein sehr licht gestricktes Schultertuch aus orangefarbener Angorawolle, und er stieß sie mit dem Handrücken an, hielt ihr den Schlüssel hin. Die Finger im Schoß verschränkt, blickte sie zu ihm auf. Die unteren Lidränder waren gerötet.

»Sind Sie sicher, daß Sie es so wollen?«
DeLoo nickte, und sie nahm den Bund und steckte ihn in ihre kleine, an den Kanten abgewetzte Krokotasche. »Naja gut. Dann soll er die Wohnung halt vermieten. Ist ja auch nicht verkehrt.« Sie strich das Kleid zurecht, unterdrückte ein Gähnen. »Wollen wir?«
Er stellte sich hinter sie, zupfte ihr eine verwelkte Ginsterblüte aus dem Haar. Dann löste er die Bremse, packte die Holme und schob den Rollstuhl auf den Bürgersteig, wo sie sich noch einmal umblickte. Seufzend musterte sie die graue, von Wind und Wetter zerstörte, teilweise bis auf die Ziegel abgebröckelte Fassade des Hauses.
»Du liebe Güte ... Dabei war das mal so ein Schmuckstück, Simon. Hier haben kaiserliche Offiziere gewohnt. Wenn Soldaten zu ihren Schießübungen in die Hasenheide marschiert sind, haben sie hinaufsalutiert zu den Balkonen. Und jetzt muß man froh sein, wenn einem der Putz nicht auf den Dez fällt. Ich mach drei Kreuze, wenn ich die Sorge los bin. Wissen Sie, was mein Vater immer sagte?«
»Haben Sie denn jetzt schon verkauft?« fragte DeLoo, während er sie langsam durch die stille Straße schob, und die Frau nickte nachdenklich. Sie zerrte ein helles Bernstein-Armband unter der Manschette hervor.
»Ganz so schnell geht das nicht, wissen Sie. All die Formalitäten. Die Rechtsanwälte arbeiten noch an den Verträgen. Ich muß mich ja absichern. Von wegen Rentenbasis! Wer sagt mir denn, daß das Geld auch regelmäßig reinkommt. Und ich als alte Frau ...«

Er blieb stehen. Ein Kellner kam mit einem Tablett voller rubinfarbener Windlichter aus den »Zwei Monden«, stellte sie auf die Terrassentische. »Moment jetzt«, sagte DeLoo. »Sie haben das Haus auf *Rentenbasis* verkauft?«
»Ja«, sagte die Frau und betrachtete ihre knotigen Finger, den Daumen, kratzte etwas Farbe ab. »Na und?«
»Aber Frau Andersen! Sie sind über achtzig!«
»Das weiß ich wohl.« Sie drehte den Kopf, lächelte zu ihm hoch. »Und ich werde mindestens hundert, hat Herr Rosse gesagt.«
DeLoo schob sie weiter. Warmer Wind fuhr durch die Kastanie, ein welkes Blatt und ein paar Flaumfedern schwebten auf die Tischtücher herab, und die Malerin schüttelte den Kopf. »Er muß natürlich einen Sockelbetrag zahlen. Das muß er. Und nicht zu knapp, sag ich Ihnen. Sonst wäre es ja … Also, juristisch nicht anzufechten, das nicht. Ein Neffe hat es versucht. Aber moralisch doch verwerflich. Und der Betrag berechnet sich prozentual vom Gesamtwert der Immobilie, so die Anwälte. Das ist vielleicht ein Batzen!«
»Und den kann er aufbringen?« fragte DeLoo. »Als Kunsthistoriker?«
Die Frau antwortete nicht, jedenfalls nicht darauf. Sie wies über die Straße. »Mein Gott, Simon … Früher, wenn wir mal hier raufkamen vom Tauentzien, wenn ich mit meiner Mutter im Erker der Beletage stand, war da nichts und niemand zu sehen. Nur Pflaster. Katzenköpfe. Und einmal, ich erinnere mich genau, hab ich gerufen: Oh Mama, schau! Da hat *noch* jemand in der

Straße ein Auto! Auch zehn Jahre später waren es nur drei oder vier. Und jetzt? Sieht man die andere Seite nicht mehr vor Blech. Wie kommen wir bloß da rüber?«

Aus einer abgesenkten Einfahrt heraus schob DeLoo sie auf die Straße, wartete zwischen parkenden Motorrädern auf eine Lücke im Verkehr und beugte sich hinab. »Noch einmal«, sagte er. »Woher nimmt Herr Rosse denn das viele Geld für den Sockelbetrag? Ist er so reich?«

Vorsichtig betastete sie das Haar an ihrem Hinterkopf. »Ach wo. Er ist doch mein Galerist ...« Sie zupfte an dem Perlennetz. »Sagen Sie, haben die mir so 'ne Halleluja-Zwiebel verpaßt?«

»Nein, nein, das sieht gut aus. Was heißt das: Er ist Ihr Galerist?«

Sie lächelte mit einem Mundwinkel. »Nun ja, was soll das heißen. Er hat die Rechte an meinem Gesamtwerk. Laut Vertrag stehen ihm also sechzig Prozent vom Erlös der Bilder zu, das ist üblich. Und Sie haben ja selbst gesehen, wie viele das sind. Tausende. Die ganze Schusterwerkstatt ist voll, von den Aquarellen im Keller gar nicht zu reden. Und das hat er alles sachkundig geschätzt; er ist ja vom Fach. Es gibt notariell beglaubigte Listen. Dieses feuerfarbene Triptychon, erinnern Sie sich? Allein dafür will ihm jemand achtzigtausend zahlen, hat er gesagt. Wenn Sie das also mal hochrechnen ... Naja, darauf verzichtet er eben, und wenn ich einmal nicht mehr sein sollte, wird der Erlös der Bilder in eine Stiftung einbezahlt. Kurz und gut: Der Sockelbetrag ist fast schon abgegolten. Und dann krieg ich noch jeden Monat eine schöne Rente, hab kostenfreies Wohnrecht auf Lebenszeit ... Was will man mehr?«

Die Bremslichter der vorüberfahrenden Wagen flackerten im Chrom der Motorräder. Einen Holm in der Faust, war DeLoo neben den Rollstuhl getreten und reckte den Hals, um in die Kurve der Körtestraße zu sehen. Die Frau hob den Kopf. Groß die Augen, unruhig der Blick. Sie zog sich das Tuch fester um die Schultern und sagte leiser: »Oder glauben Sie, meine Bilder sind nicht so viel wert?«

DeLoo antwortete nicht gleich. Ein Busfahrer stoppte, und er schob sie über die Straße, drehte den Rollstuhl vor der Bordsteinkante, zog ihn vorsichtig hinauf. »Natürlich sind sie das«, sagte er und bog um den Zeitungskiosk, der gerade geschlossen wurde. Grüne Rollos rasselten herab, und er wies auf die Menschen, die vor dem Nachbarschaftsheim in der Urbanstraße standen, dem Ort der Ausstellung. »Da warten ja schon Fans. Dabei gehts doch erst in einer halben Stunde los. Sind Sie nervös?«

»Ich? Wieso? Sollte ich nervös sein?«

»Na, ist das nicht die erste Vernissage in Ihrem Leben?«

»Ach Gott ... Mir gings immer nur ums Malen, nicht ums Zeigen. Deswegen finden Sie auch keine Signatur bei mir. Höchstens auf der Rückseite. Am Zeigen ist schon was falsch, fragen Sie mich nicht. – Gibts da überhaupt 'ne Rampe?«

Auf den halbrunden Stufen der Außentreppe, auf Sitzkissen aus Thermopren, saßen mehrere Frauen mittleren Alters, dicke Blöcke auf den Knien, und skizzierten eine Birke auf dem Mittelstreifen. Die eine oder andere kniff ein Auge zu, nahm Maß mit dem Bleistift und übertrug es, die Zunge zwischen den Lippen, auf das weiche Papier. Als DeLoo den Rollstuhl an ihnen vorüberschob, steckten sie tuschelnd die Köpfe zusammen. Nirgendwo ein Plakat. Die Tür noch verschlossen.

Ein leicht ansteigender Kiesweg führte um das Haus herum, in den Garten, der von einer riesigen Blutbuche überschattet wurde; kein Halm wuchs darunter. Ein Tisch voller Snacks und Getränke stand auf der Terrasse, und DeLoo schob die Frau durch die offene Glastür in den Ausstellungsraum, der hell erleuchtet war von den Scheinwerfern eines Fernsehteams; ein lokaler Sender.

Silbern das Licht, das von den Reflektoren in die Kaminecke der ehemaligen Fabrikantenvilla gelenkt wurde, auf einen Strauß weißer Callas, und Rosse winkte ihnen zu. Eine Frau, die Hand mit der Zigarette auf dem Rücken, puderte ihm Stirn und Nase, und ein Techniker setzte sich Kopfhörer auf. Dann wurde noch ein Scheinwerfer angestellt, und Rosse, der einen cremefarbenen Anzug trug, legte einen Ellbogen auf den Marmorsims, verschränkte die Finger vor der Brust und sprach in die Kamera.

Langsam schob DeLoo die Frau über das Parkett; einige Bilder lehnten noch an der Wand, am Paneel, und kopfschüttelnd blickte sie sich um. »Jesus, Maria. Was man alles zusammenpinselt im Leben ...«

»Ruhe bitte!« zischte ein Assistent, und erschrocken

hielt sie sich eine Hand vor den Mund. Die stuckverzierten Decken waren hoch, und Rosse hatte die Arbeiten chronologisch geordnet. Es gab Gemälde und Linolschnitte aus den expressionistischen Anfängen, Kohlezeichnungen voller Trümmer und ausgemergelter Kindergesichter, abstrakte Kompositionen auf Aquarellpapier und schließlich die monochromen Arbeiten der letzten Jahrzehnte, insgesamt drei Räume voll, jeder für sich nicht klein; trotzdem hingen die Bilder in zwei und sogar drei Reihen übereinander, was einen monumentalen Eindruck machte.

Das eine oder andere bewegte sich leicht in der Zugluft, und DeLoo drehte den Rollstuhl, damit die Malerin die Zimmerflucht durchblicken konnte. »Und?« fragte er. »Zufrieden?«

Doch sie antwortete nicht. Sie schüttelte kaum merklich den Kopf, bewegte die Lippen, zog das Tuch unterm Kinn zusammen. Und erst als er sich herabbeugte, flüsterte sie nah an seinem Ohr: »Ach Mensch! All das alte Zeug.«

Er schwieg. Die Scheinwerfer im Kaminzimmer erloschen, der Kameramann drehte den Schoner auf das Objektiv, und Rosse gab sein Mikrophon ab und kam auf sie zu, strahlend. Seine Schuhe, geflochtenes Leder, knarrten leise, und er breitete die Arme aus und rief: »Da ist ja unser Star des Abends!«

Er griff nach ihren Händen, küßte ihr die Wange. Am weißen Hemdkragen ein fleischfarbener Rand. Die Malerin nickte. »Schöne Räume. Wirklich schön. Hab ich gar nicht gewußt, daß es sowas gibt in unserer Nähe. Und wieviel Arbeit du dir gemacht hast!«

»Arbeit? Das war reine Freude, Lia. Es gefällt dir also? Die Hängung, meine ich, die Komposition?«

»Doch, ja.« Sie zupfte an einem Ohrläppchen, schaute umher. »Ein bißchen viel vielleicht? Etwas eng aufeinander alles?«

Doch er wölbte die Brauen, winkte mit erhobenem Zeigefinger ab. Auch auf dem Handrücken Puder. »Oh nein, das siehst du falsch, meine Liebe. Das können deine Bilder durchaus vertragen. Sie brauchen keinen Raum, sie *sind* der Raum, verstehst du. Und dann handelt es sich hier um eine Werkschau; die Leute sollen sehen, was sie alles kaufen können.«

Er zwinkerte DeLoo zu. Die Malerin schloß kurz die Lider. Zittriger Atem. Blässe. »Na gut, wenn ihr meint.« Sie griff nach seinem Handgelenk, sah auf die Uhr. »Ich bin so müde, Sven ... Ob ich mich wohl ein bißchen ausruhen könnte?«

Rosse runzelte die Stirn, blickte sich um. »Tja ... Das ist schlecht. Es kommen ja wohl Presseleute, weißt du. Die wollen sicher mit dir reden. Auch der Kulturdezernent ... Er braucht ein paar Daten für seine Einführung. Und außerdem hat sich ein Kunstkurs der Volkshochschule ...«

»Nur eine Viertelstunde!« beharrte die Frau, und DeLoo ging in den mittleren Raum, wo ein Mann auf einer Trittleiter stand und kleine Birnen in die Strahler drehte. Dem Schild auf dem Kittel zufolge war er der Hausmeister, und er kam herunter und nickte.

»Büro is voll, wa. Da steht dit Verpackungszeug und allet. Ick komm ja nich ma an meine Stullen. Vielleicht vorne, neben der Garderobe?«

»Aber wirklich nur eine Viertelstunde! Dann fängts hier nämlich an«, sagte Rosse, und DeLoo löste die Radblockierung und schob den Stuhl in den Flur. Die beiden Toilettentüren standen offen, davor ein Aldi-Einkaufswagen voller Lappen, Flaschen, Eimer. Eine Putzfrau wischte die Fliesen, es roch nach Domestos, und er manövrierte den Stuhl in den spitzwinkligen Raum unter der breiten Treppe, die ins Obergeschoß führte. Hier, zwischen Kartons voller Pappteller und Plastikbesteck, blickte die Malerin noch einmal zu ihm auf, und er verstellte die Rückenlehne, damit sie es bequemer hatte.

»Was meinen Sie, Simon?« Sie flüsterte, und trotzdem gab es einen Hauch von Hall unter der Rigipsverkleidung. »Wozu das alles? Was ist das wert?«

Er strich der Frau über die Schulter. Zart, fast transparent die Schläfen, wie bei einem Kind, feucht die Augen, und sie starrte die Wand an und pulte einen kleinen Span aus der Rauhfasertapete, drückte ihn wieder zurück. »Das ganze Leben«, sagte er leise, und dann nickte sie auch schon ein.

Als er ins Kaminzimmer kam, blätterte Rosse in einer Liste, sah nicht auf. »Ist sie nicht wunderbar?« murmelte er und hakte irgend etwas ab. Doch DeLoo antwortete nicht, ging an ihm vorbei zur Terrassentür, zog sie auf, und nun hob der andere den Kopf.

»Übrigens ...« Sein Lächeln verschwand, und er preßte sich den Kuli, den Druckknopf, unters Kinn. »Ich kann den Mietvertrag für Ihre Hinterhofwohnung nicht finden; vermutlich hat unsere gute Lia ihn verschlampt. Wie das so ist mit den Künstlern ... Vielleicht reichen Sie mir bei Gelegenheit eine Kopie herunter.«

Kein Fragezeichen, und DeLoo trat über die Schwelle hinaus und nickte. Das Fernsehteam hatte sich auf die Gartenmöbel unter der Buche verteilt; man rauchte, las Zeitungen, telefonierte, und er setzte sich auf einen Stuhl neben dem Getränketisch, beugte sich hinab und knipste den kleinen Monitor an, der zwischen Kabelrollen und Scheinwerfern stand. »Es gibt keinen Mietvertrag«, sagte er.

Der andere, erneut mit seiner Liste beschäftigt, sog die Wangen etwas ein und blickte auf. »Ach so? Hm. Das überrascht mich jetzt aber. Hätte ich nicht gedacht. Haben Sie einfach so auf Treu und Glauben … Ich meine, gab es da nicht das Bedürfnis nach Sicherheit, Rechtssicherheit und so weiter? Auf beiden Seiten?«

DeLoo schüttelte kurz den Kopf, drehte an den Kontrasten. Nach einem kurzen Testbildgeflacker und einer Kamerafahrt durch die eben gesehenen Räume: wieder Rosse, und er blickte ihm in die blauen, erstaunlich kamerasicheren Augen und antwortete, als spräche er zu dem leibhaftigen: »Ich glaube an das gute Gesicht.«

Der im Fernsehen legte den Ellbogen auf den Kaminsims, verschränkte die Hände vor der Brust. »Diese Bilder sind Fenster«, sagte er und machte eine Pause, schien zu überlegen. »Große, blank geputzte Fenster, durch die wir endlich jenes ganz und gar immaterielle Licht sehen können, von dem uns die alten Mystiker erzählen, und die uns einen Blick in die eigene Seele ermöglichen: Wie schön, wie rein, ja göttlich sie sein könnte, wären wir endlich frei von Niedertracht, Berechnung und Gier. Leben ist leicht. Sterben ist leicht. Das Schwere ist nur die Angst vor dem Leben, die Angst vor dem Tod – und die kann uns diese Kunst, für Augenblicke, nehmen.«

Fünftes Kapitel

Reif

Erste Schneeflocken trieben über den Asphalt, wirbelten durch das Licht der Laternen auf dem Mittelstreifen und schmolzen an den Fenstern, durch die man die Kreuzung sah, den vernagelten Brunnen. Ein Wagen mit eingedrückter Karosserie stand davor, die Frontscheibe sternförmig gesplittert. Der Abfall unter dem orangeroten Korb, der an einem Ampelmast hing und dessen Klappe pendelte im Wind, war weiß überstäubt. An den Bäumen und Sträuchern hingen kaum noch Blätter; vor der Rufsäule auf der anderen Seite des Parks stand ein einzelnes Taxi. Dahinter der alte Trakt des Urban-Krankenhauses, niedrige Gebäude, gelb verklinkert, in denen Lager, Labors und Sektionsräume untergebracht waren. Über den Fenstern der Kapelle, jetzt psychiatrische Ambulanz, stand in violetter Ziegelschrift *Was wir säen verweslich, wird auferstehen unverweslich* – zu lesen in der Dunkelheit nur, weil die Buchstaben weiß waren vor Taubenkot. Laub und Papierreste wehten über die Straße, und eine aufgeblähte Plastiktüte knallte unter den Reifen eines Wagens, der langsam über die Kreuzung zum Hermannplatz fuhr. Die Ampel ohne Licht.

Wenige Gäste saßen in dem Lokal, die Vitrine war leer, und der Döner-Grill, an dem ein dünner Fleischzapfen hing, bereits ausgestellt; nur ein Heizlüfter lief, und Hannelore hatte sich eine Wolljacke über den Kittel gezogen. Die Arme vor der Brust verschränkt, starrte sie auf eine Illustrierte, die vor ihr auf der Spüle lag, und achtete nicht auf das Fluchen ihres Chefs. Der stand vor dem Ölofen, krempelte die Ärmel hoch und kratzte sich den Nacken.

»Immer säuft mir ab diese Mühle. Jede Woche. Hab ich gekauft in türkische Großhandel, hier: Üzmir. Siehst du? Berühmte Firma. Sowas teuer! Aber deutsche Öl geht nicht, ist zu dünn, oder wat. Fließt durch die Ventil, macht Brenner naß, und alles kaputt! Echt Scheise. Kannst du mal rücken ein Stück?«

Der Gast, der an dem kleinen Tisch neben dem Ofen saß, verschob seinen Stuhl, und der Wirt langte in einen Plastiksack und stopfte mehrere Rollen Klopapier in den Ofen, starrte eine Weile in das Loch. »Diese Land ist mir einfach zu kalt«, murmelte er. »Mußt du schubbern ganzes Sommer, damit du heizen kannst im Winter, und Mantel kaufen, und langes Unterhose. Und kaum machst du Pause, sitzt irgendwo hin, hast du Prostata.«

Wieder langte er in den Ofen, zog die vollgesogenen, vor Heizöl triefenden Papierrollen hervor und warf sie in einen Eimer, daß es spritzte. Dann stopfte er ein halbes Dutzend neue in das Loch. »Jaha!« sagte er. »Was glaubt ihr? Osman ist doof? Mußt du nur Trick siebzehn wissen. Gleich wird schön warm. Hannelore? Was tust du? Komm mal wischen hier den Mist. Oder muß ich alles allein machen?«

Die Frau, die gerade drei Schultheiss geöffnet hatte, blickte nicht einmal auf. Mit der Linken packte sie die Flaschen so, daß sie die Hälse zwischen den Fingern halten konnte, mit der Rechten balancierte sie ein kleines ovales Tablett, auf dem gewöhnlich Kaffee serviert wurde. Drei Schnäpse standen darauf, und sie kam um den Tresen herum und ging ohne ein Wort an dem Türken vorbei. Der nickte. »War ja nur Frage. Tschuldige, daß ich überhaupt gemacht hab Mund auf. Verzeihung, daß ich bin dein Chef. Tut mir echt leid.« Er zwinkerte dem Gast zu, beugte sich wieder über das Loch.

»Mir ooch«, murmelte Hannelore und stellte die Getränke auf den Tisch am Fenster, an dem zwei Handwerker in weißen Monturen saßen und zusahen, wie Klaputzsek die Resultate ihres Spiels aufschrieb. Seltsam kleine, rosig schimmernde Würfel lagen zwischen den Gläsern, und er schüttelte den Kopf, preßte die Lippen zusammen und machte einen Strich. Über den Blockrand hinaus.

»Gebongt, meine Freunde. Diese Runde zahl ausnahmsweise mal ich.«

Er trug Schweinsleder-Boots und eine dick wattierte Nylonjacke. Über ihm, an einem Fenstergriff, hing eine Mütze mit Ohrenklappen, und einer der Männer hielt den Becher an die Tischkante und wischte die Würfel hinein. »Na, Gott sein Dank«, sagte er. »Ich dachte schon, dein Glück nimmt gar kein Ende.«

Er war um die Fünfzig, dick, und trug eine Kappe aus Papier. »Tuts auch nicht«, sagte Klaputzsek. »Wenns mal schiefgeht, zahlst du vielleicht 'ne Weile drauf. Aber am Ende kommt doch wieder sowas wie Glück raus. Naja, oder Zufriedenheit.«

Der andere Handwerker war jünger; ein hagerer Mann in grau verstaubtem Pullover und Latzhose, dessen spitz vorstehender Adamsapfel voller Rasierschnitte war. Zusammengesunken trank er sein Bier in kleinen Schlucken und achtete nicht auf Hannelore, die neben ihm stand und auf die leere Flasche wartete. Die anderen stießen mit den vollen an.

»Ich kenn doch diese West-Baustoffe nicht«, murmelte er und strich ein paar Brotkrumen auf dem Tisch zusammen. »Das ist Neuland, oder? Ich frag den noch: Sagen Sie mal, ist da Kalk drin? Da darf nämlich kein Kalk drin sein, nicht wahr. Bei diesen Fertigmischungen weiß man nie ... Und wir lesen beide, was draufsteht auf dem Sack: Standard-Mörtel für innen und außen, zum Mauern, Putzen und Verfugen. Von Kalk kein Wort. – Also rühren Sie die Pampe an und legen Sie los: Er. Und ich: Aber wenn da Kalk drin ist, geht das auf Ihr Konto. Da nickt er und schwirrt ab.«

Er gab Hannelore die Flasche, nahm das Schnapsglas vom Tablett. »Also ziehe ich das alles hoch, Brüstungen, Pfeiler, Rundbogen, zack. Der hat eine Dachterrasse, sag ich euch ... Da paßt meine ganze Wohnung drauf. Guckt über halb Berlin. Naja. Und paar Tage später verfuge ich alles, erste Sahne, und er ist richtig happy und schenkt mir noch 'n Trinkgeld dazu. Gelernt ist gelernt. Aber dann ... Heiliger Strohsack.«

Er kippte den Knobelbecher, stauchte ihn etwas zusammen, und Klaputzsek reckte den Hals, schrieb die Zahlen auf. »Dann regnet es natürlich. Warum auch nicht. Irgendwann muß es schließlich mal regnen. Und am nächsten Tag ruft er mich an und zetert und flucht und nennt mich sogar Versager und so. Unfähiges Arschloch. Da leg ich natürlich auf. Sowas muß sich keiner bieten lassen. Ich weiß, was ich kann. Aber dann bin ich doch mal hin ... Du meine Güte! Alles kaputt. Überall auf den roten Klinkern diese weißen Pißränder, und ich sage: Hab ich Sie nicht gewarnt? War also doch Kalk in den Säcken. Und damit können Sie nicht klinkern, nicht diese Steine. Kalk blüht aus, und dann haben Sie eben solche Muster, und zwar fürs Leben. Die kriegen Sie nicht mehr weg.«

Er trank seinen Schnaps, leckte sich die Lippen. »Da macht er Augen und fragt: Auch nicht mit Salzsäure? Und ich: Auch damit nicht. – Und nun wars aus. Der *fing* vielleicht an zu schäumen. Will mich verklagen und alles. Schadensersatz.«

Er zog eine Zigarette aus der Schachtel, die der andere ihm hinhielt, und starrte eine Weile in das Flämmchen des Feuerzeugs, ehe er sie ansteckte. Mörtelspritzer auf seinem Handrücken; in den Wimpern feiner Staub. »Ich kenn doch diese verdammten Baustoffe nicht. Woher?!« Er schüttelte den Kopf, blickte seinen Kollegen an. »Bei uns gabs die Probleme nicht, oder? Da wurde gemauert wie im Lehrbuch: Eine Schippe Zement, drei Schippen Sand, vielleicht ein Tropfen Mischöl, fertig. Aber hier ... Das ist ja wie beim Apotheker mit all dem Spezialzeugs. Dabei bauen sie auch nicht besser. Es staubt nur mehr, wenn sie's wieder abreißen.« Erneut kippte er den Becher. »Meint ihr, der kann mich verklagen? Ich hab doch jetzt schon alles ausgegeben. Und mein Kleener wird schlucken, wenn ich ihm den Computer wieder ... Was kostet denn sowas?«

Klaputzsek zählte seine Augen. »Bist du krank? Einen Teufel wird er tun. Du hast doch schwarz bei ihm gearbeitet, oder?«

Der andere legte den Kopf in den Nacken, blies den Rauch zur Lampe hoch. »Naja, sagen wir mal, dunkelgrau.«
»Also bitte. Wieso sollte er dich dann anzeigen. Es sei denn, er weiß nicht, wohin mit dem Geld. Es ist nämlich verdammt teuer, Leute illegal zu beschäftigen.«
Der Maurer, die Bierflasche bereits am Mund, setzte sie noch mal ab; sein dicker Kollege schlug Klaputzsek auf die Schulter. »Verdammich, Mann. Du bist schon 'n richtiger Westfuchs, wa? Wenn ich mal *deine* Villa bau, werd ich dir Crème fraîche in'n Rauhputz rühren.«
Klaputzsek nickte, stürzte den Becher. »Aber vorher zahlst du die nächste Runde, mein Gutster. Hast nämlich schon wieder verloren.«
Der Türke klatschte in die Hände, pfiff durch die Zähne. Feuerschein vergoldete das Gesicht mit dem dicken Schnäuzer, ließ die Glatze glänzen, und er nahm einen Haken und schob den Deckel über das Loch. »Gleich wird warm«, sagte er und stieß den Gast an, der offenbar eingedöst war. Er blickte aus geröteten Augen zu ihm auf, fuhr sich über den Bart. »Kannst du wieder rücken ran. Jetzt machen wir gemütlich. Noch Kaffee?«
Der Mann nickte, und als der Chef nach seiner Tasse griff, fiel der Löffel herunter, und ein Knurren wurde laut unter dem Tisch. Er trat zurück, bückte sich, stemmte die Fäuste an die Hüften. »Na, was willst du, Bestie? Meinst du, ich hab Angst. Kann ich auch anders. Guck dir diese Schuhe an. Guck sie dir an! Das ist Kampfhundleder. Echt.« Er drehte sich um, ging zum Tresen. »Hannelore! Kaffee!«

Der dicke Maurer schüttelte den Kopf. »Das mit der Dachterrasse war doch nur der Gipfel, das I-Tüpfelchen sozusagen. Der war einfach fertig mit den Nerven, kann man doch verstehen.« Er sah in den Lederbecher, kippte sich den Inhalt in die Hand. »Sag mal, Alter, kleine Zwischenfrage: Was sind denn das für Dinger, mit denen ich hier dauernd verlier? Hast du die selbst gebastelt?«

Klaputzsek nickte. »Aus Lachsbein, Junge. Im Schraubstock geschliffen.«

»Ich glaubs fast ... Seit du mit dieser Heringsbraut zusammen bist, ist bei dir alles aus Fisch, oder? Was hast'n für'n Kamm in der Tasche? 'ne alte Gräte?«

Der andere grinste verlegen. »Also, was war jetzt mit dem Dach?«

»Zwölf. Schreibs hin. – Mit welchem Dach? Ach so, das war in 'nem andern Haus von dem. Schon 'ne Weile her, da hast du noch in der Küche geschubbert. Die kriegen doch Knete vom Senat, wenn sie die Dächer ausbauen. Also machen sie schnell, Hauptstadt, Hauptstadt! Und dann kommt nur Pfusch bei rum.«

»Aber das hier war'n Spezialfall«, sagte sein Kollege, und der Dicke grinste.

»Sehr spezial, kannst du glauben. Der reißt also das olle Dach ab, Vorderhaus, Hinterhäuser, Seitenflügel, alles. Da kam was zum Vorschein, mein Lieber. Jahrzehntelang haben da nämlich Tauben genistet; das ganze Gebälk, der Boden, Zwischenboden – alles voller Scheiße und Kadaver, meterdick. Und plötzlich scheint die Sonne drauf, die ganze brütende Sommerhitze, wochenlang. Da fängts an zu gären, nicht wahr.«

Sein Kollege drückte die Kippe aus. »Da war die Kacke am Dampfen.«

»Genau. Und das ganze Zecken-, Maden- und Milbenzeug, das so schön im Dämmer geschlafen hatte, wurde quietschfidel, kochte richtig auf sozusagen. Vermehrte sich wie blöde und suchte neue schattige Plätzchen. Kroch durch die Schornsteine, Rohre, Holzdecken, Risse und hatte im Nu das ganze Haus bis runter in den Keller besetzt. Und zwar nicht in Wochen oder Tagen, Klappu. Das ging rapp-zapp. Da saß einer vorm Fernseher, Hertha gegen München, trank ein Bier, aß eine Butterstulle und ließ es sich richtig gutgehen. Dann greift er nach der zweiten, beißt rein und denkt noch: Komisch, seit wann gibts bei uns Krabbenbrot? Und guckt sich das Teil mal näher an ... Tja. Oder einer wacht auf und denkt: Wieso ist meine Tapete gemustert? Und eine Mutter schaut in die Wiege, und das Kleine ...«

»Hör auf«, sagte Klaputzsek. »Mir wird komisch.«

»Aber es kommt noch doller. Gesundheitsamt, Ordnungsamt, Technisches Hilfswerk, Feuerwehr, alle standen mit Blaulicht vor der Tür, klar. Denn das ganze Haus, zig Mietparteien, wurde von heute auf morgen evakuiert. Und der Besitzer, der nur mal rasch das Dachgeschoß ausbauen und schön teuer vermieten wollte, mußte seinen Leuten Hotelzimmer und Ersatzwohnungen bezahlen. Und zwar nicht für ein, zwei Nächte! Jeder einzelne Raum, jede Besenkammer, jeder Kohlenkeller mußte ausgeräumt und luftdicht versiegelt werden. Dann wurde von einer Spezialfirma desinfiziert, satt mit chemischer Keule, und schließlich mußten die Zimmer geschlagene sechs Monate auslüften, bevor du darin wieder atmen konntest, ohne Krebs zu kriegen. Vom Wohnen ganz zu schweigen ... Tja. Das zerrt natürlich am Portemonnaie. Der kommt aus den Schulden nicht raus. Nie mehr.«

»Und es geht an die Nerven«, sagte der Hagere. »Da flippt man schon mal aus, wenn die Klinker einen Kalkrand haben.«

Der Dicke schmunzelte, rieb sich das Kinn. »Naja, wir waren aber auch gemein, oder? Okay, wir sind blöd, wir kommen von drüben. Wir kennen diese Spezialmörtel nicht, verwechseln schon mal Fliesenkleber mit Fugenspachtel und so weiter. Aber ich sag ja immer: Armut macht genial. Und als ich ihm erzählt hab, wie er sich die Unsummen hätte sparen können, da knickten ihm die gebügelten Beine doch 'n bißchen ein. Sogar der Schlips wurde blasser.«

Der andere hob einen Arm, schnippte mit den Fingern. Hannelore reckte das Kinn. Er ließ die Hand über dem Tisch kreisen, und sie nickte, nahm eine Flasche aus dem Regal. Klaputzsek zog den Reißverschluß seiner Jacke auf und musterte kurz den Gast in der Ecke. Den Kopf geneigt, die Arme vor der Brust verschränkt, schien er zu schlafen. Ein paar Brotkrumen hingen in seinem Bart. Außer einem Parka trug er alte Jeans, doch keine Socken. Zerkratzt die nackten Fesseln, die über den Turnschuhen zum Vorschein kamen, bläulich vor Kälte. Hinterm Ofen der Hund.

»Also hör zu«, sagte der Maurer, ihn am Ärmel zupfend. Der Rand seiner Papiermütze war feucht geworden, und er fuhr sich mit den Fingerrücken über die

Stirn. »Diese ganzen kleinen Glibber-Viecher, diese Milben, Maden, Zecken, was weiß ich, die sind ja nichts als Eiweiß, reines Protein. Fragen Sie meine Tochter, hab ich gesagt, die studiert Biologie. Eigentlich wären Maden also ganz nahrhaft, aber naja ... Geschmackssache. Kommt vielleicht noch. Jedenfalls hat Eiweiß eine interessante Eigenschaft, kann Ihnen jede Hausfrau bestätigen. Und zwar? Genau. Eiweiß stockt.«

Der Hagere grinste Klaputzsek an. »Da traten ihm schon mal die Augen raus. Da fing es an zu klingeln ...«

»Aber hallo.« Sein Kollege nahm das kleine Tablett, das Hannelore an den Tisch gebracht hatte, entgegen. Drei eisbeschlagene Schnapsgläser standen darauf, und er reichte ihr die leeren Bierflaschen. »Und was lernen wir daraus? Statt die Millionen oder wieviel für die Evakuierung der Mieter, ihre monatelange Unterbringung und die chemische Desinfektion zu bezahlen, hätten Sie sollen die Räume mal richtig überheizen, sag ich. Das kostet bißchen Propangas, mehr nicht. Fenster und Türen zu, paar Strahler drei Stunden lang auf höchster Stufe glühen lassen, daß die Wände knacken, und patsch: Die Viecher fallen wie trockene Popel von der Tapete und können rausgefegt werden. Jedenfalls haben wir das immer so gemacht ...«

Der andere blies die Backen auf, öffnete den Reißverschluß seines Pullovers. »Wollte er erst nicht glauben, der Schlaumeier. Aber dann hat er's selbst ausprobiert, in so'nem Schuppen, 'ner alten Werkstatt, wo die Biester noch wimmelten. Oder schon wieder. Und? Es funktionierte.«

»Natürlich«, sagte der Dicke und hob sein Glas. »Aber seitdem sind wir unten durch. Ostler eben. Zum Wohl, Genossen. Wieso müssen wir den Korn eigentlich trokken trinken? Wer ist dran mit Bier?«
Klaputzsek sah auf die Uhr, schüttelte den Kopf. »Für mich ist Sense. Ich muß zum Großmarkt, Leute. Und dann brauch ich unbedingt noch 'ne Mütze Schlaf. Bin morgen den ganzen Tag allein im Laden.«
»Heute«, sagte der Dürre, und Klaputzsek kippte den Lederbecher um, strich die Würfel von der Tischkante in die hohle Hand und steckte sie in die Jackentasche; dabei fielen ihm zwei zu Boden, hüpften über die Dielen davon.
Seufzend stand er auf, hob sein Glas. »Also, meine Freunde, auf euer Spezielles. Und denkt dran: Bananen machen glücklich, aber Fisch macht potent. Schaut mal wieder bei mir rein.«
»Was soll ich mit Potenz?« sagte der Dicke, und sie kippten die Schnäpse. »Da kriegt man doch nur 'n Ständer von, oder? Und meine Alte hängt ihren Klammersack dran.«
Der andere grinste, wischte sich mit dem Handrücken über den Mund. »Habter ooch Krabben?«
Klaputzsek fuhr herum. Das jähe Knacken, das ihn erschreckt hatte, kam aus dem Maul des Hundes, einer schwarzen Promenadenmischung mit zottigem Fell, das tief über seinen Augen hing; er war nicht groß, knapp kniehoch, leckte sich die Lefzen, und nachdem er ihn kurz beschnuppert hatte, verschwand auch der zweite Würfel zwischen seinen Zähnen und wurde zermalmt. Und schon verkroch er sich wieder hinter dem Ofen.

»Hat man Töne!« Klaputzsek nahm seine Mütze vom Fenstergriff. »Das Vieh hat meine Würfel gefressen!«

Der Besitzer schien davon nichts bemerkt zu haben. Die Hände seitlich unter den Oberschenkeln, den Kopf auf der Brust, ließ er ein leises Schnaufen hören, und Klaputzsek kratzte sich den Nacken. »Eine Sau-Arbeit. Was meint ihr, wie lange ich daran geschmirgelt hab ...« Er trat näher, stieß den Mann mit dem Handrücken an. »He!«

Der schreckte zusammen, blickte auf. Ein scheuer, fast kindlicher Blick aus alternden Augen. Die Lidränder waren entzündet, die Skleren trüb.

»Ihr Hund hat meine Würfel gefressen!«

Der Mann, vom Schlaf noch benommen, runzelte die Stirn, schien zu überlegen. Er atmete tief, ein leises Keuchen, und drehte sich nach dem Ofen um. »Er hat was?«

»Meine Würfel!«

Der Türke, der hinter dem Tresen Gemüse hackte, hob den Kopf. »Na komm, was machst du Theater. Mußt du halt knobeln mit Hund. Kräftig ihm schütteln und gucken in Augen, da stehts.«

Die Bauarbeiter grinsten, und der Mann rieb sich mit Daumen und Zeigefinger die Mundwinkel. Seine Nägel waren lang, die Ränder blauschwarz. Wieder blickte er sich um, schluckte, brachte aber nichts hervor. Zerzaust das Haar, plattgedrückt am Hinterkopf, hier und da Grind; die Wangenknochen wölbten sich über dem Ansatz des vollen Barts, in dem es vereinzelte Silberfäden gab, die Lippen waren rissig. »Oh, der?«

Schwach klang die Stimme, ohne Kontur, und er schaute auf den Hund. »Das ist nicht meiner. Der sitzt nur hier.«

Der dicke Maurer grunzte, beugte sich vor. Er hatte seine Papiermütze abgenommen und auf die Fensterbank gelegt. Ein kleiner Fetzen klebte an der feuchten Stirn. »Laß dich nicht verarschen von dem Penner. Ich seh den fast jeden Tag mit der Töle im Kiez.«

Klaputzsek nickte, trat noch näher, stemmte die Fäuste auf den Tisch, die Platte voller Glas- und Tassenränder. Er wirkte breit in der wattierten Jacke, und der Mann sah zu ihm auf, lehnte sich zurück. Sein fleckiger Parka roch säuerlich, und darunter trug er eine braune Tweedweste und ein kariertes, für die Jahreszeit zu weit aufgeknöpftes Hemd, ein bißchen schmutzstarr alles. Neben seiner Tasse lag ein Paar löchriger Wollhandschuhe. Darauf der Löffel. »Das ist doch nicht wahr«, sagte Klaputzsek und neigte den Kopf, blickte den Mann über den Brillenrand an.

Der lächelte matt, fast verlegen sah es aus, mußte jäh husten und preßte die Lippen zusammen, um das zu unterdrücken. Etwas Schleim sprang ihm aus der Nase, und er zog ein zerfranstes Papiertuch aus der Tasche, wobei seine Finger zitterten. Die Knöchel waren zerschrammt.

»Das stimmt nicht, oder?«

Langsam setzte sich Klaputzsek auf den freien Stuhl, nur auf die Kante. Mit einer Armbewegung schob er den Aschenbecher, die Handschuhe und die Tasse zur Wand und beugte sich vor. Die Hitze so nah am Ofen war groß; seine Brille beschlug.

»Kann das sein?« Er nahm sie ab, verzog das Gesicht. »Bist du das, Alter? Simon?«
Der andere räusperte sich, griff nach der Tasse, blickte hinein. Dann schwenkte er den Rest darin herum und stellte sie wieder weg. »Hallo, Klappu«, murmelte er. »Lange nicht gesehn.«

Kaum merklich, über Jahre, schleicht es sich ein. Man weiß nicht, was. Mit spitzen Fingern zieht man die Folie ab, vorsichtig, als zöge man ein Häutchen vom Licht. Man hat es geahnt. Die Haltung läßt nach, der Atem wird schlecht, die Stimme matt. Man sieht nicht mehr in den Spiegel, vergißt seinen Geburtstag, ruft nicht zurück. Die Haut wird stumpf, der Blick trüb, die Fußnägel wachsen ein, und plötzlich ist sie verschwunden, die sonst so helle Freude über das erste Birkengrün im Jahr, das Weiß des ersten Schnees ... Und dann, nach Unzeiten, kommt sie wieder. Am Morgen nach der Heilung. Am Abend vor dem Tod.
Hannelore ließ die Rollos runter, ihr Chef stellte Stühle hoch. Voll kalkiger Schuhabdrücke war der Boden, wo die Maurer gesessen hatten, und der Türke nahm die Papiermütze von der Fensterbank und knüllte sie zusammen, legte sie in die Aschenschale. Klaputzsek drehte sich um. Schütter das dunkelblonde Haar, die Schläfen grau. Die kahle Stelle an seinem Hinterkopf war leicht gebräunt.
»Aber einen Kurzen kriegen wir noch?«
Er blickte zwischen den Beinen der Stühle hindurch zur Tür. Das Glas war beschlagen, Kondenswassertropfen funkelten in den Farben der Ampel, die seit einer

Stunde wieder eingeschaltet war, und der Türke sagte: »Kriegst du auch zwei Lange. Aber deine Freund da trinkt nur Kaffee, oder?«
DeLoo winkte ab, und Klaputzsek zeigte auf den Hund, der das Döner-Fleisch, das Hannelore ihm mit dem Elektromesser zerkleinert hatte, von einer Zeitung fraß. »Und erinnerst du dich an diesen Köter von der Oma? Diesen Quadrat-Pudel? Wie hieß er noch?«
Der andere legte die Hand auf den Ofen. Er war wieder kalt. »Xanthos«, sagte er, und Klaputzsek grinste. Klein die Augen hinter den Gläsern der Kassenbrille; groß und klug, blickte er über ihren Rand. Der Ehering saß etwas zu eng.
»So ein fettes Ding. Dem hat sie noch auf dem Sterbebett nachgeweint. Und immer erzählt von dir, wie du die Wippe gebaut hast, dieses Brett, damit er morgens über die Schwelle kam. Erinnerst du dich? Sah doch zirkusreif aus, wenn der die Hühnerleiter Schritt für Schritt zur Mitte, zum Kippunkt hoch, und dann ...« Die Hand erhoben, knickte er sie ab im Gelenk. »... wie'n Klops auf Pfoten da runter. Toll.«
Der Türke langte ins Regal, zeigte ihnen eine Flasche. »Also, was jetzt? Machen wir durch? Hab ich hier Raki – eine Schluck, und du sprichst fließend Arabisch.«
DeLoo schüttelte den Kopf, zog den Reißverschluß seines Parkas hoch. »Für mich nicht, danke. Ich muß los.«
Klaputzsek, das Etikett studierend, fuhr herum. »Wieso das? Warum jetzt? Ich meine, wo willst du denn hin? In der Kälte? Ist doch Quatsch. – Ich hab 'ne Idee: Komm

mit zum Großmarkt. Da verladen wir den Fisch, und anschließend gehen wir zu mir, schön frühstücken. Meine Frau ist bei ihrer Schwester, in Köln.«
Der andere sagte nichts, schob seinen Stuhl zurück. Das Aufstehen machte ihm sichtlich Mühe. Am Ende eines tiefen Atemzugs war das Brodeln in den Bronchien zu hören. Er preßte die Lippen zusammen, schloß die Augen, und der unterdrückte Husten durchschüttelte ihn so, daß er die Hand mit dem zerknüllten Tuch nicht vor den Mund bekam. Das hagere Gesicht wurde rot, eine graue Röte. Schwanzwedelnd lief der Hund zur Tür, stupste die Nase gegen das Glas.
»Mein lieber Mann …«, murmelte Klaputzsek und ging an die Kasse, zückte sein Portemonnaie. Als Hannelore ihm das Wechselgeld über die Theke schob, machte er eine Kopfbewegung und zeigte auf DeLoos Tasse. Doch sie drehte sich um, trat an die Spüle, streifte sich die Ärmel hoch. Der Türke, die Flaschenöffnung noch am Mund, winkte ab.
Frischen Schnee begehend. Wind blies weiße Fähnchen von den Spitzen der Zweige, und der Hund verschwand im Gestrüpp. DeLoo schaute in den Himmel, klappte sich die Kapuze über den Kopf. Langsam ging er, vorsichtig, es sah ein wenig staksend aus; die Sohlen knarrten. Doch nach einigen Schritten blieb er stehen, betrachtete seine Finger. Klopfte die Taschen des Parkas ab.
»He, Simon!« rief Klaputzsek. »Wohin? Wenn du zur Manteuffel willst, mußt du hier lang.«
Er drehte sich um. Bärtiger im Brunnenschatten, lächelnder Blick. Seine Jeans war ausgefranst und voller

Flecken, die Turnschuhe hatten keine Schnürsenkel mehr. »Ach so, ja ...« Hauch vor den Lippen. Er stopfte die Hände in die Taschen und machte kehrt, ohne sich um den Hund zu kümmern. Der, immer wieder mit der Nase durch den Schnee pflügend, war schon am anderen Ende des kleinen Parks.

Klaputzsek streifte sich Fäustlinge über, Lammfell. »Bist du sicher, daß du nicht mitwillst? Es ist warm. Schön mollig. Könntest mal baden und so. Und ein paar dickere Klamotten hätte ich auch ... Du kommst doch jetzt gar nicht mehr rein. Die machen um elf die Schotten dicht, oder? Haben sie früher immer gemacht. Und jetzt ist es ...« Er klappte den Rand seines Handschuhs um. »Fast halb vier!«

DeLoo ging weiter. Ich kenne den Pförtner ein bißchen, mein Freund. Er wird sich erinnern. Er hat nur noch ein Auge, weißt du. Und wenn er es zukneift, schlüpfe ich im Dunkeln, wohin ich will.

»Warum sagst du denn nichts?«

Sie überquerten die Kreuzung und bogen in die schmale Straße, die zur Hasenheide führte. Hier war der Schnee fast wieder verweht, hatte keinen Halt gefunden auf den großen glatten, wie poliert glänzenden Pflastersteinen. Nur in den Fugen. Klaputzsek ging rückwärts vor ihm her.

»Aber du mußt mal zu uns kommen, hörst du. Meine Frau wird dir gefallen. So witzig. Wenn mir das einer vorher erzählt hätte ... Ich meine, als Junggeselle ging es mir ja nicht schlecht! Ich war ganz zufrieden, hatte meine Miezen. Aber jetzt: Du wachst auf, und da liegt jemand neben dir, warm und weich, und du weißt, das ist alles Liebe, nichts als Liebe ... Zum Durchdrehen, oder?«

DeLoo nickte kaum merklich, blieb stehen. Kniehohe Waschbetonkübel voll verdorrten Gestrüpps, zerschlitzte Säcke, aus denen Lumpen quollen, Kinderschuhe. Wind blähte seine Kapuze, schob sie ihm langsam vom Kopf. Hell die Stirn im Laternenschein, eingesunken die Schläfen, und er nahm eine Hand aus der Tasche, hob das Kinn. Der Bart stand ein wenig ab von dem sehnigen Hals.

Es war still in der Straße. Hinter den Scheibenwischern vieler Autos klemmte Pappe, und die Schatten der alten Bäume äderten das Trottoir. Hier und da eine gefrorene Pfütze, wie vergossenes Blei, und auch Klaputzsek sah hinüber. Das Haus auf der anderen Straßenseite wurde restauriert; es war eingerüstet und ab dem ersten Stock mit blauer, leicht sich blähender Plane verkleidet. Hinter dem Ladenfenster im Parterre, gesprungen und voll Staub und Mörtel, waren Hölzer und Zementsäcke gestapelt. In der Einfahrt ein Kompressor, Container voll Schutt, und jemand machte Licht hinter der Plane. Ein blaues Fenster unter dem Himmel. Jemand ging durch den Raum. Dann schlug das Haustor im Hof; die Lampe erlosch.

Kein Mond über dem Dach, nirgendwo ein Stern, und obwohl weder Mopeds noch Autos oder Busse fuhren, nicht einmal vor der Hasenheide – plötzlich ein feines, von fernher kommendes Geräusch, rätselhaft deutlich, und Klaputzsek runzelte die Brauen, blickte sich um. Doch konnte er nichts und niemanden sehen. Alle Fenster dunkel, kein Flugzeug in der Luft.

Er wagte kaum zu atmen. Das hatte er noch nie gehört, und er öffnete den Mund, starrte in die Nacht. Unsagbar sanft wechselte es die Tonlagen in immer neuen, leichten Akkorden und sträubte, er fühlte es unter den Kleidern, die Härchen auf seinen Armen, hatte es doch bei allem Schwung und aller zärtlichen Heiterkeit auch etwas Unheimliches. Wie der Ernst von Engeln. – Dabei war es nichts als Wind, klarer Fall, konnte gar nichts anderes sein um diese Zeit, ein stetes Wehen in den Rohren des Baugerüsts, ein fast melodisches Blasen wie auf Flaschenhälsen oder primitiven Flöten, höchstens ein paar Herzschläge lang. Erleichtert holte er Atem. Doch als es verstummte, als die Windrichtung sich änderte, war es dunkler als zuvor.
Er fuhr herum. »Mein Gott!« Fast wäre er ausgeglitten auf dem Pflaster, den großen Platten, vom Frost glasiert. Er trat einen Laubsack zur Seite, kniete sich hin. »Was ist denn?« fragte er leise, knüllte seine Mütze zusammen und schob sie unter den Kopf, den er so leicht, so zart nicht für möglich gehalten hätte. Blaß das Gesicht, grau die geschlossenen Lider, ein wenig geöffnet der Mund. Man sah die Zähne. Die Finger der schmalen, auf dem Rücken liegenden Hand krümmten sich langsam, und Klappu drehte sich um, suchte die Fassaden ab. Stuckbeladene Gesimse, Balkone wie Sarkophage in mehreren Lagen, Tontöpfe, Rost. Alte Windrädchen quietschten; eine insektenverklebte Laterne beleuchtete eine Reihe Tauben, die winzig vor ihren Schatten hockten. Plastikblumen.
»Können Sie einen Krankenwagen rufen?!«
Das war hinaufgesprochen, zu dem offenen Erkerfen-

ster über ihnen. Eine Frau im gesteppten Morgenrock hielt ihre Katze mit beiden Händen vor der Brust. Doch das Tier, die Vorderpfoten auf ihrer Schulter, machte sich lang und maunzte leise, wollte wieder ins Warme. Kopfschüttelnd blickte sie auf die beiden Männer hinab, kniff die Lippen zusammen. Schau nur, Mutter, der Winter ist da. Alle Zweige, alle Blätter und Gräser haben einen glitzernden Pelz aus Rauhreif bekommen.

»Nö«, sagte sie. »Det mach ick nich. Det jibt nur Schererein.«

Inhalt

Ralf Rothmann

Milch und Kohle

Roman
211 Seiten. BS 1440 und st 3309

»Milch und Kohle« beschreibt ein Ruhrgebietsleben in den 60er Jahren, das geprägt ist von körperlichen Gewalttätigkeiten, geistiger Enge und dem stetigen Wunsch, mit den Verhältnissen zurechtzukommen. Simon, der Ich-Erzähler, findet sich nach dem Tod der Mutter in der Wohnung seiner Jugendjahre wieder, und Erinnerungen an das fragile Zusammenleben von damals steigen in ihm auf. Der Vater tauschte den Melkschemel in Schleswig gegen die aufzehrende Arbeit unter Tage, die vergnügungssüchtige Mutter hat eine Affäre mit dem Italiener Gino, einem Kollegen ihres Mannes. Der 15jährige Simon ist viel zu sehr mit seiner Pubertät beschäftigt, um sich ernsthaft um seine Eltern zu sorgen, doch sein psychisch labiler Bruder reagiert ganz anders auf das Scheitern der elterlichen Beziehung …

»Das Faszinierende liegt versteckt in den Fugen dieser harten Welt der proletarischen Überlebenskünstler. Sie sind mit Genauigkeit und Sorgfalt in der Beobachtung und einem musikalischen Feingefühl gestaltet, die noch die einfachsten Handlungen der Figuren zu bedeutenden Gebärden, zu schöpfungsbezogenen Gesten macht. In dieser Landschaft von Ruß und Kohle ist ein Himmel eingezogen, den man hören, nicht sehen kann.«

Hubert Winkels, Deutschlandfunk

NF 253/1/11.12

Ralf Rothmann

Flieh, mein Freund!

Roman
suhrkamp taschenbuch 3112
278 Seiten

Ein Roman über die Jugend und den Versuch einer Liebe in Berlin: Der knapp zwanzigjährige Louis Blaul, den alle Lolly nennen, läßt das Abitur sausen, will den gutdotierten Job in der Werbeagentur seines Vaters nicht und verliebt sich in die kleine Vanina. Das Leben könnte also schön sein. Wenn Vanina nur nicht einen so großen Hintern hätte. Obwohl Lolly ahnt, daß seine Probleme höchstens Macken sind, »Kleinvieh im Neurosenzoo«, möchte er darüber reden. Doch der Vater, dem von früher nur die langen Haare geblieben sind, denkt bloß an Geschäfte, und die Mutter Mary ist selten einmal nicht vollgedröhnt. Und doch ist sie es, die die Arme um ihren Sohn legt und ihm, der sich das »Flieh, mein Freund!« aus dem Hohenlied zum Motto gemacht zu haben scheint, Kraft gibt und Mut, zu seinen Schwächen und zu Vanina zu stehen.

»Ralf Rothmann ist nicht nur einer der besten deutschen Erzähler, er ist vor allem der warmherzigste.«

Abendzeitung München

NF 254/1/8.00

Ralf Rothmann
im Suhrkamp und im Insel Verlag

Berlin Blues. Ein Schauspiel. Bütten-Broschur. 97 Seiten

Feuer brennt nicht. Roman. st 4173. 303 Seiten

Flieh, mein Freund! Roman. st 3112. 278 Seiten

Gethsemane. Insel-Bücherei 1354. 47 Seiten

Der Gott jenes Sommers. Roman. Gebunden und st 4959. 254 Seiten

Hitze. Roman. st 3675. 292 Seiten

Hotel der Schlaflosen. Erzählungen. Gebunden und st 5185. 205 Seiten.

Im Frühling sterben. Roman. Gebunden und st 4680. 234 Seiten

Junges Licht. Roman. st 3754. 236 Seiten

Messers Schneide. Erzählung. st 1633. 132 Seiten

Milch und Kohle. Roman. st 3309. 210 Seiten

Rehe am Meer. Erzählungen. st 3991. 212 Seiten

Shakespeares Hühner. Erzählungen.
Gebunden und st 4434. 211 Seiten

Sterne tief unten. Insel-Bücherei 1382. 52 Seiten

Stier. Roman. BS 1364 und st 2255. 372 Seiten

Vollkommene Stille. Rede zur Verleihung des Max-Frisch-Preises am 1. Oktober 2006 in Zürich. Mit der Laudatio von Ursula März. Broschur. 44 Seiten

Wäldernacht. Roman. st 2582. 304 Seiten

Ein Winter unter Hirschen. Erzählungen. st 3524. 196 Seiten

NF 208/1/10.21

suhrkamp taschenbücher
Eine Auswahl

Isabel Allende

– Das Geisterhaus. Roman. Übersetzt von Anneliese Botond. st 1676. 501 Seiten
– Mayas Tagebuch. Roman. Übersetzt von Svenja Becker. st 4444. 444 Seiten
– Die Insel unter dem Meer. Roman. Übersetzt von Svenja Becker. st 4290. 552 Seiten
– Inés meines Herzens. Roman. Übersetzt von Svenja Becker. st 4035. 394 Seiten
– Fortunas Tochter. Roman. Übersetzt von Lieselotte Kolanoske. Gebunden. st 4383. 705 Seiten
– Paula. Übersetzt von Lieselotte Kolanoske. st 2840. 496 Seiten
– Das Siegel der Tage. Roman. Übersetzt von Svenja Becker. st 4126. 409 Seiten

Maya Angelou

– Ich weiß, warum der gefangene Vogel singt. Übersetzt von Harry Oberländer. st 4897. 321 Seiten

Friedrich Ani

– Der namenlose Tag. Roman. st 4720. 298 Seiten
– Ermordung des Glücks. Ein Fall für Jakob Franck. Roman. st 4931. 316 Seiten

Gerbrand Bakker

– Oben ist es still. Roman. Übersetzt von Andreas Ecke. st 4142. 315 Seiten

NF 266a / 1 / 01.19

Joanna Bator
– Sandberg. Roman. Übersetzt von Esther Kinsky. st 4404. 492 Seiten
– Wolkenfern. Roman. Übersetzt von Esther Kinsky. st 4574. 499 Seiten

Jurek Becker
– Bronsteins Kinder. Roman. st 1517. 302 Seiten
– Jakob der Lügner. Roman. st 774. 288 Seiten

Louis Begley
– Lügen in Zeiten des Krieges. Roman. Übersetzt von Christa Krüger. st 2546. 223 Seiten. Großdruck: st 4092. 310 Seiten
– Ehrensachen. Roman. Übersetzt von Christa Krüger. st 3998. 444 Seiten
– Schmidts Einsicht. Roman. Übersetzt von Christa Krüger. st 4415. 415 Seiten

Thomas Bernhard
– Alte Meister. Komödie. st 1553. 310 Seiten
– Auslöschung. Ein Zerfall. st 1563. 651 Seiten
– Heldenplatz. st 2474. 176 Seiten
– Holzfällen. Eine Erregung. st 1523. 336 Seiten
– Städtebeschimpfungen. Herausgegeben von Raimund Fellinger. st 4074. 178 Seiten

Peter Bichsel
– Kindergeschichten. st 2642. 86 Seiten
– Über Gott und die Welt. Schriften zur Religion. Herausgegeben von Andreas Mauz. st 4154. 288 Seiten

Lily Brett
– Lola Bensky. Roman. Übersetzt von Brigitte Heinrich. st 4470. 302 Seiten

NF 266a / 2 / 01.19

– Chuzpe. Roman. Übersetzt von Melanie Walz. st 3922. 334 Seiten

Jaume Cabré
– Die Stimmen des Flusses. Roman. Übersetzt von Kirsten Brandt. st 4049. 666 Seiten

Truman Capote
– Die Grasharfe. Roman. Übersetzt von Annemarie Seidel und Friedrich Podszus. st 1796. 208 Seiten

Paul Celan
– Die Gedichte. Kommentierte Gesamtausgabe in einem Band. Herausgegeben und kommentiert von Barbara Wiedemann. st 3665. 1000 Seiten

Marguerite Duras
– Der Liebhaber. Übersetzt von Ilma Rakusa. st 4507. 143 Seiten

Hans Magnus Enzensberger
– Hammerstein oder Der Eigensinn. Eine deutsche Geschichte. st 4095. 378 Seiten
– Versuche über den Unfrieden. st 4626. 183 Seiten
– Gedichte 1950-2020. st 5013. 250 Seiten

Laura Esquivel
– Bittersüße Schokolade. Roman. Übersetzt von Petra Strien. st 2391 und it 4030. 278 Seiten

Elena Ferrante
– Meine geniale Freundin. Übersetzt von Karin Krieger. Roman. st 4930. 488 Seiten
– Die Geschichte eines neuen Namens. Übersetzt von Karin Krieger. Roman. st 4952. 704 Seiten

NF 266a / 3 / 01.19

– Die Geschichte der getrennten Wege. Übersetzt von Karin Krieger. Roman. st 4953. 640 Seiten

Candice Fox

– Hades. Thriller. Übersetzt von Anke Caroline Burger. Herausgegeben von Thomas Wörtche. st 4838. 341 Seiten
– Eden. Thriller. Übersetzt von Anke Caroline Burger. Herausgegeben von Thomas Wörtche. st 4861. 473 Seiten
– Fall. Thriller. Übersetzt von Anke Caroline Burger. Herausgegeben von Thomas Wörtche. st 4927. 470 Seiten

Philippe Grimbert

– Ein Geheimnis. Roman. Übersetzt von Holger Fock und Sabine Müller. st 3920. 154 Seiten

Peter Handke

– Immer noch Sturm. st 4323. 165 Seiten
– Mein Jahr in der Niemandsbucht. Ein Märchen aus den neuen Zeiten. st 3887. 628 Seiten
– Die morawische Nacht. Erzählung. st 4108. 560 Seiten
– Wunschloses Unglück. Erzählung. st 3287. 96 Seiten

Marie Hermanson

– Der Mann unter der Treppe. Roman. Übersetzt von Regine Elsässer. st 3875. 269 Seiten
– Muschelstrand. Roman. Übersetzt von Regine Elsässer. st 3390. 304 Seiten

Hermann Hesse

– Der Steppenwolf. Roman. st 175. 288 Seiten
– Siddhartha. Eine indische Dichtung. st 182. 128 Seiten
– Narziß und Goldmund. Erzählung. st 274. 320 Seiten
– Mit der Reife wird man immer jünger. Betrachtungen und Gedichte über das Alter. st 3551. 192 Seiten

NF 266a / 4 / 01.19

Reginald Hill
– Rache verjährt nicht. Roman. Übersetzt von Ulrike Wasel und Klaus Timmermann. st 4473. 683 Seiten

Uwe Johnson
– Jahrestage. Aus dem Leben von Gesine Cresspahl. 4 Bände. st 4455. 2150 Seiten

James Joyce
– Ulysses. Roman. Übersetzt von Hans Wollschläger. st 3816. 987 Seiten

Daniel Kehlmann
– Ich und Kaminski. Roman. st 3653. 174 Seiten

Sibylle Lewitscharoff
– Apostoloff. Roman. st 4180. 248 Seiten
– Blumenberg. Roman. st 4399. 220 Seiten
– Montgomery. Roman. st 4321. 346 Seiten

Nicolas Mahler
– Thomas Bernhard: Alte Meister. Komödie. Gezeichnet von Mahler. Graphic Novel. st 4579. 158 Seiten

Andreas Maier
– Das Haus. Roman. st 4416. 165 Seiten
– Onkel J. Heimatkunde. st 4261. 132 Seiten
– Bullau. Versuch über Natur. st 3947. 127 Seiten
– Wäldchestag. Roman. st 3381. 315 Seiten
– Das Zimmer. Roman. st 4303. 203 Seiten

Adrian McKinty
– Der katholische Bulle. Roman. Übersetzt von Peter Torberg. st 4523. 384 Seiten

NF 266a / 5 / 01.19

Robert Menasse
- Die Hauptstadt. Roman. st 4920. 459 Seiten
- Die Vertreibung aus der Hölle. st 4863. 729 Seiten

Patrick Modiano
- Eine Jugend. Roman. Übersetzt von Peter Handke. st 4615. 187 Seiten

Cees Nooteboom
- Allerseelen. Roman. Übersetzt von Helga van Beuningen. st 3163. 440 Seiten

Amos Oz
- Eine Geschichte von Liebe und Finsternis. Roman. Übersetzt von Ruth Achlama. st 3788. 828 Seiten
- Judas. Roman. Übersetzt von Mirjam Pressler. st 4670. 331 Seiten
- Unter Freunden. Übersetzt von Mirjam Pressler. st 4509. 215 Seiten

Andreas Pflüger
- Endgültig. Thriller. st 4770. 458 Seiten
- Niemals. Thriller. st 4940. 475 Seiten

Marcel Proust
- Auf der Suche nach der verlorenen Zeit. 3 Bände in Kassette. Übersetzt von Eva Rechel-Mertens. st 4830. 5200 Seiten

Ralf Rothmann
- Der Gott jenes Sommers. Roman. st 4959. 260 Seiten
- Im Frühling sterben. Roman. st 4680. 233 Seiten

NF 266a / 6 / 01.19

Judith Schalansky
– Atlas der abgelegenen Inseln. Fünfzig Inseln, auf denen ich nie war und niemals sein werde. st 5002. 240 Seiten
– Blau steht dir nicht. Matrosenroman. st 4284. 139 Seiten
– Der Hals der Giraffe. Bildungsroman. st 4388. 222 Seiten

Andrzej Stasiuk
– Die Welt hinter Dukla. Roman. Übersetzt von Olaf Kühl. st 3391. 176 Seiten
– Hinter der Blechwand. Roman. Übersetzt von Renate Schmidgall. st 4405. 349 Seiten

Uwe Tellkamp
– Der Turm. Geschichte aus einem versunkenen Land. Roman. st 4160. 976 Seiten

Hans-Ulrich Treichel
– Der Verlorene. Erzählung. st 3061. 176 Seiten

Mario Vargas Llosa
– Das böse Mädchen. Roman. Übersetzt von Elke Wehr. st 3932. 395 Seiten

Martin Walser
– Ein fliehendes Pferd. Novelle. st 600. 160 Seiten

Don Winslow
– Kings of Cool. Roman. Übersetzt von Conny Lösch. st 4488. 349 Seiten
– Tage der Toten. Kriminalroman. Übersetzt von Chris Hirte. st 4340. 689 Seiten

NF 266a / 7 / 01.19